WRITTEN IN INK – TATTOOS UND ERZÄHLUNGEN

Montgomery Ink Reihe

SSE

Written in Ink - Tattoos und Erzählungen

MONTGOMERY INK REIHE, BUCH 4

von
Carrie Ann Ryan

Englischer Originaltitel: »Written in Ink (Montgomery Ink Book 4)«
Deutsche Übersetzung: Martina Risse für Daniela Mansfield
Translations 2021

eBook:
ISBN: 978-1-63695-105-8

Taschenbuch:
ISBN: 978-1-63695-106-5

Besuchen Sie Carrie Ann im Netz!
carrieannryan.com/country/germany/
www.facebook.com/CarrieAnnRyandeutsch/
twitter.com/CarrieAnnRyan
www.instagram.com/carrieannryanauthor/

Ebenfalls von Carrie Ann Ryan

MONTGOMERY INK REIHE:

New York Times Bestsellerautorin Carrie Ann Ryan setzt ihre Montgomery Ink Reihe fort mit dem ruhigen Sohn der Familie, der der Frau mit der feurigen Leidenschaft und einer Vergangenheit voller Geheimnisse verfällt.

Autumn Minor ist flink und für die meisten Menschen in ihrem Leben nur noch eine entfernte Erinnerung. Sie bemüht sich, nirgendwo aufzufallen, selbst wenn sie sich nur kurze Zeit an einem Ort aufhält. Nur so ist es ihr gelungen, so lange zu überleben. Als sie Griffin Montgomery kennenlernt, fürchtet sie, ihn nicht wieder loslassen zu können, sobald es an der Zeit ist weiterzuziehen.

Er ist erst seit ein paar Wochen ihr Boss, und doch ist beiden bereits bewusst, dass die Anziehung zwischen ihnen falsch ist. Keiner von beiden war bisher erfolgreich, wenn es um Liebe und Romantik geht. Als die Dämonen aus Autumns Vergangenheit auftauchen und ihrer beider Leben in Gefahr bringen, schreckt Griffin vor nichts zurück, um sie zu beschützen − selbst wenn er sie am Ende verlieren sollte.

Kapitel Eins

MANCHMAL GAB es nichts Besseres als eine abgetragene Jeans. Okay, genau genommen sollte man sagen, es gab nichts Besseres als eine abgetragene Jeans, die einen strammen Hintern umschloss. Insbesondere wenn der Besitzer des besagten Hinterteils auf einer Baustelle arbeitete.

Autumn Minor lehnte mit vor der Brust verschränkten Armen gegen ihren Pritschenwagen und genoss die Aussicht, die sich ihr bot, bevor sie anfangen musste zu arbeiten. Um sie herum arbeiteten mindestens fünf Männer, die sich vornüberbeugten und schwere Lasten hoben, wobei sie ihre kräftigen Oberschenkel einsetzten und ihre ansehnlichen Hinterteile anspannten. Es war, als hätte sie das Mekka der heißen Männer in Jeans betreten.

Wirklich, sie sollte öfter an den Baustellen der Firma Montgomery Inc. anhalten. Es mochte vielleicht ein wenig sexistisch anmuten, so dazustehen und die Männer zu begaffen, doch sie hatte auch anerkennende

Blicke von den Männern eingeheimst, die sie für allein-
stehend und willig hielt. Immerhin pfiff sie ihnen weder
hinterher noch pöbelte sie sie an, also ehrlich, sie war
überzeugt, allen einen Schritt voraus zu sein, wenn es
darum ging, Baustellenarbeiter zu begaffen.

»Betrachtest du den knackigen Hintern meines
Verlobten?«, wollte Meghan Montgomery-Warren,
zukünftige Montgomery-Dodd, wissen, als sie sich
neben Autumn an den Wagen lehnte und ihre langen
Beine kreuzte, die in schlammigen, aber gut gepflegten
Stiefeln endeten.

Autumn löste sich vom Wagen und streckte sich,
denn ihr Rücken war ein wenig angespannt. Dann band
sie ihr langes, rostrotes Haar in einem Pferdeschwanz
zurück. »Ja, genau. Hast du etwas dagegen?« Sie zwinkerte ihrer Freundin über die Schulter zu. Meghan
verdrehte die Augen.

»Nicht im Geringsten, solange du nur hinschaust
und ihn nicht anfasst.« Meghan biss sich auf die Unter-
lippe, legte den Kopf schräg und musterte ganz offen
Lucs Ausstattung. »Verdammt, ich liebe das Hinterteil
dieses Mannes. Ach was, ich liebe alles an ihm.«

Autumn grinste und ignorierte den kleinen Stich,
den sie spürte. Sie hoffte, es war keine Eifersucht. Natürlich nicht auf Autumn, dass diese von Luc geliebt
wurde, sondern auf die Tatsache, dass jemand einen
anderen Menschen so sehr lieben konnte, ohne Angst zu
bekommen. Die aus tiefstem Herzen und tiefster Seele
kommenden Gefühle, die sich auf dem Gesicht ihrer
Freundin abzeichneten, überraschten sie, obwohl dies
eigentlich nicht hätte der Fall sein dürfen. Meghan
wirkte so wahnsinnig verliebt, dass es Meghan beinahe

zu viel wurde. Doch der Ausdruck in Meghans Augen, wenn diese glaubte, Luc würde ihren Blick nicht bemerken, machte ihr Unbehagen wieder wett. Ihre Freundin wurde ehrlich und mit ganzem Herzen geliebt. Und nach ihrer ersten zerstörerischen, katastrophalen Ehe verdiente Meghan diese besondere Liebe.

»Ihr zwei passt perfekt zusammen«, bemerkte Autumn. Sie schob die Hände in die Taschen, um sich in Denvers Winterwetter etwas aufzuwärmen. Seit ein paar Tagen hatte es nicht mehr geschneit, daher war die Schicht von weißem Pulver und Eis, die der letzte Sturm hinterlassen hatte, dank Colorados wechselhaftem Wetter bereits geschmolzen. Doch Autumn fand es immer noch nicht warm genug. Sie bevorzugte ein gemäßigteres Klima. Vielleicht gäbe es an ihrem nächsten Wohnort nicht solch kalte Winter.

Sie unterdrückte einen Seufzer. Der Gedanke an ihren nächsten Halt in ihrem niemals enden wollenden Nomadenleben zauberte nicht gerade ein Lächeln auf ihr Gesicht.

Schluss jetzt mit solch düsteren Gedanken.

Denver gefiel ihr, auch wenn das Wetter niemals vorhersehbar war und sich im Laufe des Tages stets veränderte. Sie hatte gelernt, sich in Schichten zu kleiden, in viele Schichten. Auch die Montgomerys gefielen ihr. Sie wusste nicht mehr, wie es dazu gekommen war, doch irgendwie hatte man sie im Clan willkommen geheißen, und wenn sie auch nicht zur engen Familie gehörte, so doch zumindest zu deren engstem Freundeskreis.

Meghan rieb ihre Schulter an Autumns und lächelte. Die beiden waren ungefähr gleich groß, daher musste

Autumn glücklicherweise nicht zu ihr aufblicken, was sie leider bei so vielen anderen auf der Baustelle tun musste. Sie war nicht besonders klein, sondern eher Durchschnitt, doch die Männer auf der Baustelle waren allesamt gigantische Exemplare und ausgesprochen sexy. Daher auch die knackigen Hinterteile in engen Jeans und ihr Bedürfnis nach Anerkennung.

»Es ist Zeit, zu Mittag zu essen. Ich weiß, ein paar der Jungs wollen das Café hier in der Nähe aufsuchen«, erklärte Meghan. »Möchtest du uns begleiten oder hast du dein Mittagessen mitgebracht?«

Autumn schüttelte den Kopf, dann besann sie sich eines Besseren. Mit einem einzigen Kopfschütteln mehr als eine Frage zu beantworten, führte gewöhnlich zu Missverständnissen. Da sie ihr Leben lang Menschen und deren Sozialverhalten beobachtet hatte, war sie normalerweise besser in diesen Dingen. Aber Denver – oder vielleicht die Montgomerys – hatte etwas an sich, das ihr das Gefühl gab … aus dem Gleichgewicht geraten zu sein.

»Nein, ich habe kein Mittagessen mitgebracht, und ja, ich würde mich euch gern anschließen, falls noch Platz ist.« Sie zitterte vor Kälte und trat von einem Fuß auf den anderen. »Bringen die Jungs sich nicht normalerweise ihre Mahlzeiten mit, damit sie nicht so viel Zeit verlieren?«

Meghan verschränkte die Arme vor der Brust, offensichtlich, um sich warm zu halten. »Ja, aber wir erwarten eine Kaltfront und vielleicht einen Sturm. Daher packen wir unsere Werkzeuge früher zusammen.«

»Ich wusste doch, dass es einen Grund haben muss, dass ich bis ins Mark gefroren bin.« Sie glaubte, ihre

Zähne müssten klappern, doch so kalt war es nun auch wieder nicht.

Meghan verdrehte die Augen. »Ich glaube, das liegt eher daran, dass du neu in Denver bist. Aber auch für die Männer ist es im Winter hart. Gewiss, in der Hitze des Sommers ist es auch nicht leichter. Aber da sie nicht im Schnee stecken bleiben wollen, machen wir zeitig Feierabend.«

Autumn runzelte die Stirn. »Ich weiß immer noch nicht, warum du meine Hilfe brauchst und warum du selbst im Winter draußen arbeitest. Du arbeitest doch als Landschaftsarchitektin.«

Die Montgomerys hatten ihren Fuß in vielen Türen, was Berufe anbelangte, doch die meisten Familienmitglieder arbeiteten entweder bei Montgomery Inc., der Baufirma, oder bei Montgomery Ink, dem Tattoostudio. In Letzterem hatte Autumn übrigens auch ironischerweise die Montgomerys kennengelernt. Doch jetzt arbeitete sie in dem anderen Zweig des Familiengeschäfts. Meghan hatte nicht immer in der Baufirma einen Job innegehabt, doch sobald ihre Ehe geschieden worden war und sie ihren eigenen Weg gefunden hatte, hatte sie sich dem Familiengeschäft angeschlossen und sich mit hochgekrempelten Ärmeln dem Pflanzen gewidmet.

»Im Winter kann ich tatsächlich fast nichts pflanzen, da der Boden für gewöhnlich entweder zu nass oder zu gefroren ist. Aber es gibt immer etwas zu planen oder instand zu halten und vieles andere, das ich tun kann. Und Hilfe brauche ich, weil ich gerade lerne, nicht alles allein zu tun.« Sie zwinkerte Autumn zu. »Luc möchte nicht, dass ich mich so verschleiße.«

Wahrscheinlich wollte Luc seine Freundin selbst verschleißen, doch das wollte Autumn nicht laut aussprechen. Angesichts des erregten Ausdrucks in den Augen ihrer Freundin, die zu Luc hinüberblickte, hatten deren Gedanken sich ohnehin bereits in diese Richtung bewegt.

Als hätte sie ihn allein mit ihrem Blick beschworen, warf Luc einen Blick über die Schulter und lächelte. Er nickte zwei Männern zu, mit denen er gearbeitet hatte, und schlenderte zu Meghan und Autumn hinüber.

»Ich habe deine Blicke gespürt. Bedeutet das, du bist zum Mittagessen bereit?« Er hob eine seiner dunklen Augenbrauen und Meghan lachte. Sie streckte die Hand aus. Luc ergriff sie und zog Meghan an sich.

Autumn unterdrückte einen kleinen Seufzer bei dem Anblick.

»Ich habe gerade deinen Hintern bewundert«, sagte Meghan leise, bevor sie ihn aufs Kinn küsste.

Luc senkte den Kopf und fuhr zärtlich mit den Lippen über ihren Mund. »Ich kann mich noch einmal vornüberbeugen, wenn du noch mal genauer hinsehen möchtest.«

»Vielleicht später«, murmelte Meghan und ließ sich in die Arme ihres Mannes sinken.

Diesmal bemühte Autumn sich nicht, ihren Seufzer zu unterdrücken.

»Diese beiden sind so vernarrt ineinander, dass es mich beinahe anekelt«, schaltete sich nun Wes Montgomery ein, der sich zu Autumn gesellte.

»Es gefällt dir nur nicht, dass deine Schwester mit deinem Elektriker herumknutscht«, warf Tabby Collins ein, die sich nun mit Decker und Storm im Schlepptau der Gruppe näherte.

»Wohl wahr«, sagte Storm Montgomery, der Autumn mit einem Nicken begrüßte. Der Mann war gut gebaut, bärtig und sein Kopfnicken wirkte immer so sexy. Es hätte sie vielleicht gereizt, die sexy Seite an ihm zu erkunden, wenn sie nicht mit ihm zusammengearbeitet hätte. Außerdem verspürte sie auch keinen überwältigenden Drang, sich ihm nackt zu zeigen, daher reagierte sie nicht.

Gewiss, alle Montgomerys waren verdammt sexy. Bevor sie angefangen hatte, bei der Familie zu arbeiten, war sie Meghans Nachbarin gewesen und hatte mit der Zeit die meisten Montgomerys kennengelernt. Und sie hatte keinen einzigen Hässlichen unter ihnen entdeckt. Es gab acht Geschwister und es war nicht einfach, sie auseinanderzuhalten. Vielleicht hätte sie sie nummerieren sollen. Wes und Storm waren Zwillinge und gehörten zu den älteren der Geschwister. Sie besaßen und führten Montgomery Inc. Wes war der Projektleiter und Storm der leitende Architekt.

Sie schienen auch nur sexy Mitarbeiter einzustellen. Tabby war ihre Verwaltungsassistentin und, wie Autumn fand, der Kleber, der alle zusammenhielt, obwohl sie sich nicht sicher war, ob dies der Frau selbst bewusst war. Zu Beginn ihrer Bekanntschaft mit den Montgomerys hatte Autumn geglaubt, Tabby und Wes hätten etwas miteinander, doch jetzt, da sie sie besser kannte, schloss sie dies aus.

Decker, der für die Vertragsabschlüsse zuständig war, legte angesichts des verliebten Paares den Kopf schief. »Ich dachte, ihr wolltet ihnen nicht mehr erlauben, auf der Baustelle herumzuknutschen.«

Luc und Meghan streckten abwehrend je eine Hand aus, lösten jedoch nicht den Blick voneinander.

»Angesichts der Tatsache, dass du mit unserer anderen Schwester herumknutschst, wann immer sie uns hier besucht, solltest du lieber den Mund halten«, bemerkte Wes trocken. Decker hatte kürzlich Miranda, die jüngste Montgomery, geheiratet. Er hatte jedoch schon lange vor diesem Ereignis zur Familie gehört. Doch Autumn kannte die genauen Umstände nicht.

»Und ich werde so lange mit ihr herumknutschen, wie es mir gefällt«, gab Decker zurück. Dann fuhr er sich mit der Hand über seinen Bart, wobei ein Tattoo sich über seinen Muskeln spannte. Autumn kam nicht umhin, die Arbeit zu bewundern. Sowohl alle Montgomerys als auch ihre Partner oder Partnerinnen waren tätowiert – einige mehr als andere –, und Autumn war sich ziemlich sicher, dass die beiden Tattookünstler der Familie, Austin und Maya, die Urheber waren. Denn keiner der beiden hätte zugelassen, dass jemand anderes Hand an die Haut eines ihrer Familienmitglieder legte. Tatsächlich würde es auch Autumn schwerfallen, sich ein Tattoo von einem anderen Künstler stechen zu lassen, wenn sie erst einmal weggezogen wäre. Aber natürlich konnte sie es sich nicht leisten, nur wegen Mayas oder Austins Talent zurückzukehren. So sehr ihr deren Arbeit auch gefiel, war sie es nicht wert, dafür die Sicherheit der beiden zu gefährden.

Sie verdrängte den Gedanken. Es war weder der richtige Ort noch der richtige Zeitpunkt, sich über solche Dinge Sorgen zu machen. Obwohl, wenn sie ehrlich war, musste sie zugeben, dass sie sich ständig darum sorgte.

»Wie dem auch sei, wenn das Pärchen endlich fertig ist, werden wir Mittagessen gehen«, sagte Tabby lächelnd. »Wirst du dich uns anschließen? Ich weiß, du arbeitest nicht Vollzeit mit Meghan und hast daher vielleicht andere Pläne.«

Autumn zuckte mit den Schultern. »Ich habe heute nichts anderes vor«, meinte sie vage wie immer. »Ich habe Hunger. Mittagessen hört sich gut an.« Sie zitterte wieder. »Und falls wir an einem Heizkörper oder noch besser einem knisternden Feuer im Haus sitzen können, wäre ich vollkommen glücklich.«

»So kalt ist es nun auch wieder nicht, Törtchen«, meinte Storm trocken.

»Nenn mich nicht Törtchen.« Sie blickte ihn böse an, doch er schaute noch nicht einmal reumütig drein. Verfluchte Montgomery-Männer.

Sie blickte zu Meghan hinüber, die eine Hand auf Lucs Schulter gelegt hatte und ihn besorgt musterte. Autumn unterdrückte ein Schaudern, das diesmal nichts mit der Kälte zu tun hatte. Sie erinnerte sich daran, wie sie Luc zum ersten Mal begegnet war, obwohl er sich nicht daran erinnern konnte, wie sie wusste. Er hatte mit Blut bedeckt auf dem Boden gelegen und Meghans Hand hatte auch auf seiner Schulter geruht. Doch damals hatte seine Verlobte versucht, ihn am Leben zu halten.

Er war angeschossen gewesen und Autumn hatte nichts tun können, um ihm zu helfen. Sie hatte nur versucht, Meghan zu beruhigen. Andere behaupteten, dies wäre genug gewesen, doch sie war sich nicht sicher. Sie konnte sich noch gut an die Schreie erinnern … obwohl sie nicht wusste, ob es Meghans oder ihre eigenen gewesen waren.

Sie schluckte den Kloß herunter, der in ihrer Kehle aufstieg, und versuchte, die Erinnerungen abzuschütteln, die sie am besten vergaß.

»Du hast doch nichts hochgehoben, oder?«, erkundigte Meghan sich besorgt.

»Ich hoffe nicht, denn sonst bekommt er Ärger«, drohte Wes.

Luc schüttelte den Kopf. »Ich habe mich nur vornübergebeugt, um jemandem etwas zu zeigen. Ich überwache die Arbeiten lediglich und arbeite bis jetzt noch nicht einmal Vollzeit.« Er umfasste Meghans Gesicht. »Wirklich, glaub mir.«

»Gut.« Meghan stellte sich auf die Zehenspitzen und gab ihm noch einen Kuss. Und diesmal war es Tabby, die seufzte.

»Ich weiß, was du empfindest«, sagte Autumn zu Tabby.

Tabby schnaufte. »Du solltest sehen, wenn die anderen Paare zusammen sind, Austin mit Sierra, Shep mit Shea, Morgan mit Callie, Decker mit Miranda und jetzt auch noch … Luc mit Meghan. Es ist, als hätte man Liebe, Leidenschaft und Romantik in einem Tattoo konzentriert.«

Autumn lächelte über diesen Vergleich. »Ich glaube nicht, dass ich denen, die du aufgezählt hast, schon gleichzeitig begegnet bin, aber ich kann mir vorstellen, dass es einem zu viel werden kann, wenn diese Paare alle an einem Ort beisammen sind.«

Tabby zuckte mit den Schultern. »Ich denke, dass Harry und Marie im siebenten Himmel schweben werden, wenn die übrigen Montgomerys auch noch Familien gegründet und Babys gezeugt haben werden.« Sie verzog das Gesicht. Wes rieb ihr die Schulter. »Entschuldige.«

»Ist schon gut«, sagte Wes. »Daddy geht es besser.« So wie er es betonte, klang es eher wie eine erzwungene Hoffnung und nicht wie eine Tatsache. Aber Autumn wollte sich dazu nicht äußern. »Wir müssen nicht um den heißen Brei herumreden.«

Ah, das war richtig. Harry Montgomery wurde gerade mit einer Chemotherapie und Bestrahlung gegen Krebs behandelt. Die Bemerkung über die wunderbaren Zukunftsaussichten oder auch nur die Erwähnung des Wortes »Himmel« mochte jemanden gestört haben. Manchmal konnte ein unbedacht ausgesprochenes Wort hier und da mehr schmerzen als beabsichtigt.

»Okay, jetzt aber genug der Knutscherei«, maulte Storm. »Lasst uns zusammenpacken und ins Taboo fahren.«

Autumn lächelte. Das Taboo gefiel ihr ausnehmend gut. Das kleine Café gehörte ihrer Freundin Hailey und befand sich direkt in der Nähe eines Einkaufszentrums in der Innenstadt von Denver. Außerdem konnte man von diesem Lokal über eine Verbindungstür in das Tattoostudio Montgomery Ink gelangen, sodass die Familie ohne Umstände zwischen den beiden Geschäften hin und her gehen konnte. Da die Baustelle sich in Edgewater befand, dauerte die Fahrt dorthin nur eine Viertelstunde. Außerdem besaß das Tattoostudio Parkplätze hinter dem Geschäft, die schwer zu ergattern waren.

»Na dann, komm«, sagte Wes und schlang seinen Arm um Tabbys Schultern. Sie verdrehte die Augen und trat einen Schritt zurück, wobei sie ihm mit dem Finger in die Rippen pikste.

»Ich fahre mit meinem Wagen, danke. Nach dem Mittagessen muss ich nach Hause fahren, nicht ins Büro.«

Wes und Storm runzelten beide die Stirn und

wirkten wie Zwillinge, die sie ja auch waren. »Warum?«, fragten sie wie aus einem Mund.

Tabby zog eine Braue in die Höhe. »Ich habe meine Gründe und ich habe euch beiden letzte Woche erklärt, dass ich nachmittags von zu Hause arbeiten werde. Und jetzt lasst uns essen gehen. Ich bin am Verhungern.« Mit dieser geheimnisvollen Feststellung ging Tabby federnden Schrittes davon, wobei sie wild mit der Hand über ihr Tablet fuhr. Warum die Frau nicht ausflippte, wenn sie so vieles gleichzeitig machte, würde Autumn ewig ein Rätsel bleiben.

»Oh, jetzt hört doch auf zu nerven«, schimpfte Decker. »Tabby schuftet wie verrückt. Ihr braucht nicht alles zu wissen, was sie tut.«

»Und wenn sie Hilfe braucht?«, fragte Wes, während er Tabby hinterherblickte. Und wieder hätte Autumn denken können, dieser Blick bedeutete mehr, aber inzwischen wusste sie, dass dies die gleiche Art brüderlicher Besorgnis war, die er auch gegenüber Meghan, Maya und Miranda an den Tag legte.

»Dann würde sie darum bitten«, erwiderte Autumn schlicht. Nur weil sie nicht wusste, wie man um Hilfe bat, musste das nicht heißen, dass es den meisten anderen Menschen ebenso erging. »Tabby sieht aus, als hätte sie genügend Vertrauen in euch, um um Hilfe zu bitten, wenn sie welche bräuchte. Aber ich erfriere beinahe. Können wir jetzt bitte fahren? Oder wollen wir hier stehen bleiben und wie traurige Welpen den knutschenden Turteltäubchen zusehen, während Tabby inzwischen allein und warm im Taboo sitzt und alles aufisst?«

Die Zwillinge schnauften und dann nickten beide wieder einmal so sexy mit dem Kopf, bevor sie zu ihren

Fahrzeugen gingen. Da Autumn mit Meghan gekommen war, kletterte sie auf den Rücksitz des Pritschenwagens, da sie annahm, Luc säße lieber vorn. Er durfte noch nicht selbst Auto fahren, da seine Schulter noch nicht vollkommen ausgeheilt war. Autumn wusste, dass ihn das maßlos nervte. Daher ärgerte sie ihn auch nicht. Sie fragte sich, ob sie jemals, gleichgültig wie sehr sie sich auch bemühte, das Bild loswürde, wie er bleich in einer Lache seines eigenen Blutes auf dem Boden lag.

Doch vielleicht war das gut so.

Der Vorfall erinnerte sie daran, dass die Vergangenheit einen mit Macht einfangen und den Menschen in der Umgebung Schaden zufügen konnte. Daher war es eine gute Idee, niemals jemandem zu nahe zu kommen.

Autumn saß mit zusammengepressten Lippen auf dem Rücksitz, während Meghan sie zum Taboo fuhr. Autumn tat gut daran, sich daran zu erinnern, den anderen nicht zu nahe zu kommen. Zumindest nicht noch näher, als es ohnehin schon der Fall war. Sie wusste, die anderen wunderten sich über sie und hatten wahrscheinlich bereits bemerkt, dass sie immer vage blieb, wenn sie darüber sprach, was sie tat und warum sie sich in Denver aufhielt. Es stand ihr nicht frei, darüber zu reden, und es zehrte an ihr, dass sie nichts sagen durfte.

Sie hatten Glück und konnten ohne viel Aufhebens parken und ins Taboo gelangen. Und da die Mittagessenszeit praktisch schon vorüber war, herrschte auch nicht allzu viel Betrieb. Hailey stand hinter dem Tresen und unterhielt sich mit einem ihrer Gäste. Ihr dichter, blonder Bubikopf schwang von einer Seite auf die andere, als sie den Kopf schüttelte. Der stumpfe Pony und die üppigen roten Lippen ließen sie aussehen, als käme sie geradewegs aus dem Zeitalter der Starletts und Blondinen anstatt aus einem Café in Denver im einundzwanzigsten Jahrhundert.

Haileys Augen leuchteten auf, als sie sie hereinkommen sah, und Autumn winkte ihr kurz zu, bevor sie sich an den langen Tisch in der Ecke setzte. Sie wählte den Platz, der dem Ende des Tisches am nächsten war, mit dem Rücken zur Wand und den Blick auf die Tür gerichtet. Es war der reine Instinkt, der ihr eingab, diesen Platz auszusuchen, und sie hoffte, niemand hatte bemerkt, dass sie dies ganz bewusst getan hatte – und dass sie jedes Mal dafür sorgte, in eine ähnliche Position zu gelangen.

Sie saß neben Tabby, die wiederum neben Meghan Platz genommen hatte. Die Jungs nahmen die andere Seite des Tisches ein. Luc saß am Kopfende neben seiner Verlobten. Neben Autumn blieb daher ein Stuhl frei, doch da sie niemanden mehr erwarteten, schien sie eine Menge Platz zu haben.

Hailey kam lächelnd an den Tisch und verdrehte die Augen. Sie reichte jedem ein Wasser, während sie das schwere Tablett balancierte, als wöge es nichts. »Ihr hattet Sehnsucht nach mir?«

»Das weißt du doch, Süße«, neckte Storm sie, woraufhin Hailey schnaufte.

»Wie immer? Kaffee für alle?«, erkundigte Hailey sich.

»Ja bitte«, erwiderten alle im Chor. Irgendwie schräg, aber Autumn gefiel es, Teil einer Gemeinschaft zu sein. Und außerdem wusste Hailey genau, wie jeder einzelne seinen Latte, Cappuccino oder Chicorée Kaffee haben wollte. Das war nur einer der Gründe, warum sie alle so gern herkamen. Hailey lächelte, dann ging sie davon, um die Getränke zu holen.

»Sag so etwas nicht, wenn Sloane in der Nähe ist, oder du fängst dir am Ende noch ein blaues Auge ein«, warnte Wes.

»Warum denn?«, wollte Storm wissen, bevor er einen Schluck Wasser trank. »Ich wollte nur höflich sein.«

»Und erwähne Sloane nicht, wenn Hailey in der Nähe ist«, sagte Tabby leise. »Ihr wisst, das ist ein heikles Thema.«

Autumn runzelte die Stirn, stellte jedoch keine Fragen. Die anderen waren schon viel länger miteinander befreundet und sie war erst vor Kurzem in der Stadt eingetroffen, also konnte sie nicht alles wissen, was lief. Aber manchmal hatte sie das Gefühl, als blickte sie durch ein Fenster auf die anderen und presste ihre Nase gegen die Scheibe.

Aber war es nicht das, was sie wollte?

So war es am sichersten.

Es musste einfach so sein.

»Wie geht es Alex?«, erkundigte Tabby sich flüsternd, während die Männer sich miteinander unterhielten.

Autumn beugte sich zu Tabby, während diese sich mit Meghan über einen weiteren Montgomery-Bruder unterhielt. Alex befand sich in der Reha, nachdem er auf der Hochzeit von Decker und Miranda zusammengebrochen war. Sie hatte Mitleid mit dem Mann und dessen Qualen, aber zumindest bekam er jetzt höchstwahrscheinlich Hilfe.

Meghan blickte erst Autumn, dann Tabby an. »Es geht ihm gut, denke ich.« Sie verzog besorgt die Lippen und Luc ergriff ihre Hand, ohne sie auch nur angesehen zu haben.

»Wir dürfen ihn nicht besuchen«, erklärte Wes und bewies damit, dass er dem Gespräch auf der anderen Seite des Tisches durchaus folgte.

»Das wird sich bald ändern«, meinte Meghan bestimmt. »Immerhin sind wir seine Familie.«

»Verdammt, ja«, fügte Storm hinzu.

Autumn lehnte sich auf ihrem Stuhl zurück und presste die Lippen aufeinander. Verflucht, wie sie ihre Familie vermisste! Wie ihr ihr altes Leben fehlte! Doch sie wusste, es würde niemals mehr so sein wie früher, dank des wankelmütigen Schicksals und der widrigen Umstände.

»Warum zieht ihr solch lange Gesichter?«, erklang plötzlich eine Stimme neben ihr.

Sie hob den Kopf – sehr hoch – und erblickte den heißesten Mann, der ihr je begegnet war. Und wenn sie dann noch bedachte, dass er ausgerechnet an ihrem Tisch auftauchte! Sein kräftiges Kinn war von kurzen Bartstoppeln bedeckt und seine Wangenknochen waren so scharf geschnitten, als könnten sie Glas schneiden. Er war auf eine raue Art gut aussehend mit einer Ausstrahlung, die besagte »Ich habe schlechte Laune, also reize mich nicht«. Sein Haar war dunkelbraun, wie bei den Montgomerys üblich. An den Seiten war es kurz geschnitten, oben jedoch länger gelassen, und dort stand es in allen Richtungen vom Kopf ab, sodass man den Eindruck bekam, er führe sich oft mit der Hand durchs Haar. Seine tiefblauen Augen waren auch ein genetisches Merkmal der Montgomerys, doch aus irgendeinem Grund hatte sie das Gefühl, dass noch etwas anderes in ihnen lag. Doch sie hätte nicht sagen können, was es war.

Es schien, als hätte er sich eilig ein weißes Hemd angezogen, sich jedoch weder bemüht, den untersten Knopf zu schließen, noch das Hemd in die Hose zu stecken. Er hatte die Ärmel an den Armen hochgerollt und stellte seine gebräunte, tätowierte Haut zur Schau. Am liebsten hätte sie jeden Zentimeter seiner Haut abgeleckt, und so wie er sie anblickte, wusste er es.

Sie räusperte sich, als Tabby sie anstieß.

»Autumn? Alles in Ordnung?«, fragte Decker und warf ihr einen wissenden Blick zu. Sie hätte gern etwas erwidert, aber sie wollte nicht noch mehr Fragen bezüglich ihrer Reaktion auf den Mann vor ihr aufwerfen.

Er war ein Montgomery und da sie alle bis auf Griffin und Alex, der sich in der Reha befand, kennengelernt hatte, musste dies Griffin sein, der Schriftsteller. Der Geheimnisvolle, der ihr bis jetzt aus dem Weg gegangen war. Sogar im Krankenhaus, wo sie Meghan und Luc besucht hatte, war sie ihm nicht begegnet. Und sie war sich nicht sicher, ob das positiv oder negativ zu werten war.

Mit ihrer Reaktion tat sie sich sicher keinen Gefallen.

»Alles in Ordnung.« Sie trank hastig einen Schluck Wasser, da ihre Stimme ein wenig zu kehlig klang. »Was ist denn los?«

Storm zwinkerte ihr zu. »Nun, Törtchen, wir wollten dir Griffin vorstellen, aber du warst weit weg.«

»Nenn mich nicht Törtchen«, erwiderte sie abwesend, dann wandte sie sich wieder Griffin zu und hielt ihm die Hand entgegen. »Nett, dich kennenzulernen, Griffin.«

Er presste die Zähne aufeinander und nahm ihre Hand in seine. Sie verscheuchte die Gedanken an die Hitze seiner Handflächen und den elektrischen Schlag, als ihre Haut auf seine traf. Es war nichts. Nur ein vorübergehender Verlust der Urteilskraft.

»Törtchen?«, fragte Griffin, als er ihre Hand freigab und den letzten freien Platz am Tisch, natürlich den Stuhl neben ihr, einnahm.

»Storm ist ein toter Mann, der sich versehentlich für lustig hält«, gab sie trocken zurück, während sie den Blick von seinem viel zu gut aussehenden Gesicht losriss.

»Ich bin mir sicher –«, flüsterte Griffin.

In genau diesem Augenblick kam Hailey, reichte ihnen die Getränke und nahm die Bestellungen auf. Das rettete Autumn davor, sich damit auseinandersetzen zu müssen, was gerade geschehen war. Hatte sie nicht schon zuvor sexy Männer kennengelernt? Dies war also nichts Neues. Doch ganz gewiss hatte sie noch niemals zuvor so reagiert. Vielleicht war sie einfach nur hungrig und hatte sich in ihren eigenen Gedanken verloren.

Denn auf keinen Fall hätte sie sich mit einem Montgomery eingelassen. Waren diese doch die Einzigen, die sie an der Hand hielten, während sie die Schatten ihres Lebens durchwanderte. Und außerdem würde sie ohnehin bald die Stadt verlassen. Einen Mann genauer zu betrachten, auf den sie mit Geist und Körper reagierte, als hätte ein elektrischer Schlag sie getroffen, half ihr nicht gerade dabei.

»Ich freue mich, dich kennenzulernen, Autumn«, flüsterte Griffin ihr ins Ohr. Als sie seinen Atem am Hals spürte, musste sie ein Schaudern unterdrücken.

Dies könnte ein Problem werden.

»Oder vielleicht sollte ich dich *Fall* nennen.«

Sie blinzelte. Angesichts des unangebrachten Witzes klappte ihr die Kinnlade hinunter. Hatte er bemerkt, dass sie schon beim ersten Blick seiner Ausstrahlung *verfallen* war? Und machte jetzt ein dummes Wortspiel daraus, indem er ihren Namen Autumn, der *Herbst* bedeutete, durch *Fall* ersetzte, was unter anderem ebenfalls *Herbst* bedeutete?

Vielleicht würde es doch kein Problem geben.

Kapitel Zwei

EIN BUCH ZU schreiben war nicht unbedingt gut für die geistige Gesundheit. Griffin Montgomery überlegte, ob er den Kopf auf den Tisch schlagen sollte, doch das hatte er bereits einige Male getan und nichts davon gehabt, außer Kopfschmerzen und eine beginnende Prellung. Weise Worte für sein Buch waren ihm jedoch nicht eingefallen. Oder zumindest nicht das, was er in Bezug auf seine Arbeit für Weisheit hielt.

Wieder einmal raufte er sich die Haare. Er runzelte die Stirn.

Wann hatte er sich eigentlich zum letzten Mal die Haare gewaschen?

Vor zwei Tagen hatte er sein Fitnessprogramm absolviert. Das glaubte er zumindest. Vielleicht. Danach hatte er geduscht, denn darauf zu verzichten kam nach einem harten Training nicht infrage. Doch hatte er sich seitdem Zeit für eine Dusche genommen? Duschen brauchte Zeit. Unter dem Wasserstrahl zu stehen und sich zu waschen kostete ihn Minuten, die er lieber fürs Schreiben nutzte. Denn wenn er sich nicht sofort an seinen Schreibtisch oder in seinen Denkersessel setzte, arbeitete er nicht, sondern fand stets etwas anderes, was er tun konnte.

Also, wann hatte er zum letzten Mal geduscht?

Verflucht. Wenn er sich diese Frage stellen musste, dann hätte er sich wahrscheinlich bereits vor ein oder zwei Tagen waschen müssen.

Griffin Montgomery war wahrlich keine gute Partie.

Er fuhr sich mit den Händen übers Gesicht. Ah ja, es musste vor zwei Tagen gewesen sein, denn vor zwei Tagen hatte er sich auch mitten im Taboo gegenüber Meghans Freundin Autumn wie ein Arschloch benommen.

Was war nur über ihn gekommen, sie *Fall* zu nennen? Warum hatte er sich nur einen solch kindischen, unreifen Witz einfallen lassen?

Er schlug seine Stirn auf den Schreibtisch, trotz seines Entschlusses, sich den Verstand nicht ruinieren zu wollen. War er doch bereits ziemlich hirntot, wenn man bedachte, was für Worte aus seinem Mund kamen, während er absolut nichts zu Papier brachte.

Es war nicht so, als hätte er nicht schon zuvor von Fall – Autumn – gehört. Sie hielt sich nun schon seit einer Weile in der Nähe des Montgomery-Clans auf und hatte ein Familienmitglied nach dem anderen kennengelernt. Er hatte einfach noch keine Gelegenheit gehabt, ihr persönlich zu begegnen. Während Lucs Krankenhausaufenthaltes hatten Griffins Besuche offensichtlich zu anderen Zeiten stattgefunden als ihre. Die Jungs hatten sie gelegentlich im Gespräch beiläufig beschrieben, aber verdammt …

Sie hatten die Tatsache verschwiegen, wie absolut umwerfend sie war.

Mit den üppigen Lippen und noch üppigeren Hüften sah sie aus wie eine Sirene, die die Männer mit ihren süßen Versprechungen in den Tod lockte. Mit ihren rostbraunen Haaren gab sie das perfekte Bild einer wollüstigen Wassernymphe ab, bereit, den Seemann zu verführen, der ihr zu nahekam. Ihre Nase und ihre Schultern waren mit Sommersprossen gesprenkelt und er hätte gern herausgefunden, an welchen Stellen ihrer elfenbeinfarbenen Haut sie noch zu finden waren.

Er stöhnte und rückte seinen Schwanz hinter dem Schritt seiner Hose zurecht. Verflucht, er hatte keine Zeit, für eine von Meghans Freundinnen einen Ständer zu bekommen. Besonders nicht für eine, die ihn ange- starrt hatte, als wollte sie ihn unter einem Mikroskop betrachten und ihm gleichzeitig desinteressiert den Rücken zuwenden.

Autumn faszinierte ihn.

Und das konnte für einen Schriftsteller sehr gefähr- lich sein.

Insbesondere für einen Schriftsteller, der offiziell bereits den Abgabetermin überschritten hatte.

Griffin stöhnte wieder, doch diesmal hatte das nichts mit seiner Erregtheit zu tun, sondern war Ausdruck seiner Verzweiflung über sein Versagen bei der einzigen Sache, derer er sich für fähig gehalten hatte. Alle Mont- gomerys besaßen eine besondere Berufung. Sie waren Künstler, Gelehrte, Lehrer, Ernährer und so weiter.

Er erschuf Worte, und darin war er verdammt gut.

Oder zumindest war das früher der Fall gewesen.

Jetzt hatte er bereits einen Abgabetermin versäumt und mit dem nächsten würde ihm das auch passieren. Warum zum Teufel hatte er versucht, gleichzeitig an zwei Serien zu schreiben? Die meisten Krimiautoren schrieben nur an einer Serie. Sie hielten sich an dieser Serie fest und identifizierten sich mit der Hauptperson und machten damit solange weiter, bis der Verlag kein Interesse mehr hatte.

Griffin musste anders sein.

Er arbeitete an zwei Langzeit-Serien, die beide auf der Bestsellerliste standen und sich gut verkauften. Er gehörte zwar in dieser Branche nicht zu denen, die einen großen Namen besaßen, aber er wurde respektiert, und das trotz seiner jungen Jahre. Außerdem gefiel es ihm normalerweise, eine Serie beiseitezulegen und sich in eine zweite zu vertiefen. Das hielt ihn frisch. Und wenn er dann die erste Serie wieder aufgriff, fühlte es sich an, als kehrte er zu einem alten Freund zu Besuch zurück.

Er gab pro Jahr zwei bis drei Bücher an den Verlag, was im Vergleich zu anderen Autoren recht viel war. Aber verflucht, manchmal hatte er das Gefühl, es wären zwanzig Bücher im Jahr.

Er war müde.

Außerdem hatte er keine Ahnung, was er mit dem derzeitig in Arbeit befindlichen Buch tun sollte. Seine Charaktere redeten nicht mehr mit ihm und verflucht, sie saßen nicht einmal mehr im selben Raum mit ihm. Stattdessen schien es, als wären die Figuren beider Serien im Urlaub, versteckten sich vor ihm und lachten ihn aus.

Seine Serien waren eigentlich nicht miteinander verbunden, doch es gefiel ihm, sich das vorzustellen, da sie zwar in verschiedenen Städten, aber in derselben Welt spielten. Vielleicht trafen sich seine beiden Helden Jensen und Will gelegentlich zu einem Kaffee. Doch nach dem, was Griffin Jensen zuletzt angetan hatte, musste er sich nicht wundern, wenn dieser überhaupt nicht mehr zu ihm sprechen würde.

Er schrieb keine Liebesromane. Die Bücher einer Serie bauten aufeinander auf und hatten niemals ein Happy End im Sinne von »Und so lebten sie glücklich und zufrieden bis an ihr Lebensende«. Jensen hatte jedoch in den ersten fünf Büchern eine seriöse Beziehung geführt. In der letzten Folge war jedoch Starr, Jensens feste Freundin und zukünftige Verlobte, von einem Serienkiller getötet worden, der Jensen auf diese Art quälen wollte.

Die Leser liebten und hassten Griffin gleichzeitig für den Tod und die Art, wie Jensen unter dem Schicksalsschlag zusammengebrochen war. Griffin hatte das Buch nicht mit der Intention begonnen, eine solche von Schmerz gezeichnete Atmosphäre im Buch zu schaffen, doch er hatte vor seinem geistigen Auge gesehen, wie die Handlung fortschreiten musste, und gewusst, dass es unvermeidbar war.

Will, der Hauptcharakter der anderen Serie, hatte jemals weder eine ernste Beziehung noch eine echte Familie gehabt, sodass dessen Gefühlsleben sich stark von dem von Jensen unterschied und Griffins Geist in neue Sphären schickte. Griffin wollte mit diesem Buch als Nächstes beginnen.

Doch zuerst musste er Jensens neues Buch beenden.

Nur dass er keine Ahnung hatte, wie er das bewerkstelligen sollte.

Die Tatsache, dass beide seiner Hauptdarsteller in Bezug auf Beziehungen und ihren Umgang mit der Welt in einem Zustand der Unsicherheit lebten, hätte Griffin etwas über sich selbst verraten müssen.

Doch er wollte es nicht hören.

Aus purer Gewohnheit speicherte er seine beinahe leere Seite und rutschte mit dem Stuhl vom Schreibtisch ab. Er rieb sich die Handgelenke. Sie begannen langsam, heftig zu schmerzen, und ihm wurde bewusst, dass er auf gutem Wege war, sich ein Karpaltunnelsyndrom zuzuziehen, wenn er sich nicht endlich besser um sich selbst kümmerte.

Er ließ den Blick über die Unmengen Papier, leeren Kaffeetassen und Schachteln von Fertigmahlzeiten schweifen, die sich überall im Raum verteilten und alle Oberflächen bedeckten.

Wenn er sich mehr um sich selbst kümmerte, so sollte er das wahrscheinlich auf verschiedene Lebensbereiche ausweiten.

Doch vorerst sehnte er sich nach ein paar sauren Fruchtgummis und einer weiteren Tasse Kaffee, weil ihm das helfen würde, mit seinem Buch weiterzukommen. Zucker und Koffein waren schließlich der Treibstoff eines Schriftstellers. Er hielt zwar nichts von dem Spruch, der Hemingway zugeschrieben wurde: »Schreibe betrunken und korrigiere nüchtern«, aber vielleicht sollte er doch ein wenig Alkohol beim Schreiben einsetzen.

Vielleicht würde das helfen.

Doch dann erinnerte er sich an seinen Bruder und die Schmerzen, die Alex im Augenblick aushalten musste, und er hätte sich am liebsten selbst in den Hintern getreten.

Trinken würde ihm nicht helfen. Es half niemals irgendjemandem. Also musste er die Worte und den Willen zum Schreiben auf anderem Weg finden. Gedanken an Autumn und ihre köstlichen Kurven füllten seinen Geist und er stöhnte. Mit einer Frau zu schlafen mochte ihm vielleicht helfen, einen klaren Kopf zu bekommen, aber Autumn stand außer Frage. Griffin kannte seine drei Schwestern gut genug, um zu wissen, dass er sich, falls er es wagte, eine ihrer Freundinnen anzurühren, von Maya blutige Lippen, von Miranda einen Schlag in die Magengrube und von Meghan ein nicht zu übertreffendes blaues Auge einhandeln würde.

Denn seine Schwestern wussten verdammt gut, wie man zuschlägt.

Er stemmte die Hände in die Hüften und blickte sich in seinem Arbeitszimmer um, wobei er wie immer die Unordnung ignorierte. Mit dem Chaos würde er sich beschäftigen, sobald er das Buch beendet hätte. Nun, das behauptete er bei jedem Buch, und jedes Mal wurde es ein wenig chaotischer und er ein wenig verzweifelter. Er hatte sogar einmal eine Putzfrau eingestellt, hatte sie jedoch wieder weggeschickt, da sie ihn bei der Arbeit gestört hatte.

Da er allein lebte und es niemanden gab, der von ihm abhängig war, lebte er nach seinem eigenen Stundenplan. Die Reinigungsfirma war nicht in der Lage gewesen, einen für ihn passenden Termin festzulegen, zu dem die Dame auftauchen und die Grundsäuberung beginnen konnte. Nachdem Griffin zum dritten Mal ausgeflippt war und herumgeschrien hatte, wurde ihm der Service verwehrt.

Seine Familie kannte zwar keine genauen Einzelheiten, wie die Geschichte ausgegangen war, doch er wusste, dass sie enttäuscht war, dass er in der Gesellschaft nicht wie ein zivilisierter Mensch funktionieren konnte.

Nun, scheiß drauf. Er war Schriftsteller. Er musste nicht zivilisiert sein.

Und siehe da, da hatte er doch einen neuen Slogan für die Webseite gefunden, die er auf Bitte seines Verlages bereits vor einem Jahr hätte auffrischen sollen.

Ehrlich, er war doch eigentlich kein solch großer Versager. Er verabredete sich mit einer Frau, wenn ihm danach war, und besuchte Familienessen und andere Veranstaltungen. Alle paar Wochen brachte er den größten Teil des Abfalls aus dem Haus und bis vor Kurzem war er in seinem Job und allem, was damit zusammenhing, sehr gut gewesen. Nur dass sich herausgestellt hatte, dass es nach ein paar Büchern beim Schreiben nicht mehr nur ums Schreiben ging. Er musste sich mit Menschen auseinandersetzen.

Ja.

Menschen.

Er mochte vielleicht wie ein geselliger Mensch wirken, da er lächeln und Spaß haben konnte, wenn er einmal aus seinem Haus herauskam, doch lieber blieb er allein und machte es sich in seinem Denkersessel mit einem guten Buch gemütlich.

Er hatte keine Zeit, sich mit sozialen Medien, Buchtouren, Verträgen und anderen wichtigen Dingen zu befassen, die mit dem Beruf des Autors einhergingen, doch immerhin tat er in dieser Hinsicht, was er konnte. Die meisten Autoren seiner Klasse und mit seinem Erfolg hatten einen persönlichen Assistenten oder gleich ein ganzes Team, das ihn bei diesen Dingen unterstützte, doch er hatte niemals das Bedürfnis verspürt, eine andere Person einzustellen. Er konnte tun, was er tun musste. Allein. Er brauchte niemand anderen.

Er blickte sich in seinem schmutzigen Zimmer um und dachte an sein überfälliges Buch, seine veraltete Webseite, den Stapel Briefe, der seit vier Monaten im

Postfach auf ihn wartete, und vieles andere, um das er sich längst hätte kümmern müssen. Er fluchte.

Vielleicht kam er mit all dem nicht mehr zurecht.

Vielleicht kam er überhaupt nicht mehr zurecht.

Aber verdammt, er wollte nicht von anderen Menschen abhängig sein. Warum konnte er nicht einfach schreiben, was seine Charaktere verlangten, und abgeben, wenn er fertig war? Wann war Schreiben Arbeit geworden?

Vielleicht ungefähr zur gleichen Zeit, als er seinen ersten Erfolg hatte und herausfand, dass er mit Schreiben seinen Lebensunterhalt verdienen konnte, anstatt lediglich endlos Notizbücher vollzukritzeln.

Und wenn er einfach nur schreiben könnte, wie er wollte, würde Schreiben dann tatsächlich zum Spaß werden anstatt zur Arbeit? Die leeren Seiten, die ihn vorwurfsvoll anstarrten, waren doch Beweis genug, dass er vielleicht nicht so gut war, wie er glaubte. Vielleicht musste er die Arschbacken zusammenkneifen und ins Familiengeschäft einsteigen.

Sicher, er konnte nicht gut zeichnen und obwohl er gern tätowiert wurde, war er kein Fan von Blut. Sich Maya und Austin in ihrem Tattoostudio anzuschließen schied also aus. Und was die Zwillinge und die Mannschaft der Baufirma betraf, gab es da den Vorfall mit der Säge, der niemals wieder erwähnt werden sollte. Diese Möglichkeit fiel also auch weg. Und wie gesagt war er nicht gerade ein Menschenfreund, also als Lehrer wie Miranda die Kleinen zu unterrichten hätte auch nicht funktioniert. Und er konnte zwar ein gutes Foto schießen, doch das Talent zum Fotografieren wie Alex hatte er auch nicht. Griffin war also ziemlich aufgeschmissen, wenn er sich einem der Familiengeschäfte hätte anschließen wollen.

Er liebte das Schreiben. Ehrlich.

Oder besser: Er liebte es, geschrieben zu haben. Denn das Schreiben selbst war harte Arbeit.

»Klopf, klopf!«

Griffin drehte sich erschrocken um, als er die Stimme seiner Mutter an der Eingangstür hörte, und fragte sich wie schon so viele Male zuvor, warum er seinen Eltern einen Schlüssel zu seinem Haus gegeben hatte. Alle Montgomery-Kinder hatten das für den Fall eines Notfalls getan und normalerweise klopften seine Eltern an oder riefen sogar kurz durch, bevor sie vorbeikamen. Doch seine Mutter kannte ihn zu gut. Ihr war bewusst, dass er wahrscheinlich die Tür nicht öffnete, wenn er sich in seiner Schreibhöhle verkrochen hatte. Es war eine schlechte Angewohnheit, doch er glaubte nicht, dass er sie in absehbarer Zeit ablegen würde.

Er warf einen Blick über die Schulter auf das Chaos in seinem Arbeitszimmer. Er wusste, der Rest des Hauses machte auch keinen besseren Eindruck. So schlimm hatte es lange nicht ausgesehen, aber dieses Buch war auch besonders schwer zu schreiben und der Abgabetermin viel zu knapp festgelegt.

Er war etwas über dreißig und sorgte sich immer noch darum, was seine Mutter zu der Unordnung in seinem Haus sagen würde. Er wusste nicht mehr, ob das Zimmer, das er sich einst mit seinen Brüdern geteilt hatte, auch so schlimm ausgesehen hatte, aber verflucht, seine Mutter würde ihm Vorhaltungen machen.

»Komm herein«, sagte er trocken, als sie ins Wohnzimmer spazierte. Er blieb wie angewurzelt stehen, als er sah, dass seine Mutter nicht allein war.

Die M&Ms waren bei ihr – Maya, Miranda und Meghan. Nur Sierra tauchte als Einzige der weiblichen Montgomerys nicht auf; er nahm an, sie war mit dem neuen Baby zu Hause geblieben.

Fast alle Frauen in Griffins Leben waren unangekündigt hier aufgetaucht und standen nun mit missfälliger Mine und in die Hüfte gestemmten Händen vor ihm. Das konnte nichts Gutes für Griffin bedeuten.

»Ist das wirklich dein Ernst, Griffin?« Maya ließ ihr Piercing gegen die Zähne klimpern und zog eine Braue in die Höhe. Ein zweiter Ring blitzte dort im Sonnenlicht auf, das durch die Schlitze seiner geschlossenen Fensterläden fiel.

Er schob die Hände in die Taschen und wippte auf den Fußsohlen. Er war zwar groß, bärtig und tätowiert und konnte es mit seinesgleichen aufnehmen, aber verdammt, seine Mutter und seine Schwestern wussten genau, wie sie ihm das Gefühl vermitteln konnten, sich wieder wie ein kleiner Junge zu fühlen. Zwei Worte und ein Blick genügten, und er wusste, er bekäme Ärger.

»Warum seid ihr hergekommen?«, erkundigte er sich und war den Besuch bereits jetzt leid.

»Begrüßt man so seine Mutter?«, beschwerte sich Marie Montgomery lächelnd. Sie öffnete die Arme und er ging zu ihr, hob sie hoch und zog sie fest an sich. Er mochte zwar in Schwierigkeiten stecken, doch eine Umarmung seiner Mutter würde er nie ablehnen.

»Hey, Mom«, murmelte er und küsste sie auf den Scheitel.

»Das ist schon besser«, meinte sie und tätschelte seinen Rücken. »Ja, wir sind aus einem bestimmten Grund hier, obwohl wir uns freuen, dich zu sehen.«

Er trat einen Schritt zurück und blickte Meghan und

Miranda fragend an. Die beiden hatten noch kein Wort gesagt, obwohl beide eine Braue hochgezogen hatten und wie ihre Mutter missbilligend lächelten.

»Ich nehme an, ihr seid nicht alle vorbeigekommen, um mich zusammenzuscheißen.«

»Was für ein Ausdruck«, schimpfte Marie lächelnd.

Er blickte zu Miranda hinüber und verdrehte die Augen. Diese hielt sich eine Hand vor den Mund, offensichtlich um ein Lachen zu unterdrücken. Marie Montgomery fluchte zwar mehr als ihre Kinder, aber es machte ihr immer noch Spaß, sie ein wenig zu bevormunden, wenn sie konnte.

»Also, was ist los?«, wollte er wissen, wobei er versuchte, Mirandas Blick auszuweichen. Denn wenn er sie angesehen hätte, wäre er in Lachen ausgebrochen, und das hätte seiner Mom sicher nicht gefallen.

»Du bist ein Chaot, Griff«, erklärte Meghan leise.

Er verzog das Gesicht. »Ist das neu?«

Miranda schnaufte. »Du leugnest nicht einmal, ein Chaot zu sein.«

Er streckte hilflos die Hände vor und blickte sich im Zimmer um. Kleidung und verschmutzte Teller auf jeder Oberfläche. Die Staubschicht war bereits so dick geworden, dass er sich sicher war, inzwischen Pilze und kleine Fantasiewesen darauf gezüchtet zu haben. Im Kühlschrank gab es mit Sicherheit nur noch alte Eier, Butter und das Bier, das Storm und Wes ihm letzte Woche dagelassen hatten. Es konnte allerdings auch sein, dass er das Bier am Abend zuvor getrunken hatte.

»Griffin, mein Lieber, du brauchst Hilfe.« Seine Mutter seufzte. Sie hatte nicht vor, ihm beim Saubermachen zu helfen. Das hatte sie bereits vor Jahren aufgegeben und darüber war er froh. Er mochte zwar ein

Chaot sein, wenn ein Abgabetermin bevorstand, aber es war nicht die Aufgabe seiner Mutter, hinter ihm herzuräumen. Sie hatte auch ohne sein Chaos genug, um das sie sich kümmern musste.

»Ich habe versucht, eine Putzfrau zu engagieren, aber das hat nicht funktioniert. Ich werde sauber machen, nachdem ich das Buch fertiggestellt habe, versprochen.«

Maya stieß die Luft aus. »Nachdem du ein Buch fertiggestellt hast, räumst du immer auf und ernährst dich gut. Das ist deine übliche Vorgehensweise. Doch diesmal ist es anders. Du hast den Abgabetermin verpasst.«

Er wich einen Schritt zurück und seine Augen weiteten sich. »Woher weißt du das?«

»Die Zwillinge haben es uns erzählt«, erwiderte Meghan. Er zog eine Braue in die Höhe. »Du warst betrunken und hast es ihnen verraten, als ihr euch das letzte Mal getroffen habt. Ehrlich, ich wusste nicht, dass Bier dir so die Zunge löst. Ich weiß, ich bin früher vorbeigekommen und habe dir geholfen, wenn ich konnte. Aber jetzt kann ich das nicht mehr. Keiner von uns.«

Jetzt fühlte er sich noch mehr wie ein Versager. »Ich habe euch nie um Hilfe gebeten, aber ich war stets dankbar dafür. Und nun hört auf, auf mir herumzuhacken, weil ich nun einmal so bin, wie ich bin, und erzählt mir, warum ihr hier seid.«

»Oh, halte den Mund«, erwiderte Marie. »Wir sind hier, um dir zu helfen, und damit wirst du dich abfinden müssen. Ich weiß, du willst alles allein machen, doch eigentlich solltest du das nicht müssen.«

»Und deshalb springen wir ein.«

Griffin runzelte die Stirn. An seinem Rückgrat krabbelte die Gewissheit hoch, dass etwas faul war. »Ihr habt gerade gesagt, ihr könntet mir nicht helfen.«

»Wir werden dir nicht persönlich helfen, aber auf andere Art«, begann seine Mutter vorsichtig. Er öffnete den Mund, um etwas zu sagen, aber sie hielt die Hand hoch. »Lass mich zu Ende reden. Du bist ein erwachsener Mann, und das akzeptiere ich. Du schuftest dich zu Tode und kreierst mit Worten Welten, die ich mir nie hätte vorstellen können. Du bist eins meiner Babys und einer meiner strahlenden Sterne. Aber du weißt nicht, wie man um Hilfe bittet. Eigentlich bin ich mir ziemlich sicher, dass keins meiner Kinder das weiß. Also ist es vielleicht meine Schuld, aber zumindest bist du unabhängig.«

»Mom …«, flüsterte er.

»Sei still. Nun, wo war ich stehen geblieben? Ach ja. Du bist ein brillanter Schriftsteller, Griffin. Deine Bücher verkaufen sich gut und du besitzt eine erstaunliche Ausstrahlung. Aber bei allem anderen hinkst du hinterher. Ich weiß, dass du inzwischen auch mit deinen Worten im Verzug bist, und das könnte dich hart treffen. Und daher werden wir dir helfen.«

»Das hast du bereits gesagt, aber ich verstehe nicht, was du meinst.«

»Wir haben dir einen persönlichen Assistenten besorgt«, erklärte Maya.

Er blickte seine Schwestern entsetzt an. »Was soll das zum Teufel? Ihr wisst doch, dass ich dabei mitreden muss. Ihr könnt doch nicht einfach per Zufallsauswahl jemanden für mich einstellen, der an meiner Arbeit und meinem Leben teilhaben wird.«

»Doch, das können wir, und wir haben es getan«, erklärte Miranda schlicht. »Sie wird dir gefallen.«

»Sie?«

»Ja, sie«, erwiderte Meghan. »Sie wird dir helfen, zu kochen und sauber zu machen, weil du dich nicht dazu herablässt. Obwohl du als Erwachsener vielleicht lernen möchtest, dich um dich selbst zu kümmern. Aber ich weiß, das ist vielleicht doch etwas zu viel verlangt.«

»Ich brauche kein Hausmädchen«, schnappte Griffin.

»Doch, mein Lieber. Aber sie wird nicht hier leben«, sagte seine Mutter. »Sie wird dir helfen, dein Arbeitszimmer so zu organisieren, wie du es willst und wie es zu sein hat. Sie weiß, wie man programmiert, und wird daher auch deine Webseite überarbeiten. Sie wird sich für dich um die sozialen Medien kümmern, sodass du immer im Internet präsent bist.«

»Weißt du überhaupt, was soziale Medien sind?«, fragte er. Sein Gehirn arbeitete auf Hochtouren.

»Ich kann so gut wie jeder andere mit Twitter und Facebook umgehen, junger Mann. Aber jetzt lass mich zu Ende reden.«

Unter dem forschen Tonfall seiner Mutter senkte er den Kopf. Verdammt, als wäre er noch ein kleiner Junge.

»Wie dem auch sei, sie wird dir helfen, dein Leben zu organisieren. Dein Gehirn kocht gerade über und hier in deinem eigenen Dreck zu sitzen und dich um den Abgabetermin zu sorgen, ist nicht gerade hilfreich. Daher helfen wir dir und zeigen dir, wie du als Erwachsener zurechtkommen kannst.«

»Und du kannst dich nicht mehr drücken.« Miranda seufzte. »So gern du es auch möchtest.«

»Sie wird dir helfen, dein Leben zu organisieren, weil du es allein nicht kannst«, fügte Maya hinzu.

»Und du kannst sie nicht feuern, weil wir es sind, die sie eingestellt haben«, betonte Meghan. Dann runzelte sie die Stirn. »Allerdings wirst du sie bezahlen, weil du mehr verdienst als wir.«

Griffin kniff sich in den Nasenrücken. Er wollte weder eine persönliche Assistentin noch irgendjemand anderen in seinem Haus haben, wenn er arbeiten musste. Die Sache war nur die, er arbeitete nicht. Er wusste, er brauchte Hilfe, doch das bedeutete nicht, dass er wirklich welche in Anspruch nehmen wollte.

»Wen habt ihr eingestellt?«, erkundigte er sich mit leiser Stimme. »Wer glaubt ihr, kann mit mir arbeiten und mein Leben in die Hand nehmen? Denn das erfordert viele Fähigkeiten. Eigentlich klingt das so, als wäre das ein Job für mehr als eine Person.«

»Nun, du kannst es nicht allein schaffen, auch wenn du das glaubst«, sagte Maya. »Und du wirst sie mögen.« Er blickte zu seiner Schwester auf und sah, dass sie breit grinste. »Ich glaube sogar, dass du sie bereits magst.«

»Wer ist es?«, wiederholte er, die Hände zu Fäusten geballt.

»Autumn natürlich«, erwiderte Meghan lächelnd. »Wer außer *Fall* wäre in der Lage, dich und deine schlechte Laune zu ertragen?«

»Und du kannst nicht mehr Nein sagen«, erinnerte seine Mutter ihn. »Es ist bereits beschlossene Sache. Du wirst dich mit ihr abfinden müssen und sie mit Respekt behandeln. Verstanden, mein Junge?«

Griffin schloss die Augen und stöhnte. Verflucht. »Autumn? Ihr macht Witze, oder? Ich dachte, sie arbeitet mit Meghan zusammen?«

35

»Tut sie auch«, erwiderte diese. »Und mit dir wird sie auch arbeiten. Und du wirst froh darüber sein. Denn falls du mit ihr meckerst und sie verärgerst, wird sie dich zur Sau machen. Und danach werde ich dich zur Sau machen, weil sie meine Freundin ist.«

Griffin hätte die Frauen am liebsten rausgeschmissen und wäre in sein Arbeitszimmer zurückgestapft. Das würde auf keinen Fall funktionieren. Autumn würde einen einzigen Blick in sein Haus werfen und davonlaufen. Auf keinen Fall würde sie bleiben und für ihn arbeiten wollen. Auch konnte er unmöglich damit umgehen, ihr so nahe zu sein, während er sich mit dem Buch herumschlug.

Vielleicht war das die Lösung. Vielleicht sollte er ihr einen Blick auf das gewähren, was ihr bevorstand, und sie gehen lassen. Denn in keinem Fall konnte Autumn seine persönliche Assistentin werden. Niemand konnte das. Er lebte allein, arbeitete allein und atmete allein. So hatte er bis jetzt gearbeitet und verdammt, so würde er auch weiterhin arbeiten.

Eine andere Möglichkeit gab es nicht.

Autumn würde es nicht lange aushalten und dann wäre sie für immer aus seinem Leben verschwunden.

Und warum zum Teufel verursachte ihm der Gedanke Magenschmerzen? Aus diesem und anderen Gründen musste er einen Ausweg aus dieser Situation finden. Er wusste nur nicht, wie er das anstellen sollte, während die Frauen in seiner Familie ihn so böse anstarrten. Sie wollten, dass Autumn an seinem Leben teilhatte, und die verfluchte Frau hatte zugesagt. Es sah so aus, als hätte Griffin keine Wahl.

Verdammt.

Kapitel Drei

WAS ZUM TEUFEL hatte sie sich dabei gedacht? Autumn konnte es sich nicht leisten, einfach nur zu reagieren, wenn es um ihr Leben ging. Es mochte vielleicht so aussehen, als hüpfte sie sorglos und, ohne nachzudenken, von einem Job zum nächsten, von einem Wohnort zum nächsten, doch in Wahrheit steckte sie viel Arbeit in diese scheinbar ungeplante Vorgehensweise. Sie zog niemals an einen anderen Ort, ohne sich vorher genau zu vergewissern, dass sie nicht verfolgt wurde. Zumindest versuchte sie, sich dessen so sicher wie möglich zu sein. Wenn sie einen Job annahm, so geschah das nicht nach dem Zufallsprinzip, trotz der Tatsache, dass sie seit der Highschool so viele verschiedene Stellen innegehabt hatte, dass ihr Lebenslauf wirkte, als umfasste er den Werdegang mehrerer anstatt nur einer Person. Dies gälte natürlich nur für den Fall, dass sie tatsächlich einen Lebenslauf verfasst hätte …

Und doch hatte sie Ja gesagt, als Meghan ihr den Vorschlag unterbreitet hatte, Griffin zu helfen. Diese hatte zwar eigentlich selbst ihrem Bruder helfen wollen, wusste jedoch, dass sie dies nicht schaffte. Und obwohl Autumn froh war, dass Meghan nicht versuchte, alles allein zu schaffen, hätte sie ihr keine Zusage geben sollen.

Das war unklug.

Natürlich konnte sie putzen, kochen, organisieren, programmieren und die anderen Aufgaben übernehmen, die Griffin überforderten, wie Meghan glaubte. Aber sie hätte nicht Ja sagen dürfen. Der verfluchte Kerl hatte sie *Fall* genannt.

Ja, er hatte danach die Augen verdreht, also zumindest hatte er es nicht allzu ernst gemeint. Und um ehrlich zu sein, hatte sie insgeheim über den Witz gelacht, denn er traf ins Schwarze. Aber dennoch sollte sie mit den Montgomerys nicht noch vertrauter werden. Sie sollte Bindungen vermeiden, sodass sie so bald wie möglich packen und verschwinden konnte. Sie hatte sich stets bemüht, dafür zu sorgen, dass niemand wirklich wusste, wer sie war. Und deshalb blieb sie in der Erinnerung der Menschen lediglich ein verblassender Schatten, wenn sie einen Ort verließ. Aber hier war alles anders, hier hatte man ihr Spitznamen gegeben und sie hatte auf die ein oder andere Weise mit allen Familienmitgliedern zu tun.

Die Montgomerys wussten nur zu gut, wie sie einen in den Schoß der Familie ziehen konnten, in dem man Geborgenheit und Glück fand.

Das reichte, um eine Frau auf der Flucht in Schwierigkeiten zu bringen.

Sie wollte nicht für Griffin arbeiten. Der Mann war viel zu sexy. Als sie ihn das letzte Mal gesehen hatte, hätte sie beinahe ihre Zunge verschluckt, und nun sollte sie sich sogar bei ihm im Haus aufhalten. Täglich. Stundenlang. Allein. Nur er und sie. Und die Stimmen in seinem Kopf, die ihm seine Bücher diktierten. Sie musste zugeben, der Vorgang des Schreibens faszinierte sie, da sie eigentlich so gut wie nichts darüber wusste. Sie hatte immer schon wissen wollen, wie man ein Buch schrieb. Sie mochte zwar Ideen haben und gern lesen, konnte sich jedoch nicht stundenlang vor einen Computer oder ein Blatt Papier setzen und versuchen, eine Handlung zu konstruieren.

Autumn hatte seine Bücher gelesen, doch das hatte sie ihm bis jetzt noch nicht verraten. Der Mann war talentiert und obwohl sie normalerweise ihr kostbares Einkommen sparte, scheute sie sich nicht, das Geld für ein gebundenes Buch auszugeben, sobald es herausgegeben worden war.

Doch das würde sie ihm gegenüber auch nicht erwähnen.

Nicht solange sie nicht aufhören konnte, in diese für die Montgomerys so typischen blauen Augen zu starren, die so verdammt sexy aussahen. Die anderen Montgomerys mochten zwar ähnliche Augen besitzen, doch sie fand, niemand hatte so schöne Augen wie Griffin.

Und deshalb konnte sie nicht für ihn arbeiten.

Sie würde hinter ihm sauber machen, sein Leben organisieren, ihm im Weg sein … Auf keinen Fall wäre sie in der Lage, all das für ihn zu tun und dabei professionell zu bleiben. Sicher, sie konnte sich zugutehalten, ihr ganzes Leben mit sexy Männern gearbeitet zu haben. Sie könnte sich einfach damit abfinden. Bis jetzt hatte sie noch keine ernsthafte Beziehung gehabt, und das würde sich jetzt gewiss nicht ändern – nicht in der Lebenssituation, in der sie sich befand. Daher würde sie sich in keinen Mann verlieben, besonders nicht in einen, der es wagte, sie *Fall* zu nennen.

Der wahre Grund, warum sie nicht für ihn arbeiten konnte, war jedoch, dass sie mit der Familie zu vertraut wurde. So fiele es ihr schwerer zu verschwinden, wenn die Zeit gekommen wäre – und das war schon bald. Sie würden sie vielleicht vermissen oder ihre neue Adresse haben wollen. Und beides konnte sie sich nicht leisten.

Aber weil sie eine Idiotin war, stand sie jetzt hier auf Griffins Türschwelle, seinen Ersatzschlüssel in der Hand und mit ausgetrockneter Kehle, anstatt ihre Sachen zu packen und zu verschwinden.

So viel zum Thema »rational handeln«.

Sie zog den Riemen ihrer Umhängetasche gerade, die sie quer über der Brust trug und ständig mit sich führte, gleichgültig welche Kleidung sie anhatte. Sie hob die Hand, um anzuklopfen, denn sie wollte den Schlüssel, den Marie Montgomery ihr gegeben hatte, noch nicht benutzen. Als die ältere Frau Autumn in der Woche zuvor eingestellt hatte, hatte sie erwähnt, Griffin wäre vielleicht nicht allzu begeistert über eine persönliche Assistentin – ein Grund mehr, den Job abzulehnen –, und hatte ihr dann den Schlüssel ausgehändigt, falls Griffin die Tür nicht öffnen würde. Sie hatte auch erwähnt, dass er dafür verschiedene Gründe haben könnte, nämlich entweder er arbeitete, er schliefe oder er wäre mit etwas anderem beschäftigt. Oder er hätte einfach keine Lust, die Tür zu öffnen und sie einzulassen.

Scheinbar marschierten die Montgomerys einfach so

gegenseitig in ihre Häuser, wann immer es ihnen passte. Es war, als vertrauten sie einander genügend, um gegenseitig die Grenzen auszutesten, was Privatsphäre anbelangte.

Was für eine merkwürdige Denkweise.

Ihre Hand schwebte in der Luft vor der Tür, während sie noch überlegte, zum Wagen zurückzulaufen und kurz entschlossen aus Denver zu verschwinden, als die Tür sich öffnete. Sie blinzelte und wieder bekam sie einen trockenen Mund, als sie ihn erblickte.

Griffin stand im Türrahmen, sein Haar zerzaust, als wäre er gerade aufgewacht und hätte sich noch nicht einmal bemüht, es wenigstens notdürftig mit der Hand zu glätten. In seinem Gesicht entdeckte sie Abdrücke vom Kopfkissen und seine Augen waren nur halb geöffnet. Das Licht schien am frühen Morgen zu grell für ihn zu sein.

Sie ließ den Blick von seinem Gesicht über den nackten Oberkörper schweifen und sie musste sich beherrschen, sich nicht über ihre schnell austrocknenden Lippen zu lecken. Sein Oberkörper war mit einem leichten Flaum von Haaren bedeckt – Gott sei Dank war er nicht kahl rasiert. Und auf den Brustmuskeln und Bereichen vom Hals befanden sich Tattoos. Sein Waschbrettbauch zeugte von stundenlangem Training. Doch seine Muskeln waren nicht übertrieben ausgebildet, wie es bei Männern manchmal der Fall war. Die Konturlinien seiner Hüftknochen verschwanden in seiner Jeans, deren Knopfleiste offen stand. Dort endete auch die Spur feiner Härchen, die an seinem Bauchnabel begann. Er wirkte, als wäre er hastig in die Jeans geschlüpft, um die Tür zu öffnen, hatte sich aber weder die Mühe gemacht, den Schritt zuzuknöpfen noch Unterwäsche anzuziehen.

Wurde es warm draußen? Sie spürte, wie ihr bei seinem Anblick der Schweiß ausbrach und an der Wirbelsäule hinunterlief.

»Du?« Seine Stimme klang rau, unbenutzt.

Sie blickte schnell wieder in sein Gesicht. Er fuhr sich mit der Hand über den Bart. »Ich.«

Oh, sehr gut. Gut ausgedrückt. Wie eine reife Frau. Professionell.

Gab es nicht irgendwo ein Mauseloch, in dem sie sich eine Weile verkriechen konnte? Es musste auch nicht tief sein.

»Ich dachte, ich hätte jemanden auf der Veranda gehört«, murmelte er. »Ich brauche Kaffee.« Er trat zurück, dann drehte er sich herum und ging tiefer ins Haus hinein.

Sie blinzelte. Puh … Was war das? Sollte sie ihm folgen? War er ein Morgenmuffel? Vielleicht war er auch kein Menschenfreund. Warum hatte sie diesen Job angenommen? Ach ja, sie ließ sich offenbar gern von den Montgomerys quälen.

Zögernd trat sie einen Schritt vor, dann hielt sie inne. Nein, sie durfte nicht zimperlich sein. Sie musste willensstark und fordernd sein. Sie musste diesen Mann zu einem besseren Autor und einem organisierten Menschen machen. Sich dabei wie ein scheues Kätzchen aufzuführen war nicht sehr hilfreich. Sie musste mit hocherhobenem Kopf selbstbewusst in sein Haus marschieren.

Autumn straffte die Schultern und trat einen weiteren Schritt ins Haus. Sie blieb wie angewurzelt stehen.

Es sah aus wie in einer Räuberhöhle. Chaos so weit das Auge reichte. Auf jedem Möbelstück lagen Kleidungsstücke. Staub bedeckte die Tische und Beistelltische. Nur auf seinem angeberischen, großen Flachbildfernseher, der an die Wand montiert war, fand sich kein Staubkörnchen. Natürlich wollte er fernsehen, ohne von einem Staubfilm gestört zu werden. Sie nahm an, dass er die Baumwollhemden, die auf dem Schrank unter dem Bildschirm herumlagen, benutzte, um diesen zu entstauben, wann immer die Dreckschicht zu dick wurde.

Glücklicherweise konnte sie weder Abfall noch verkrustete Teller zwischen den Kaffeetassen finden, die überall herumstanden. Also war er wahrscheinlich nicht schmutzig, sondern nur unordentlich. Aber dennoch.

Wie konnte jemand so leben?

Oh, sie hatte die Bücher vergessen.

So. Viele. Bücher.

Taschenbücher, alte Bücher und gebundene Bücher. Stapel von Papieren, die aussahen wie ältere, zusammengeheftete Manuskripte. Und war das … ja, das war ein E-Reader, der zwischen den Seiten eines Buches steckte, als hätte er ihn als Lesezeichen benutzt.

Mein. Gott.

Der Mann las offensichtlich gern, doch augenscheinlich stellte er die Bücher weniger gern ins Regal zurück. Sicher, wenn man die Regale betrachtete, die sich an den Wänden reihten, so gab es eigentlich keinen Platz mehr für die überall verstreuten Bücher. Die Regale waren bis zum Bersten gefüllt, sodass sie sich durchgebogen hätten, wenn sie nicht aus so stabilem Holz gemacht gewesen wären. Da sie die Montgomerys kannte, nahm sie an, Storm oder Decker hatten sie angefertigt.

Und bis jetzt hatte sie erst ein Zimmer des Hauses gesehen.

An das Badezimmer wollte sie erst gar nicht denken.

Das würde sie putzen müssen.

Sie schauderte.

»So schlimm?«, fragte Griffin, der ihr eine Tasse Kaffee reichte. »Ich meine mich zu erinnern, dass du im Taboo Zucker und Milch im Kaffee genommen hast. Ich habe keine frische Kaffeesahne, daher wirst du dich mit Trockenpulver zufriedengeben müssen. Es tut mir leid.«

Sie nahm die Tasse entgegen, die sauber wirkte und offenbar frischen Kaffee enthielt. Er zog eine Braue in die Höhe, pustete in seine eigene Tasse und trank einen großen Schluck.

»Ah …« flüsterte er in die Tasse und blickte in sie hinein, als wäre das Lebenselixier von Göttern und nicht von einer Maschine zubereitet worden. »Meist habe ich nichts hier in diesem Haus, doch Kaffee ist immer da. Normalerweise lasse ich mir Lebensmittel liefern, aber dann habe ich mich in mein Buch vertieft und vergessen, welche zu bestellen. Aber Kaffee? Für den habe ich ein Abonnement eingerichtet.« Er presste sich ein Lächeln ab. Sie glaubte, ihre Gebärmutter zöge sich zusammen.

Ehrlich. Ihre Gebärmutter.

Wie war das überhaupt möglich? Und um es gleich zu sagen, das Gefühl war nicht im Geringsten erotisch. Dieser Mann verbrannte im Alleingang ihre Gehirnzellen. Und bald wäre nur noch eine einzige übrig, die sich mit einem einzigen kleinen Ton beklagen würde, wie einsam sie war.

»Aha«, erwiderte sie bedächtig. Sie trank einen Schluck von ihrem Kaffee, wobei sie insgeheim betete, er möge nicht vergiftet sein. Dann seufzte sie. »Verdammt.«

Griffin strahlte plötzlich übers ganze Gesicht. »Gut, nicht wahr? Ich lebe von diesem Zeug. Der beste Kaffee der Welt. In der Küche steht eine elegante Kaffeemaschine, für die ich die Bohnen mahlen muss, aber in meinem Arbeitszimmer habe ich eine dieser Maschinen, die man mit Pads bestückt, sodass ich nicht so oft aufstehen muss.«

Offensichtlich sorgte der beste Kaffee der Welt dafür, dass Griffin seine Worte so gut einsetzen konnte. Sicher, mit dem Geschmack von Manna auf der Zunge hätte sogar sie ein oder zwei Sätze formulieren können. Sie wollte gar nicht erst daran denken, was solch ein Kaffee kosten mochte. Aber vielleicht konnte sie die Tasse an sich drücken und sie knutschen, wenn er nicht hinschaute. Andererseits wäre das ein wenig übertrieben.

»So, da bist du also«, sagte Griffin und wippte auf den Fußsohlen.

Natürlich war ihr bewusst, dass er mit nacktem Oberkörper vor ihr stand, doch sie vermied es, den Blick tiefer als bis zu seinem Kinn wandern zu lassen. Das war nicht so einfach, weil er verdammt groß war. Aber er war schließlich jetzt ihr Boss. Es gab Regeln. Etikette und Ähnliches.

Sie konnte sich im Augenblick nicht an alles erinnern, aber sie würde sich bemühen.

»Ja, da bin ich.« Sie warf einen Blick über seine

Schulter auf die Wanduhr. »Ich bin früh dran, aber ich wusste nicht, welche Arbeitszeiten wir haben werden. Deine Familie hat mich eingestellt, aber praktisch arbeite ich für dich. Ich dachte mir, wir werden einen Zeitplan ausarbeiten, der uns beiden passt, und dann werden wir weitersehen.«

»Du hast recht. Ich habe dich nicht eingestellt und ich bin mir nicht einmal sicher, ob ich dich überhaupt brauche.«

Sie unterdrückte, was sie eigentlich hatte sagen wollen, nachdem sie sein Haus gesehen hatte, und stieß vernehmlich die Luft aus. »Du bist mit dem Abgabetermin in Verzug und dein Haus ist ein einziges Chaos. Ich denke, du brauchst mich mehr, als dir bewusst ist.«

Griffin schnaufte. »Und du glaubst, du könntest das alles in den Griff bekommen? Entschuldige, aber ich bin bis jetzt gut allein zurechtgekommen. Ich brauche dich nicht.«

Autsch. Sie wusste nicht, warum ihr dieser Satz so wehtat, doch sie ignorierte ihre Verletztheit. Offensichtlich reichte die gemeinsame Liebe für Kaffee nicht aus, um diesen Tag einfacher zu gestalten. Nun, er würde sich mit ihrer Anwesenheit abfinden müssen. Denn sie mochte es vielleicht für einen Fehler halten, den Job angenommen zu haben, doch sie würde sich nicht davor drücken zu tun, was getan werden musste.

Sie stellte ihre Kaffeetasse auf den verstaubten Beistelltisch und zog eine Braue in die Höhe. »Wirklich? Du kommst gut allein zurecht? Warum bist du dann nicht in der Lage, wie ein Erwachsener deine Lebensmittel zu bestellen? Warum kannst du in deinem Haus nicht Staub wischen? Oder einfach eine Putzfrau einstellen? Ich habe gehört, du magst es nicht, wenn du dich zeitlich mit anderen Menschen abstimmen musst und solchen Schwachsinn. Ich glaube, es liegt allein daran, dass du glaubst, du kannst und willst alles allein tun, schaffst es aber nicht. Das ist in Ordnung. Du musst nicht alles allein tun. Du bist so erfolgreich, dass du jemanden einstellen kannst. Und das hat deine Familie jetzt für dich getan. Also spring über deinen Schatten und nimm meine Hilfe an. Du willst dich auf dein Buch konzentrieren und tatsächlich schreiben? Dann tue es. Ich werde mich um den Rest kümmern. Denn es hilft dir nicht gerade weiter, ohne eine anständige Mahlzeit in deinem eigenen Dreck und schmutzigen Kleidern zu sitzen.«

Griffin verzog übellaunig die Lippen und sah aus, als müsste er sich beherrschen, sie nicht anzuschreien. Nun, das war gut so. Sie hatte ihm eigentlich nicht alles gleich an den Kopf knallen wollen. Normalerweise war sie ein wenig einfühlsamer, wenn es um die Gefühle anderer ging. Doch Griffin hatte etwas an sich, das sie zwar nicht so aufregte, dass sie gleich die Zähne zeigte, aber sie kam an ihre Grenzen der Toleranz und wusste nicht, wie sie gegebenenfalls reagieren würde. Und das war verdammt gefährlich für eine Frau wie sie.

Er fuhr sich mit der Zunge über die Zähne, dann schob er eine Hand in die Hosentasche seiner Jeans. Und nein, sie würde sich nicht ausmalen, was diese Hand mit der Ausbuchtung in seiner Hose tun würde. Nein. Sie nicht. Sie war professionell.

Beinahe.

»Und was willst du für mich tun? Meine Hand halten, wenn ich versuche zu schreiben?«

Sie verdrehte die Augen. »Oh, spring doch mal über deinen Schatten, Schreiberling. Ich werde dir nicht über die Schulter spähen, während du versuchst, Worte zu Papier zu bringen, weil ich vom Schreiben keine Ahnung habe. Aber ich kann dir bei vielem anderen helfen. Dein Haus ist eine einzige Katastrophe. Wie du hier überhaupt Luft bekommst, übersteigt meine Vorstellungskraft. Und ich hoffe bei Gott, dass du deine Freundinnen bei denen zu Hause oder in Hotels triffst, denn wenn sie auch nur einen Blick in deine Bude werfen, laufen sie schreiend davon.«

Sie schloss erschrocken den Mund und riss die Augen auf. Warum musste sie daran denken, wo er sich verabredete? Jetzt konnte sie nicht anders, als ihn sich nackt mit einer Frau vorzustellen – bei der es sich natürlich zufälligerweise um sie selbst handelte –, wie er in sie hinein- und wieder hinausglitt, wunderbar langsam, und ihr dabei ununterbrochen in die Augen blickte. Seine Gesäßmuskeln würden sich anspannen, wenn er langsam die Hüften hob und sie so verführerisch fickte, dass sie bereits endlos lange auf seinem Schwanz käme, bevor er sie ausfüllte und ihren Namen stöhnte, während er mit ihr in den Abgrund stürzte.

Ihre Wangen brannten und Griffin legte den Kopf schief, um sie eingehend zu mustern. »Ich bringe keine Frauen hierher. Aber ich würde jeden Preis zahlen, um zu erfahren, was dir gerade durch den Kopf gegangen ist, Fall.«

Plötzlich war ihre Verschämtheit verflogen. »Fall? Wirklich? Du redest wie ein Zwölfjähriger. Fällt dir nichts Intelligenteres ein?«

»Sicher, aber ich mag den Ausdruck auf deinem Gesicht, wenn ich dich so nenne. Eine Mischung aus Ärger und Belustigung, die ich nicht einordnen kann.

Du wirst dich also mit diesem Spitznamen abfinden müssen, wenn du jetzt nicht gehst.«

»Ich werde nicht gehen.«

»Gut. Aber ich weiß nicht, welchen Nutzen es haben soll, mein Haus zu putzen. Ich bringe keine Frau hierher, weil dies meine Privatsphäre ist. Die, in die du gerade eindringst. Und während ich hier bin, muss ich arbeiten, und ich glaube nicht, dass es mir hilft, wenn du hier aufräumst.«

»Es kann aber auch nicht schaden.« Der Ausdruck *eindringen* störte sie maßlos, doch sie ignorierte ihren Unmut. Er musste einfach nur über seinen Schatten springen.

»Das glaubst du. Ich habe schon einmal einer Putzfrau gekündigt, weil sie mit meinen Arbeitszeiten kollidiert ist.«

»Dann setz Kopfhörer auf. Denn ich werde sauber machen. Und kochen. Denn du kannst nicht nur von Kaffee, Pizza und den gelegentlichen Mahlzeiten bei deiner Familie leben. Du bist in den Dreißigern. Du musst selbst für dich sorgen.«

Wenn man seinen Körper betrachtete, so kamen ihm gute Gene und Training bestimmt zugute, aber der Mann brauchte auch Vitamine.

Jetzt aber Schluss mit den Gedanken an seinen Körper.

»Du wirst also kochen, putzen und auch einkaufen, nehme ich an?« Griffin sog scharf die Luft ein. »Und all das soll mich entlasten, damit ich frei fürs Schreiben bin?«

Sie hätte am liebsten aufgeschrien angesichts seiner Haltung, doch als sie den Ausdruck in seinen Augen sah, hielt sie sich zurück. Der Mann hatte Angst. Oder zumindest Befürchtungen, die einer Angst nahekamen. Sie wusste, dass er mit dem Abgabetermin in Verzug war, denn seine Familie hatte es ihr erzählt. Aber warum war er in Verzug? Konnte er nicht schreiben? Denn falls das der Fall sein sollte, so wäre es eine Schande. Sie liebte seine Bücher, seinen Schreibstil, ach, einfach alles an ihnen. Und wenn sie ihm auch nur ein kleines bisschen helfen konnte, so war es der Mühe wert, sein Benehmen hinzunehmen.

»Ich sehe nicht ein, warum es nicht helfen sollte. Außerdem werde ich deine Webseite renovieren.« Sie runzelte die Stirn. »Falsches Wort. Soweit ich sehen kann, ist sie gut strukturiert. Ich muss sie einfach nur auf den neuesten Stand bringen, sodass deine Leser wissen, was sie zu erwarten haben. Und solche Sachen. Außerdem werde ich deine sozialen Medien ans Laufen bringen, denn deine Leser müssen wissen, wer du bist.«

Griffin zog die Brauen zusammen. »Das müssen sie nicht wissen. Sie brauchen meine Bücher. Das ist alles.«

Sie wedelte abwehrend mit der Hand in seine Richtung. »Du bist ein Krimiautor, mein Süßer, du hast keine Ahnung. Ich werde dir helfen und darauf achten, dass es nicht zu persönlich wird, während sie es für genau das halten.« Darin war sie im wahren Leben Meisterin. Diese Anforderung nun im Internet zu erfüllen, wo sie einen Computer zwischen sich und den anderen als Schutzschild hatte, erschien ihr um vieles leichter.

»Ich will nicht, dass sie alles über mein Leben wissen.«

»Das werden sie auch nicht. Aber sie müssen wissen, dass du wirklich existierst. Ich werde dir auch helfen, eine Buchbibel zu entwerfen oder was auch immer du brauchst.«

»Rühr meine Bücher nicht an.«

Sie hob beide Hände in die Höhe. »Ich werde weder deine Bücher anrühren, solange du an ihnen schreibst, noch will ich deine Worte beeinflussen. Ich will es dir nur leichter machen. Zu diesem Zweck hat deine Familie mich eingestellt. Wenn ich mich erst einmal eingearbeitet habe, werde ich besser wissen, was du brauchst, aber du musst wissen, dass du nicht allein bist. Ich werde dir helfen.«

»Und wenn ich trotz allem deine Hilfe nicht will?«

»Vergiss es, Butterblume. Ich werde hierbleiben.« *Zumindest bis ich wieder weiterziehe.*

»Butterblume? Hast du das wirklich gesagt, Fall?«

Sie zeigte ihm den Mittelfinger. Oh, die beste Art, seinen Boss sauer zu machen. »Und jetzt verzieh dich in dein Arbeitszimmer oder tu, was auch immer du tun musst, um deinen Tag zu beginnen. Ich werde mich um die Wäsche kümmern. Und Staub wischen. Ich werde irgendetwas tun, sodass ich in deinem Haus atmen kann, ohne das Bedürfnis zu bekommen, duschen zu müssen.«

Er ließ den Blick über ihren Körper schweifen. Ihre Brustwarzen wurden zu harten Spitzen, die sich durch den BH drückten und auch noch durchs T-Shirt gut zu erkennen waren.

»Falls du duschen musst, Fall, tu es gleich.«

Sie schnaufte und warf sich das Haar über die Schulter. »Nicht bevor ich das Bad geputzt habe. Ich weiß ja nicht, wo du gewesen bist.« Und mit diesen Worten zückte sie ein Notizbuch und einen Stift, um zu notieren, was sie tun und was sie einkaufen musste. Denn das Haus dieses Mannes würde sie Vollzeit auf

Trab halten, und der Mann selbst war eine noch größere Aufgabe.

Sie mochte vielleicht einen Fehler machen, aber zumindest würde sie gute Arbeit leisten. Und wenn sie sich das weiterhin vorbetete, konnte sie versuchen zu ignorieren, dass allein die Anwesenheit des Mannes in ihr das Bedürfnis hervorrief, die Beine zu spreizen und ihn auf sich zu ziehen.

Denn das würde nicht geschehen.

Niemals.

Kapitel Vier

GRIFFIN BEFAND sich in der Hölle. In einer brennend heißen Hölle, in der die Stimmen in seinem Kopf nicht mehr zu ihm sprachen und sein Schwanz so hart war, dass er befürchtete, dieser könnte durch seine Jeans brechen und ihn in Verlegenheit bringen.

Warum hatte er seiner Mutter erzählt, er würde es tolerieren, dass sie ihm Autumn ins Haus schickte? Ach nein, das hatte er eigentlich nicht getan. Er hatte etwas nachgegeben, aber nicht vollkommen. Wie hätte er auch Nein zu seiner Mutter sagen können? Und dann waren da noch seine drei Schwestern gewesen und er hatte vollends auf verlorenem Posten gestanden. Es gefiel ihm nicht, wenn sich Leute bei ihm aufhielten, während er arbeitete. Nun, eigentlich wollte er auch keine Leute bei sich zu Hause haben, wenn er nicht arbeitete.

Er gestattete seiner Familie, ihn zu besuchen, wenn es sein musste, und ließ sogar seine Cousins bei sich übernachten, da er den meisten Platz hatte. Aber das bedeutete nicht, dass ihm das gefallen musste. Allerdings hatte nichts von alledem etwas damit zu tun, warum er sich gerade so fühlte, als hielte er sich in der Hölle auf.

Nein, der Grund hierfür war die Frau, die in seinem Wohnzimmer vor sich hin summte.

Sie summte. Als wäre sie tatsächlich froh, für ihn sauber machen zu dürfen. Verdammt. Er war ein Tier. Ein Schwein. Ein Teenager, der sich weigerte, sein Zimmer aufzuräumen, weil er so verflucht faul war.

Sicher, so hatte er seine Situation nicht gesehen, bis die Frau, die er kaum kannte, die er aber verflucht sexy fand, in seinem Haus gestanden und sich angeekelt umgesehen hatte. Er war nicht schmutzig. Es lag kein Abfall herum, auf dem sich Maden tummelten, aber dennoch war er unordentlich. Das war ihm bewusst. Er räumte auf, wenn er Zeit hatte, und ehrlich, so schlimm hatte es noch nie ausgesehen.

Und das alles nur wegen des Buches.

Dieses verdammte Buch, das er nicht schreiben konnte.

Sicher, jetzt saß er auch nicht da und schrieb, wie er es eigentlich hätte tun sollen – weil sie da war.

Fall.

Autumn.

Sie.

Er konnte sich nicht konzentrieren, wenn sie in seiner Nähe war. Er konnte sogar jetzt noch die Lotion auf ihrer Haut riechen und ihre Hitze spüren, obwohl er sie nicht einmal berührt hatte. Er wollte wissen, ob ihre Haut so weich war, wie sie aussah. Wollte wissen, wie sich ihre Lippen anfühlten, wenn er an ihnen saugte oder vielleicht sogar an ihnen knabberte. Er wollte wissen, welche Farbe ihre Brustwarzen hatten und ob sie

Grübchen im Kreuz hatte, dort, wo die prächtigen Kurven ihrer Pobacken ansetzten.

Er durfte das nicht. Er sollte das nicht. Auf diese Art an sie zu denken war respektlos. Sie arbeitete jetzt für ihn. Autumn war tabu, doch die Botschaft war noch nicht bei seinem Schwanz angekommen. Stattdessen presste dieser sich gegen den Schritt seiner Hose und er wusste, das verdammte Ding würde Narben davontragen, wenn er es nicht zurechtrücken und etwas dagegen unternehmen würde.

Natürlich würde er nicht in seinem Arbeitszimmer masturbieren. Ein Mann hatte schließlich seine Grenzen. Aber auch in der Dusche konnte er sich nicht um das Problem kümmern, solange Autumn in seinem Haus war. Gott sei Dank hatte er am Abend zuvor geduscht und deshalb sah er jetzt zumindest nicht aus wie ein schmutziger Messi.

Als Autumn ihn in sein Arbeitszimmer gescheucht hatte, hatte er sich ein Hemd von dem Stapel frischer Wäsche angezogen und sich damit einen entzückenden Seitenblick von ihr eingefangen. Er hatte das Gefühl, dass dank Autumn die Stapel der schmutzigen Wäsche im Vergleich zu denen der sauberen immer kleiner werden würden. Er wusste, er hätte ihre Hilfe schätzen sollen, aber er fühlte sich immer noch, als hätte ihm jemand einen Tritt in den Hintern versetzt.

Sie hatte ihn bereits vor drei Stunden aus dem Weg geschafft und er hatte seither eine Seite geschrieben.

Eine Seite.

Er hätte vor Freude weinen mögen, obwohl die Seite der größte Schwachsinn war, den er je verfasst hatte, aber immerhin hatte er geschrieben.

Eine Seite in drei Stunden. Nur noch vierhundert lagen vor ihm. Und vielleicht würde er nicht mit dem Kopf gegen die Wand laufen müssen. Ein leichtes Klopfen an der Tür zum Arbeitszimmer riss ihn von dem Anblick der leeren zweiten Seite los. Er räusperte sich.

»Komm herein.« Hastig blickte er sich im Zimmer um und verzog das Gesicht. Na ja, zumindest lag hier keine schmutzige Wäsche herum. Das musste man ihm positiv anrechnen.

Autumn trat lächelnd mit einem Tablett voller Speisen ins Zimmer. Schnell stand er auf und nahm ihr das schwere Tablett ab. Er mochte zwar ein Chaot sein, aber er war kein Arschloch – zumindest nicht oft. Seine Mutter hatte ihn gut erzogen.

»Ich habe etwas zum Mittagessen kommen lassen, da ich diese entzückende Bestellliste am Kühlschrank gefunden habe. Morgen werde ich einkaufen gehen, sobald ich herausgefunden habe, was du in Bezug auf Mahlzeiten und Putzen brauchst. Du hast übrigens einen ganzen Schrank voller Putzmittel, du Witzbold.« Sie zog eine Braue in die Höhe. »Die Staubschicht auf den besagten Reinigungsmitteln mutet geradezu lächerlich ironisch an. Das ist alles, was ich dazu sagen will.«

Er zuckte mit den Schultern, nachdem er das Tablett auf dem Beistelltisch abgesetzt hatte. Er versuchte, ihrem Blick auszuweichen. Ja, es war ihm peinlich, aber verdammt, er musste arbeiten. Und manchmal mussten eben Bedürfnisse wie duschen, sauber machen und essen zurückstehen, wenn ein Abgabetermin bevorstand.

Ihm knurrte der Magen und er blickte auf die Speisen hinab, die sie gebracht hatte. Burritos und ein Taco Salat. Genial.

»Danke. Was schulde ich dir?« Er runzelte die Stirn. »Was genau zahle ich dir? Mom hat nichts dergleichen erwähnt.« Er stapelte ein paar Bücher auf dem Boden neben seinem Schreibtisch, sodass sie einen Platz zum Essen hätte, falls sie ihm Gesellschaft leisten wollte.

Autumn wedelte mit der Hand durch die Luft. »Deine Mutter hat vorgesorgt. Für heute hat sie mir Geld für die Mahlzeiten in die Hand gedrückt. Ich hätte sie ansonsten einfach bezahlt und es dir auf die Rechnung gesetzt. Und was die Auszahlungsweise meines Lohns anbelangt, so haben deine Schwestern einen Vertrag aufgesetzt, den du dir wahrscheinlich ansehen solltest.« Sie schnaufte. »Sie haben ihn dir per E-Mail geschickt, aber ich nehme an, dass du deinen Posteingang nicht überprüfst, wenn du so im Rückstand bist. Ich kann dir alles ausdrucken, was du brauchst. Was die Höhe meiner Bezahlung betrifft, so können wir nach dem Essen darüber reden.«

Diesmal wich sie seinem Blick aus und er legte den Kopf schräg. Faszinierend. Scheinbar hatte Autumn Geheimnisse. Geheimnisse, die er gern aufgespürt hätte. Geheimnisse, die er aber nicht aufspüren sollte, da er nicht wollte, dass sie ihn faszinierte.

Autumn nahm ihren Taco Salat vom Tablett und wollte sich in dem großen Ledersessel niederlassen, als Griffin ein würgendes Geräusch von sich gab.

Sie erstarrte. Ihr köstliches Hinterteil schwebte über dem Sessel. »Was zum Teufel war das?«

Er räusperte sich. »Nicht dort. Das ist mein Denkersessel.« Er klang wie ein Vollidiot. Vielleicht sogar wie der verrückte, eigenbrötlerische Schriftsteller, zu dem er sich langsam entwickelte, wie seine Familie im Scherz behauptete.

Sie richtete sich gerade auf. »Ooookay. Dann setze ich mich ins Wohnzimmer und esse dort.«

Er schloss die Augen und kniff sich in den Nasenrücken. »Nein, du kannst dich an meinen Schreibtisch oder auf einen der Stühle am Tisch setzen. Nur was diesen einen Sessel anbelangt bin ich etwas seltsam, okay? Ich schwöre, ich bin weder ein Serienmörder noch etwas anderes Abartiges. Noch verrückt. Ich bin einfach …«

»Du willst nicht, dass jemand anderes sich in diesen Sessel setzt, verstehe.« Sie zuckte mit den Schultern, doch er sah das Lachen in ihren Augen. Sie setzte sich auf einen der freien Stühle. Seine Schultern entspannten sich. Ja, er war merkwürdig.

»Danke«, murmelte er. »Und danke für das Essen.« Er ließ sich wieder auf seinem Schreibtischstuhl nieder – sein Denkersessel blieb verwaist – und stürzte sich auf seine Mahlzeit. Gewürze und Käse entfachten ein Feuerwerk auf seiner Zunge und er stöhnte.

»Gut?«, fragte Autumn lächelnd.

»Ja, verflucht. Die kochen dort verdammt gut.« Er schob sich einen so großen Bissen in den Mund, dass er gut als Neandertaler durchgegangen wäre, doch das kümmerte ihn nicht.

»Na dann, Griffin Montgomery, erzähl mir etwas über dich.« Autumn machte sich nun über ihren Taco Salat her. Er unterdrückte ein Grinsen. Wie seine Schwestern und Sierra aß auch Autumn, als liebte sie es, anstatt an einem Salatblatt zu knabbern und das als Mahlzeit zu bezeichnen. Ein Pluspunkt für sie.

»Was willst du wissen?«, fragte er in dem Versuch, sich höflich zu unterhalten. Er wehrte sich immer noch dagegen, sie in seinem Haus zu haben, aber er konnte sich schließlich nicht die ganze Zeit wie ein Arschloch benehmen. Das wirkte mit der Zeit ermüdend.

»Ich weiß nicht«, erwiderte sie. »Irgendetwas.«

Wie wäre es damit, wenn er ihr erzählte, wie gern er sie über den Schreibtisch gebeugt und sie gefickt hätte? Nein, lieber nicht. Verflucht, die Richtung seiner Gedanken gefiel ihm ganz und gar nicht. Er war ein verdammtes Arschloch, das wusste er.

»Ich bin Schriftsteller.«

Autumn blinzelte, legte die Gabel auf den Teller und klatschte leicht in die Hände. »Oh mein Gott. Das ist … das ist wirklich spannend. Ich meine, du bist ein Schriftsteller? Wer hätte das gedacht?«

Er hob die Hand, um ihr den Mittelfinger zu zeigen, doch dann erinnerte er sich daran, dass sie nicht zur Familie gehörte, und fuhr sich stattdessen mit der Hand durchs Haar. Sanft.

»Warte. Hast du gerade das Wort *spannend* bewusst benutzt?«

Sie verdrehte die Augen. »Dir entgeht auch nichts.«

»Nun, Fall, ich bin ein Krimiautor, der spannende Bücher schreibt, wie du sehr wohl weißt. Hast du schon mal ein Buch von mir gelesen?« Er lächelte und bemerkte, dass sie wieder seinem Blick auswich.

Faszinierend. Wieder einmal.

»Ich glaube schon«, erwiderte sie vage.

Er wusste nicht, warum ihre Antwort ihn ärgerte, aber so war es nun einmal. Und was, wenn sie noch nichts von ihm gelesen hatte? Oder wenn sie etwas gelesen hatte, sich aber nicht daran erinnern konnte? Immerhin verkaufte er viele Bücher.

Nun, nur leider konnte er keine mehr schreiben.

Gott, wenn sie endlich verschwände, sodass er

wieder denken konnte! Es missfiel ihm, dass er sich in diese Lage manövriert hatte.

»Ich bin das sechste Kind der Montgomerys«, platzte er zusammenhanglos hervor, denn er wollte sich von der Tatsache ablenken, dass er im Augenblick sein Leben geradezu hasste.

»Du bist also eines der Babys.« Sie leckte saure Sahne von ihrer Gabel und er musste blinzeln, um denken zu können. Verfluchte Zunge! Sie arbeitete für ihn. Obwohl, wenn er es recht überlegte, arbeitete sie für seine Mutter, aber verflixt, er sollte ohnehin keine schmutzigen Gedanken über Autumn hegen. Das war nicht fair ihr gegenüber und sich selbst gegenüber schon mal gar nicht.

»Alex und Miranda sind jünger als ich, aber ja, ich gehöre zu den Babys, wenn du so willst.« Er zuckte mit den Schultern. Mittlerweile waren sie alle erwachsen, also spielte es keine große Rolle mehr, in welcher Reihenfolge sie das Licht der Welt erblickt hatten. Ja, Miranda war immer noch das Nesthäkchen und der Liebling, aber inzwischen glücklich verheiratet. Alex hatte als einer der Ersten die Ehe geschlossen. Aber jetzt befand er sich in der Reha und versuchte, sich wieder in den Griff zu bekommen. Und Griffin … nun, Griffin war eben Griffin. Und aus diesem Grund konnte sein Gehirn wahrscheinlich auch nicht mehr arbeiten.

Und jetzt Schluss mit dem Schwachsinn.

»Ich weiß immer noch nicht, warum du hier gelandet bist«, wechselte er das Thema in dem Versuch, die steigende Spannung zu brechen.

Ihr Rücken versteifte sich. »Was meinst du mit *hier*?«

»Ich meine, hier bei mir, um für mich zu arbeiten. Was dachtest du denn, was ich gemeint habe?«

Sie hob abwehrend die Hand. »Nichts. Meghan hat mich überredet, als ich einen schwachen Moment hatte. Ich habe die Fähigkeiten, dir zu helfen, und sobald ich mich eingearbeitet habe, werde ich dir sagen, was ich tun werde.«

Er zog eine Braue in die Höhe. »Sollte nicht ich dir sagen, was ich getan haben will?«

»Vielleicht. Aber wenn du dazu fähig wärst, könntest du es auch selbst tun, richtig?«

Okay, das reichte. »Schluss damit. Fahr nach Hause, okay? Danke fürs Putzen und dass du etwas zu essen bestellt hast, aber ich brauche keine Hilfe.«

Sie erhob sich langsam und räumte methodisch ihren Platz auf. »Du bist ein Idiot, Griffin, und du kannst mich nicht feuern. Du kannst über deinen Schatten springen und einsehen, dass du meine Hilfe brauchst. Ich entschuldige mich für meine Worte. Sie waren etwas ausfällig. Aber gewiss kannst du nicht alles allein machen, und das solltest du auch nicht. Und deshalb bin ich hier.«

Er fuhr sich mit der Hand übers Gesicht und wandte sich ab. Er musste nachdenken. Sein Blick blieb auf der leeren Seite auf dem Bildschirm haften und ja, anstatt sich Selbstvorwürfe zu machen, dass er nicht mehr als eine Seite zustande gebracht hatte, reagierte er wie ein Idiot. Er wandte sich wieder ihr zu und stemmte die Hände in die Hüften.

»Fahr nach Hause, Autumn. Ich kenne dich nicht einmal. Ich weiß, du behauptest, all diese Fähigkeiten zu haben, aber was weiß ich wirklich über dich, hä? Du glaubst, einfach hier hereinschneien und mein Leben in die Hand nehmen zu können? Das sehe ich anders. Ich bin kein Kind, das einen Babysitter

braucht. Ich bin ein Mann, der seiner Arbeit nach-
gehen muss, und das nicht kann, wenn du hier herum-
schleichst.«

Während er sprach, röteten sich ihre Wangen und er
sah, wie ihre Brust sich hob und senkte, als sie tief Luft
holte.

»Du bist ein Arschloch.«

»Ja, das bin ich. Du musst ja nicht hier bei mir sein.«

»Für heute habe ich genug von dir, aber ich werde
zurückkehren.«

»Bemüh dich nicht.« *Siehst du? Ich bin ein Arschloch.*

Sie warf stolz ihre rote Mähne über die Schulter
und starrte ihn an. »Du brauchst alle Hilfe, die du
bekommen kannst, und die Tatsache, dass du das nicht
einsiehst, macht mich traurig. Und ich werde dir helfen,
weil … verdammt … ich will, dass du das verfluchte
Buch beendest. Also wachse über dich hinaus und lerne,
dass du nicht alles allein tun musst. Dass du nicht alles
allein tun kannst.«

Mit diesen Worten knallte sie die Tür zum Arbeitszimmer hinter sich zu. Er zählte bis fünf, bis er hörte,
wie sie auch die Haustür zuwarf.

Nun, er hatte es wirklich geschafft und sie verjagt.
Aber er konnte nicht arbeiten, solange sie in der Nähe
war. Sicher, er ignorierte die Tatsache, dass er eine
ganze Seite geschrieben hatte, während sie sich im Haus
aufgehalten hatte. Und das war mehr, als er in einer
Woche zustande gebracht hatte. Aber das zählte nicht.
Er würde diese Seite ohnehin löschen. Er wusste nicht,
wie das Leben seines Hauptcharakters weitergehen
würde. Und ganz sicher wusste er nicht, in welche Richtung sein eigenes Leben gehen würde.

»Vollkommen fertig« beschrieb nicht einmal ansatzweise den Zustand, in dem er sich im Augenblick befand.

Und das war allein seine Schuld. Nicht Autumns. Nicht die seiner Familie. Allein seine.

Und was würde er dagegen unternehmen?

Nichts, wie es schien.

Und er wollte ein reifer Mann sein?

Er warf einen Blick auf die Uhr seines Handys und fluchte. Was zum Teufel hatte er sich gedacht? Oh, richtig, er hatte nichts gedacht. Hastig sicherte er die einzige Seite des Buches, nur für den Fall, dass etwas Unvorhergesehenes geschah, und schob sein Handy in die Tasche. Er schlüpfte in seine Schuhe, schnappte sich Brieftasche und Schlüssel und verließ das Haus, das er hinter sich abschloss. Dann blieb er plötzlich auf der Veranda stehen, runzelte die Stirn, schloss die Haustür wieder auf und trat zurück ins Haus.

Gütiger Himmel.

Er war ein toter Mann.

Ein Arschloch.

Ein wertloses, undankbares Stück Dreck.

Er ging mit weit aufgerissenen Augen durchs Wohnzimmer.

Autumn hatte sich nur drei Stunden in seinem Haus aufgehalten und bereits Wunder gewirkt. Wohn- und Esszimmer strahlten. Ja, strahlten. Es roch nach Zitrone und Lavendel, nicht nach verschwitztem Mann und Trainingshosen. Sie hatte Staub gewischt, gesaugt – warum er das nicht gehört hatte, ging über seinen Verstand – und seine Kleider und Gläser eingesammelt. Sie hatte alle Bücher neben den Bücherregalen gestapelt. Er nahm an, dass sie vorhatte, sie wieder in die Regale einzusortieren. Er würde ihr dabei helfen müssen. Es sah zwar nicht so aus, aber er hatte ein System, das er mit dem Zuwachs an Büchern nicht mehr hatte einhalten können. Er hätte Decker oder Storm bereits vor einem Jahr bitten sollen, neue Regale zu bauen, doch er hatte es immer wieder verschoben.

Schnell sandte er Decker eine SMS, ob dieser ihm mehr solcher Regale bauen könnte, wie er es zuvor getan hatte. Dann schob er sein Handy in die Tasche zurück, zum zweiten Mal. Die verfluchte Frau hatte in ein paar Stunden das Chaos beseitigt, das er innerhalb einiger Wochen verursacht hatte. Es sah aus, als hätte sie vorgehabt, nach dem Essen die Küche in Ordnung zu bringen. Und anstatt sich bei ihr für ihre Mühe zu bedanken, hatte er ihr das Kriegsbeil hingeworfen.

Kein Wunder, dass er Single und so allein war.

Er fuhr sich mit der Hand durchs Haar, drehte sich auf dem Absatz um und ging durch die nun sauberen Zimmer zur Haustür zurück. Wenn Autumn zurückkehren würde, wie sie gesagt hatte, wollte er sich bei ihr bedanken. Sie hatte seinen Dreck weggemacht und einen besseren Job hingelegt, als er selbst es gekonnt hätte.

Er hatte einen vollen Magen, ein teilweise sauberes Haus und eine Seite mehr in seinem Buch. Das war ein Fortschritt. Und doch hatte er herumgebrüllt und geschmollt. Was zum Teufel war los mit ihm? Und stand er nicht auf sie? Es war nicht ihre Schuld, dass er sie haben wollte, aber nicht haben konnte. Auch konnte sie nichts dafür, dass er mit dem Abgabetermin in Verzug war, obwohl er gern jemand anderem die Schuld zugeschoben hätte.

Griffin hasste es einfach, jemand anderen in seinem Haus zu haben, und die Frau war mehr als nur irgendjemand. Sie faszinierte ihn, sie machte ihn hart und gleichzeitig machte sie ihn wütend. Vielleicht brauchte er einfach nur Sex. Er hatte schon so lange keinen mehr gehabt, dass er befürchtete, nicht mehr zu wissen, was er gegebenenfalls zu tun hatte.

Plötzlich summte sein Telefon und er zog es wieder hervor. Er stieß einen grunzenden Laut aus, als er Deckers SMS las.

Habe gerade keine Zeit. Ruf mich später an, dann besprechen wir die Einzelheiten. Bin bei der Arbeit.

Er schrieb seinem besten Freund seine Zustimmung und wollte gerade das Handy einstecken, als es sich erneut meldete. Offensichtlich war er heute beliebt.

Er nahm den Anruf entgegen, als er Mayas Namen auf dem Bildschirm las. »Hey.«

»Hey. Wirst du heute zu deinem Termin erscheinen oder wirst du für den Rest des Tages zu Hause sitzen und deine Eier kraulen?«

Er fluchte. »Mist. Ich habe es vergessen.«

»Nun, wenn du es in deinen Kalender eingetragen und dich hättest erinnern lassen, würdest du jetzt nicht wie ein Idiot dastehen. Bitte Autumn, solche Termine in den Kalender deines Handys einzutragen. Sie wird dafür sorgen, dass du nichts mehr verpasst.«

Falls sie nicht vorher kündigen würde.

»Ich kann immer noch nicht glauben, dass ihr jemanden für mich eingestellt habt«, sagte er mit trockenem Mund.

»Nun, du bist nicht hier erschienen und ich wette, dass du nicht gearbeitet hast, da du so schnell den Anruf angenommen hast. Du hast sie also wahrscheinlich wirklich gebraucht. Und nun beweg deinen Hintern hierher, damit ich mit dem Tattoo beginnen kann. Mach mich nicht sauer, Griffin.«

Sie beendete das Gespräch. Er lächelte. Seine Schwester besaß eine scharfe Zunge und ließ sich nichts gefallen, wofür er sie umso mehr liebte. Und eines Tages, wenn sie endlich ihren besten Freund als das erkannte, was er wirklich für sie sein könnte, wäre sie die glücklichste Frau der Welt. Sicher, es ging ihn nichts an, daher würde er den Mund halten. Vorerst.

Er würde sich das Tattoo stechen und sich von den Schmerzen seinen Ärger hinwegspülen lassen. Und sobald er nach Hause zurückgekehrt wäre, würde er schreiben.

So wie er es sich jeden verdammten Tag in den letzten drei Monaten eingeredet hatte.

Doch diesmal würde er Autumn aus seinen Gedanken vertreiben und das tun, was er tun musste. Und morgen früh würde er sich für sein Verhalten entschuldigen und ihre Hilfe annehmen.

Denn obwohl er sich gegen ihre Anwesenheit gesträubt hatte, hatte er geschrieben.

Er hatte geschrieben.

Das bedeutete etwas.

Sein Zustand würde sich mit der Zeit bessern.

Jedenfalls hoffte er das.

Denn falls nicht? Nun, daran wollte er nicht denken. Das konnte er sich nicht leisten.

Kapitel Fünf

AUTUMN HÄTTE NORMALERWEISE keinen Mann geschlagen. Sie hielt nicht viel von Gewalt, aber bei Griffin würde sie vielleicht eine Ausnahme machen. Der verfluchte Kerl frustrierte sie maßlos und dass er obendrein noch so verdammt heiß aussah, wenn er sich so barsch und stur gab, machte die Sache auch nicht besser. Und wenn er dann zu allem Übel noch leicht nach Schweiß roch und sie mit seinem glühenden Blick anstarrte, musste sie mehrmals tief Luft holen, um nicht die Beherrschung zu verlieren.

Offensichtlich fühlte sie sich zu Arschlöchern hingezogen.

Gut zu wissen.

Und nun musste sie für diesen verfluchten Kerl arbeiten. Bereits am ersten Tag war sie aus dem Haus gestürmt, maßlos wütend und sauer, dass sie seiner Aufforderung, zu gehen, Folge geleistet hatte. Sie hatte gewusst, dass er eigentlich keine persönliche Assistentin haben wollte, doch dass er sich so sehr gegen jede Art von Hilfe sträubte, hatte sie nicht gewusst. Dabei brauchte er dringend Unterstützung, wenn auch nur, um ihm zu helfen, die Blockade in seinem Gehirn zu überwinden. Doch er lehnte alles ab. Er wollte alles allein machen.

Aber er tat es nicht, oder?

Durchgeknallter Kerl.

Seufzend drückte sie die Eingangstür zu Montgomery Ink auf und entspannte die Schultern – etwas. Tattoos und Freunde würden ihr helfen, wieder zu sich zu kommen. Wie immer.

Gelächter, das Summen von Nadeln und das tiefe Grollen von Austins Stimme drangen an ihr Ohr. Sie seufzte noch einmal, diesmal fröhlicher. In einem Tattoostudio konnte sie sich vollkommen zu Hause fühlen. Wenn sie doch nur tätowieren könnte! Sie konnte zwar zeichnen, besaß jedoch kein so überragendes Talent wie die Mitarbeiter in diesem Laden.

»Autumn!«, rief Callie, eine der Künstlerinnen, während sie sich ihr mit ausgebreiteten Armen näherte. Autumn überließ sich der Umarmung und atmete Callies süßen, blumigen Duft ein. Die Frau hüpfte herum, als hätte sie endlos Energie zur Verfügung, und sah dabei umwerfend aus. Allerdings war sie eine der Jüngeren im Kreis der Montgomerys. Auch kam ihr zugute, dass sie mit einem echt netten Mann verheiratet war, der sich bemühte, ihr jeden Wunsch zu erfüllen.

Nein, da war keine Eifersucht. Nicht ein kleines bisschen. Okay, vielleicht doch ein bisschen.

»Schön, dich zu sehen, Callie.« Autumn lehnte sich zurück und musterte das Gesicht der Frau. »Du siehst irgendwie verändert aus.«

Callie errötete und wandte den Blick ab. »Ich bin einfach nur glücklich.«

Hm … interessant. Nun, es sah so aus, als wollte Callie ihr Geheimnis für sich behalten, und Autumn akzeptierte das. Hatte sie nicht selbst genügend Geheimnisse, um den ganzen Laden zu füllen und noch viel mehr?

»Das sehe ich«, erwiderte Autumn ehrlich.

»Gut, dass du gekommen bist«, rief Maya, die aus dem Hinterzimmer auftauchte. Die Frau war unheimlich dünn, wirkte aber trotzdem verdammt sexy. Wenn Autumn eine Vorliebe für Frauen gehabt hätte, wäre Maya ihr Typ gewesen. Der stumpfe Pony ihres dunkelbraunen Bubikopfs bildete den perfekten Rahmen für ihr Gesicht mit den dunklen Brauen, von denen eine ein Piercing trug. Die leuchtend roten Lippen vor dem blassen Gesicht ließen sie aussehen wie ein Pin-up-Girl, jedoch noch einen Hauch schärfer. Die Tattoos auf ihrer Haut stammten zum größten Teil von ihrem Bruder Austin. Die übrigen hatte sie sich selbst gestochen. Wirklich, die Frau hatte Talent. Und Charakter. Daher gehörte sie zu Autumns engeren Freunden – soweit Autumn enge Freundschaften überhaupt zuließ.

»Ich freue mich auch, dich zu sehen«, erwiderte Autumn und zog eine Braue in die Höhe. »Was ist los?«

»Austin hat mit seinen dicken, ungeschickten Fingern schon wieder den Computer zum Abstürzen gebracht«, erwiderte Maya schnippisch und warf einen bösen Blick in Austins Richtung. Austin, der sich voll auf seinen Kunden konzentrierte, zeigte Maya mit der freien Hand den Mittelfinger.

Sie hatte sich die Montgomerys nicht grundlos zu Freunden gewählt.

»Jetzt sei nicht so gemein«, mischte Callie sich ein. »Ich kann das Problem beheben.«

Maya schüttelte den Kopf. »Du hast in fünf Minuten eine Kundin. Oder vielleicht auch nicht. Ich kann ja nicht nachschauen, da ich den verdammten Computer nicht zum Laufen bringen kann.«

»Ich habe ihn nicht abstürzen lassen«, knurrte Austin, der keinen Blick von seiner Arbeit ließ. »Ich habe lediglich die Taste für *Speichern* gedrückt. Doch er hat nicht reagiert. Es ist die Schuld des Computers. Wenn du die Empfangsdame nicht gefeuert hättest, die es immerhin zwei Wochen hier ausgehalten hat, wären wir jetzt nicht in dieser Lage.«

Autumn presste die Lippen aufeinander und versuchte, nicht zu lachen. Die beiden redeten innerhalb der Mauern ihres gemeinsamen Studios immer auf diese Art miteinander. Sie war sich allerdings ziemlich sicher, dass sie auch woanders so miteinander redeten. Wenn sie nicht genau gewusst hätte, dass jeder der beiden sein Leben für den anderen gegeben hätte, hätte sie geglaubt, die beiden hätten Probleme miteinander.

»Ich habe die verdammte Empfangsdame gefeuert, weil sie versucht hat, sich an deinem Bein zu reiben!«

Autumn ergriff Callies Hand und vermied es, diese anzublicken. Wenn nämlich in diesem Augenblick eine von ihnen gelacht hätte … nun, Autumn mochte an die Konsequenzen gar nicht erst denken.

»Als hätte ich sie so nahe an mich herangelassen, dass sie sich an meinem Bein hätte reiben können«, grollte Austin.

»Sie ist dir einmal recht nahegekommen«, warf nun Sloane ein, ein verflucht feines Exemplar seines Geschlechts. Er bestand fast nur aus breiten Schultern und muskulösen Oberschenkeln, dazu ein geschorener Kopf und ein dauerhaft missmutiger Gesichtsausdruck. Dieser Mann brachte nur für Hailey ein Lächeln zustande, obwohl die Inhaberin des Cafés es nie zu bemerken schien. Wirklich, manchmal ging es hier zu wie in einer Seifenoper, sehr zu Autumns Vergnügen. Wenn sie doch nur für Montgomery Ink hätte arbeiten können anstatt für das Riesenbaby und Arschloch, das sich weigerte, sich helfen zu lassen.

»Ja, und ich habe sie einfach weggeschoben, sie aber nicht zum Weinen gebracht, wie eine gewisse andere Person es getan hat.«

»Sie hatte es verdient«, rief Maya.

Autumn holte tief Luft und stellte sich zwischen die beiden Geschwister, wobei Austin auf seinem Hocker saß und sich nicht bewegt hatte, obwohl er die Tätowierpistole angehalten hatte, sobald er die Aufmerksamkeit seiner Schwester zugewandt hatte. Der Kunde grinste nur. Sein großes Rückentattoo schien die Arbeit mehrerer Sitzungen zu sein. Inzwischen musste er sich an Austin und Maya gewöhnt haben. Maya hatte die Hände in die Hüften gestemmt und ihr Kiefer sah aus, als würde er gleich brechen, so heftig presste sie die Zähne aufeinander.

»Okay, Leute, lasst mich mal an den Computer, damit ihr euch beruhigen und weitermachen könnt«, sagte Autumn ruhig. »Ich habe euch doch gesagt, dass ich euch bei solchen Problemen helfen kann.«

Maya runzelte die Stirn und verengte die Augen zu Schlitzen. »Warte. Solltest du jetzt nicht eigentlich bei Griffin sein? Ich dachte, du hättest heute bei ihm angefangen.«

Autumn reckte das Kinn in die Luft. »Gegen das Knurren deines Bruders klingt Austin wie ein Welpe.«

Austin lachte brüllend. »Dieser Junge ist echt unmöglich. Was hat er jetzt wieder getan?«

»Er will keine Assistentin.«

»Das hätte ich dir vorher sagen können«, erklärte Austin, wobei seine Augen immer noch lachten. »Aber das heißt nicht, dass er keine braucht. Er ist eben manchmal ein Arschloch. Ignoriere ihn einfach und tu, was du kannst. Obwohl ich es eigentlich nicht gut fand, dass die Mädels und Mom dich hinter seinem Rücken eingestellt haben, glaube ich, dass du ihn in die Gänge bringen wirst.«

»Alle Männer der Montgomerys brauchen gelegentlich einen Tritt in den Hintern«, warf Maya ein.

Austin hob eine Braue. »Das gilt auch für die Frauen, Süße. Sollen wir uns mal über Jake unterhalten?«

»Er ist nur mein guter Freund«, rief Maya prompt. »Wie oft muss ich dir das noch sagen?«

»Jetzt reicht es«, schaltete Autumn sich ein. »Zurück in eure Ecken, alle beide.«

Maya grinste Austin an, was einen Hauch zu mutwillig für ein Lächeln wirkte. Austin grinste ebenfalls, doch seine Lippen waren unter dem Bart kaum sichtbar.

»Glaubt ihr, wir könnten uns ein einziges Mal unterhalten, ohne zu fluchen?«, fragte Callie mit strahlenden, unschuldigen Augen.

Maya schnaufte. »Und dies aus dem Mund einer Frau, die mir gerade erzählt hat, dass Morgan sie ans Bett gefesselt und ihren Orgasmus solange hinausgezögert hat, bis sie zugab, ein böses Mädchen zu sein.«

Austins Schultern zuckten und Sloane lachte leise

vor sich hin, doch Callie hob stolz das Kinn, obwohl sie knallrot wurde.

»Nun, ich war böse und hatte eine Strafe verdient. Und das habe ich dir im Vertrauen erzählt, du Schlampe. Wahrscheinlich bist du das böse Mädchen und ich sollte Jake dazu bringen, dich zu bestrafen.« Sie grinste. Autumn musste sich am Schreibtisch festhalten, um nicht vor Lachen umzufallen.

»Der Nächste, der über Jake eine Bemerkung ablässt, hat meinen Fuß im Hintern.«

»Hat da gerade jemand Jake erwähnt?«, ertönte plötzlich Griffins Stimme, der zur Tür hereinkam. »Hast du es endlich begriffen, Maya, Liebes?«

Maya knurrte, während Autumn erstarrte. Was zum Teufel wollte er hier? Sollte er nicht zu Hause sein und so tun, als schriebe er, und über sein schlechtes Benehmen nachdenken?

Maya fuhr mit erhobenen Fäusten zu Griffin herum. Doch der duckte sich nicht, sondern packte seine Schwester und wirbelte sie durch das Studio.

»Ich werde dich umbringen«, drohte Maya.

»Ich bin sicher, du wirst es versuchen. Aber vorher wirst du an meinem nächsten Tattoo arbeiten müssen. Ich habe einen Termin, schon vergessen?«

Maya schnaufte. »Ich erinnere mich daran, aber es überrascht mich, dass du daran gedacht hast. Wie kannst du überhaupt an etwas denken, obwohl du deine Assistentin hinausgeworfen hast, bevor sie überhaupt mit der Arbeit beginnen konnte?«

Autumn straffte die Schultern, als Griffin sich von seiner Schwester abwandte und ihr in die Augen blickte. Er schluckte, dann presste er die Zähne aufeinander. Sein

Bart, der einige Tage alt sein musste, wirkte immer noch ziemlich sexy. Sie hatte ihn doch eben erst gesehen. Konnte es sein, dass er inzwischen noch besser aussah als zuvor?

Nun war es so weit. Sie war verrückt geworden. Nächste Etappe: geistesgestört und sabbernd. Aber nicht, weil ihr beim Anblick des Mannes das Wasser im Munde zusammenlief. Das würde ihr nicht passieren. Niemals.

»Ich wusste nicht, dass du hierher wolltest«, bemerkte Griffin beiläufig.

»Du hast nicht danach gefragt.«

»Du hast mir nicht viel Zeit für Fragen gelassen, richtig?«

Autumn öffnete den Mund, um ihn anzuschreien, doch dann erinnerte sie sich daran, wo sie sich befand und wer alles mit ansah, wie sie sich benahmen wie Sechsjährige, die sich um ein Spielzeug streiten.

»Ich wusste nicht, dass du heute hier einen Termin hast«, sagte sie stattdessen. Mit ein paar Klicks auf der Tastatur hatte sie den Terminkalender des Studios geöffnet und fand Griffins lange geplanten Termin bei Maya.

»Ich hatte ihn in einem Notizbuch in meinem Arbeitszimmer vermerkt«, erklärte Griffin. »Einen Termin für ein Tattoo vergesse ich nicht.«

»Nein, aber alles andere vergisst du.« Sie zuckte zusammen. Verdammt. Dieser Mann war immer noch ihr Boss, daran musste sie sich erinnern.

Maya schnaufte. »Das ist wahr. Tätowierungen sind dir wichtiger als dein Leben. Richtig, kleiner Bruder?«

Griffin schüttelte den Kopf. »Du wurdest direkt vor mir geboren, Maya. So viel älter bist du nicht.«

»Aber immerhin etwas älter.« Maya runzelte die

Stirn. »Zumindest bis ich eines Tages behaupten werde, immer noch achtundzwanzig zu sein. Dann wirst du der Ältere sein. Aber jetzt setz dich hin und zieh dein Hemd aus, damit wir dein Schultertattoo beenden können. Aber spann die Muskeln nicht zu sehr an, mein liebster Bruder. Die einzigen Menschen im Raum mit Brüsten sind entweder mit dir verwandt oder im Augenblick nicht gut auf dich zu sprechen.« Sie warf Autumn einen Blick zu und zwinkerte.

Na toll. Jetzt musste sie sich auch noch im selben Raum aufhalten wie der halb nackte Griffin, während ihr das Summen der Tätowierpistole in den Ohren klang und sie noch mehr erregte als der Montgomery, der ihr das Leben zur Hölle machte.

Autumn wandte ihre Aufmerksamkeit wieder dem Computer zu und bemühte sich, etwas Ordnung ins System zu bringen. Das Studio lief sehr gut und Austin und Maya arbeiteten methodisch die Liste der Kunden ab, die bis zu drei Jahre auf ein größeres Tattoo oder einen künstlerischen Entwurf warten mussten. Der bereits zur Lächerlichkeit avancierte ständige Mangel an einer Empfangsdame machte es ihnen nicht gerade leichter. Als Callie noch Austins Lehrling und keine Voll-zeit-Künstlerin gewesen war, hatte die junge Frau zuweilen aushelfen können. Doch inzwischen hatte Callies Talent sich herumgesprochen und sie hatte keine Zeit mehr für die Büroarbeit. Autumn half, wo sie konnte, verweigerte jedoch eine Bezahlung. Hauptsäch-lich weil sie dann unweigerlich ihre Papiere hätte vorzeigen müssen, und je weniger Informationen sie herausgab, desto besser. Bis jetzt hatte sie bei Griffin noch keine Papiere vorlegen müssen, doch sie wusste, dass sich dies in Zukunft nicht vermeiden ließ. Sie hasste es zu lügen, doch sie hatte keine Ahnung, was sie sonst hätte tun können. Sobald es eng werden würde, liefe sie davon, wie sie es immer tat.

Obwohl es diesmal mehr wehtäte als all die anderen Male zuvor, so viel wusste sie.

Verfluchte Montgomerys.

Sie holte tief Luft, dann drehte sie sich zu Mayas Arbeitsplatz herum. Beinahe hätte sie ihre Zunge verschluckt.

Griffin saß rücklings auf einem Stuhl, die massigen Oberschenkel gespreizt. Die Arme hielt er vor seinem Gesicht verschränkt, obwohl er sie nicht auf die Stuhllehne stützte. Er hatte den Kopf gedreht, um über die Schulter zu Maya zu blicken, während sie über die Anordnung der Motive oder was auch immer sprachen.

Nein, Autumn würde vom reinen Anblick des Mannes keinen Orgasmus bekommen. Auf keinen Fall.

Sie presste die Schenkel zusammen und verfluchte den Tag, an dem Griffin Montgomery geboren worden war.

Sie wusste nicht, was Maya an diesem Tag an Griffins Schulter und Rücken zu tun hatte, und war sich nicht sicher, ob sie die Energie hatte, um dortzubleiben und zuzuschauen. Sie musste sich beherrschen, was blieb ihr auch anderes übrig. Es hatte keinen Sinn, sich nach einem Mann zu verzehren, für den sie arbeitete, einem Mann, den sie irgendwann verlassen musste, wenn es zu gefährlich würde zu bleiben.

Anstatt ihn weiter lustvoll zu begaffen, kehrte sie zu dem Computer zurück und organisierte die Dateien, soweit sie es konnte. Das dauerte nicht allzu lange und schon bald stand sie wieder auf den Füßen und wippte auf den Fußsohlen. Sie wusste, sie musste gehen. Sie war ins Studio gekommen, um sich abzureagieren oder sich zumindest zu beruhigen. Doch jetzt, da die Ursache ihrer Schwierigkeiten sich nicht nur im selben Raum befand, sondern auch noch mit nacktem Oberkörper dasaß, mit gerade der richtigen Menge an Brustbehaarung, die in ihr den Wunsch erweckte, ihn zu streicheln, bis sie beide es nicht mehr aushielten, wusste sie, sie musste gehen.

»Hey Autumn, komm mal schnell her«, rief Austin sie.

Sie schloss die Augen und zählte bis fünf. »Ja, gleich.«

Sie bemühte sich, nicht zu Mayas Arbeitsplatz hinüberzublicken und sich ungezwungen zu benehmen. Sie hatte das Gefühl, kläglich in ihren Bemühungen zu scheitern. Was zum Teufel war mit ihr los? Sie gab den Hormonen die Schuld. Vielleicht musste sie einfach mal wieder Sex haben und all diese Verwirrung würde aufhören. Aber natürlich, wenn sie an Sex dachte, konnte sie sich wieder nur Griffin vorstellen, der hinter ihr stand und ihr T-Shirt über die Hüften hochschob, während er sie über seinen Denkersessel beugte und sie von hinten fickte.

Verflucht sei dieser Montgomery!

Verflucht seien sie alle!

»Was ist los?« *Sehen Sie? Das war normal.*

Austin legte den Kopf schief und blickte ihr prüfend ins Gesicht. »Mein Kunde hatte zwar keine Bereitschaft, musste aber trotzdem plötzlich zur Arbeit.«

Sie runzelte die Stirn.

»Feuerwehrmann.«

Sie zog die Brauen hoch. »Ist alles in Ordnung?«

Austin schüttelte den Kopf. »Ich weiß es nicht.

Hoffentlich beschädigt seine Ausrüstung nicht das Tattoo, aber ein Feuer zu bekämpfen ist wichtiger als alles, was ich mit seiner Haut tun kann. Wie dem auch sei, ich habe jetzt eine Stunde Leerlauf. Sierra ist nicht in ihrem Laden auf der anderen Straßenseite, sonst wäre ich kurz rübergegangen, um meine Frau zu sehen. Was hältst du davon, wenn du dich hierhersetzt und mich an dem Tattoo an deiner Seite arbeiten lässt?«

»Was zum Teufel soll das? Ich dachte, ich würde sie als Nächstes in die Finger bekommen?«, rief Maya von ihrem Arbeitsplatz herüber.

Autumn verkniff sich ein Grinsen. Es amüsierte sie, wie die beiden sich ständig um die Haut der Familienmitglieder stritten, allerdings taten sie das nicht bei normalen Kunden. Es wurde ihr warm ums Herz. Kam sie ihnen langsam näher?

Verdammt. Das war nicht gut. Sie musste die Stadt bald verlassen.

Doch vorher konnte sie zumindest neue Tätowierungen bekommen.

»Hört sich gut an«, erwiderte sie leise.

»Gut. Mit dieser Arbeit bezahle ich dich für alles, was du für uns getan hast, da du ja kein Geld von uns annehmen willst.«

»Aber … aber ich kann das Tattoo bezahlen.« Sie mochte zwar kein übermäßig großes Budget haben, doch sie konnte bezahlen, was sie haben wollte.

Austin runzelte die Stirn. »Keine Diskussion. Und nun setz dich, roll dein T-Shirt hoch und steck es unter dem BH fest. An die Arbeit.«

Sie öffnete den Mund, um trotzdem zu widersprechen, doch der bärtige, ernste Mann vor ihr zog eine Braue in die Höhe. Also gut.

Sie tat, wie ihr geheißen, wobei sie sich bewusst war, dass jemand sie anstarrte. Während sie sich einerseits wünschte, es wäre Hitze, die von Griffins Blick ausging, hatte sie andererseits doch das Gefühl, dass erotische Anziehungskraft nichts damit zu tun hatte. Als sie schließlich mit gespreizten Beinen auf dem Stuhl saß und schräg zu Mayas Arbeitsplatz hinüberblicken konnte, hätte sie am liebsten ein böses Gesicht gemacht.

Natürlich musste es so kommen, dass sie mit hochgezogenem T-Shirt Griffin direkt gegenübersaß und dessen sexy Oberkörper und Arme vor Augen hatte. Warum sollten die Götter es auch besser mit ihr meinen?

Als Griffin ihren Blick einfing, grinste er. »So hast du dir deinen Nachmittag nicht vorgestellt, was?«

Sie biss die Zähne aufeinander. »Nein. Gewiss nicht.« Sie sog scharf die Luft ein, als Austin die Nadel zum ersten Mal ansetzte. Zuerst tat es immer höllisch weh, dann verwandelte der Schmerz sich langsam in ein angenehmes Summen, das Wellen des Vergnügens gemischt mit Schmerz bis in die Zehenspitzen sandte. Griffin lächelte sie jetzt an, wobei er immer noch denselben Ausdruck in den Augen hatte.

Sie leckte sich die Lippen; ihr Herz raste.

Nun wanderte sein Blick zu ihrem Mund und seine Pupillen weiteten sich.

Oh, Mann. Dies war weder der richtige Ort noch der richtige Zeitpunkt noch der rechte Mann.

Um nicht alle sehen zu lassen, was er mit ihr anstellte, senkte sie den Kopf und legte die Stirn auf die Arme. Ab und zu sprach Austin mit ihr, schien aber zu wissen, dass sie Zeit für sich brauchte – und sei es in einem geschäftigen Tattoostudio.

Fünfundvierzig Minuten vergingen wie im Flug, während sie versuchte, sich nicht auf Griffin zu konzentrieren. Und bald schon spürte sie, wie Austin zum letzten Mal ihre Taille abtupfte und über die Nachsorge sprach.

»Ich denke, mit einer weiteren Sitzung wird dieses fertig sein«, erklärte Austin. »Ich hätte heute bereits die abschließenden Schattierungen stechen können, doch deine Haut ist ein wenig angeschwollen und ich wollte auf Nummer sicher gehen, dass es eine perfekte Arbeit wird.«

Autumn überließ Austin ihre Hand, um sie im Gleichgewicht zu halten, als er sie zu dem langen Spiegel führte. Sie ließ den Blick über die verschiedenen Motive mit Blumensträußen an ihrer Seite gleiten – jede Blume symbolisierte einen neuen Umzug und einen neuen Wohnort, an dem sie sich hatte niederlassen müssen, obwohl sie niemals den Ort fand, der wahrlich ihr gehörte.

»Es ist perfekt«, flüsterte sie. Es wirkte, als wäre es bereits fertig. Falls sie gleich jetzt Hals über Kopf aus Denver verschwinden müsste, wäre sie nicht gezwungen, es von jemand anderem zu Ende bringen zu lassen. Allerdings würde sie ohnehin niemanden Hand an ein Tattoo von Montgomery Ink legen lassen. Nur ein geübtes Auge konnte sehen, dass noch einige Schatten und Linien fehlen mochten.

»Es ist beinahe fertig«, erklärte er leise. »Und vergiss nicht, dich gut zu pflegen.« Er blickte zu Maya und Griffin hinüber. »Und tritt ihm in den Hintern, wenn es nötig ist«, flüsterte er, wobei sein Bart ihr Ohr kitzelte.

Sie verdrehte die Augen. Dann zog sie vorsichtig das T-Shirt über die Plastikfolie, die er über die frische Tätowierung gelegt hatte. Als sie sich zu Mayas Arbeitsplatz herumdrehte, bemerkte sie Griffins Blick auf sich. Mit gesenkten Wimpern ließ er den Blick über ihren Körper wandern. Sie war sich nicht sicher, ob dieser Schlafzimmerblick nur ihr galt oder ob er den Schmerz und das Vergnügen ausdrückte, die Maya mit ihrer Arbeit an seiner Schulter verursachte.

»Ich habe nur einen Blick erhaschen können, aber es sieht verdammt phänomenal aus«, sagte er. Er leckte sich die Lippen. »Sehen wir uns morgen?«, fragte er zögernd.

Sie schluckte heftig. Sie konnte das. Sie konnte ihm helfen – und dann verschwinden, denn das musste sie. »Einverstanden«, erwiderte sie. Sie verabschiedete sich und verließ das Studio. Die kühle Brise der Bergluft von Colorado kühlte ihre heißen Wangen. Am meisten würde sie den Geruch der frischen, sauberen Luft vermissen …

Als sie schließlich in ihre Auffahrt einbog, freute sie sich auf eine Mahlzeit und eine lange Dusche. Mit Rücksicht auf ihr frisches Tattoo konnte sie sich nicht in der Wanne entspannen. Auch trank sie nicht gern, bis ein Tattoo verheilt war, um ihr Blut nicht zu verdünnen.

Als sie aus dem Wagen stieg, die unvermeidbare Handtasche in der Hand, erstarrte sie. Dann versuchte sie, so ungezwungen wie möglich zu wirken, während sie unauffällig die Umgebung musterte. Sie hatte zwar niemanden gesehen, fühlte sich jedoch beobachtet, dessen war sie sich hundertprozentig sicher.

Sie wusste, wie sich das anfühlte.

Das hatte sie schon unzählige Male erlebt.

Schnell ging sie ins Haus, Schlüssel und Pfefferspray in der Hand, falls jemand sie angreifen sollte. Sobald sie die Tür hinter sich geschlossen hatte, schob sie den Riegel vor, eilte in die Küche und schnappte sich das große Fleischermesser, das sie sehr wohl zu benutzen wusste. Dann durchsuchte sie den Rest des kleinen Hauses.

Allein.

Sie war sicher.

Zumindest für den Augenblick.

Doch sie wusste, ihre Zeit in Denver neigte sich dem Ende zu. Zu lange war sie bereits hier ... lange genug, um Bindungen zu schaffen, die sie eigentlich nicht hatte eingehen wollen.

Autumn würde ihr den Montgomerys und sich selbst gegebenes Versprechen einhalten und Griffin helfen. Dann würde sie die Stadt verlassen.

Das wäre für alle sicherer. Denn wenn sie bliebe, wäre sie verantwortlich für das Blutbad.

Wie immer.

Kapitel Sechs

»DU SIEHST AUS, als hättest du ein bisschen mehr Energie«, stellte Griffin lächelnd fest, als sein Dad ihn herzlich in die Arme schloss. Der Mann mochte zwar nicht mehr so groß und die Umarmungen mochten nicht mehr so fest sein wie einst, doch er besaß immer noch eine gewisse Autorität. Griffin war für einen Imbiss am Nachmittag herübergekommen und um sich zu überzeugen, dass seine Eltern zurechtkamen.

»Ich fühle mich auch so«, bestätigte sein Dad leise. »Gibt es einen bestimmten Grund für deinen Besuch oder willst du nur sehen, wie es mir geht?« Er grinste und lehnte sich zurück. »Du bist an der Reihe, richtig?«

Griffin verdrehte die Augen. Erwischt! Egal. Seine Geschwister und er wollten nur das Beste für ihre Eltern. Während der letzten Jahre war das Leben der Familie wie eine verfluchte Achterbahn verlaufen. Dads Krebsdiagnose und die darauffolgende Therapie; Austins Drama mit seinen Kindern und Sierra; Deckers und Mirandas Probleme zu Beginn ihrer Beziehung und Alex, der an deren Hochzeitstag eine Szene gemacht hatte und zusammengebrochen war; und nicht zuletzt Meghan, die die Hölle durchgemacht hatte, bevor sie mit Luc zur Ruhe gekommen war – über all das machte Griffin sich Sorgen.

Griffin machte sich über vieles Sorgen. Das lag in seiner Natur.

»Wir Kinder können auch nichts vor dir verbergen. Ja, ich bin an der Reihe, aber ich komme auch sonst gern her.«

»Höchstwahrscheinlich weil deine Mutter immer etwas zu essen für dich hat.«

Griffin zuckte mit den Schultern und grinste ungerührt. »Nun, das ist natürlich ein zusätzlicher Anreiz.«

Marie betrat das Wohnzimmer, ein Tablett mit Getränken und Vorspeisen in der Hand. Griffin eilte zu ihr und nahm ihr das Tablett ab.

»Du hättest mich rufen sollen, dann hätte ich dir geholfen«, rügte er sie und stellte das Tablett auf den Kaffeetisch.

»Ich bin nicht so schwach«, erwiderte sie. Als er ihr ein Getränk reichte, küsste sie ihn auf die Wange. »Trotzdem lasse ich mir gern von dir helfen.«

Griffin beugte sich zu ihr hinunter und legte seine Stirn an ihre, wie er es schon unzählige Male in seinem Leben getan hatte. Er erinnerte sich noch gut daran, als sie diejenige gewesen war, die sich hinunterbeugen musste. Die Zeit verging wie im Flug, aber verdammt, er wollte nicht, dass sie so schnell verging, nicht solange sein Vater nicht über den Berg war.

Von Gefühlen überwältigt sog er zitternd den Atem ein und erhob sich. »Du musst mich lediglich darum bitten. Jederzeit, okay?«

Marie blickte ihm in die Augen und nickte. »Okay, Griffin, mein Lieber.«

Griffin ließ sich auf einem der Sofas nieder, nachdem seine Eltern sich auf das andere gesetzt hatten. Er aß und trank, während sie ihm von ihren Alltagsproblemen und täglichen Fortschritten erzählten. Er liebte Tage wie diese. Es gefiel ihm, einfach dazusitzen und den beiden Menschen zuzuhören, die ihn aufgezogen und mit jeder Faser ihres Seins geliebt hatten. Das Leben war zwar nicht perfekt – eher weit davon entfernt –, aber manchmal konnte er seine Sorgen vergessen und einfach zuhören.

Sicherlich konnte er die Sorgenfalten im Gesicht seiner Mutter nicht übersehen. Er wusste, dass sie nicht gut schlief, wenn die Liebe ihres Lebens neben ihr lag und Schmerzen hatte. Aber es wurde besser. Zumindest erzählten sie ihm das. Er betete, dass sie es ihm nicht verschweigen würden, falls der Zustand seines Vaters sich verschlimmerte. Er war stark genug, das zu ertragen. Zumindest hoffte er das.

»Habt ihr etwas von Alex gehört?«, erkundigte Griffin sich schließlich, während er sein Glas umklammerte. Kleine Wassertropfen, die am Glas kondensiert waren, liefen ihm über die Finger und er festigte den Griff. Er erinnerte sich an den Funken des Wahnsinns, den er in Alex' Augen hatte glimmen sehen, als er seinen Bruder zum letzten Mal gesehen hatte. Er konnte immer noch das Geräusch des berstenden Glases hören, als Alex geschrien und getobt hatte. Er hatte Mirandas und Deckers Hochzeitsparty ein frühes Ende bereitet, als er seine Dämonen nicht mehr hatte ertragen können. Wenn Griffin doch nur gewusst hätte, was Alex veranlasst hatte, mit dem Trinken zu beginnen! Niemand wusste es.

Harry stieß den Atem aus. »Ja, er gestattet uns endlich, mit ihm zu telefonieren.«

Griffin stellte vorsichtig sein Glas ab und suchte den Blick seines Vaters. »Und?«

»Er wird in der Reha bleiben, zumindest auf absehbare Zeit«, berichtete sein Dad leise. »Ich glaube, er findet dort die Hilfe, die er braucht. Endlich.«

Griffin schloss die Augen und stieß die Luft aus. Sein kleiner Bruder litt und doch konnte Griffin nichts für ihn tun. Er hoffte, Alex auf irgendeine Weise helfen zu können, sobald dieser entlassen wäre, aber er war sich nicht sicher.

»Ein Schritt nach dem anderen, mein Lieber«, flüsterte Marie. Sie räusperte sich, dann fügte sie lauter hinzu: »Er wird nach Hause zurückkehren, wenn er so weit ist. Und ich hoffe, er erlaubt uns, ihn zu besuchen. Er fühlt sich allein – zumindest habe ich das aus dem Telefongespräch herausgehört –, aber wir sind Montgomerys. Wir lassen niemanden allein, auch wenn derjenige uns noch so heftig abweist.«

Griffin musste unwillkürlich lächeln. Ja, das hörte sich gut an. Er trank noch einen Schluck von seiner Limonade. Dann nickte er. »So leicht wird er uns nicht los.«

»Verdammt richtig«, stimmte sein Vater zu.

Nachdem sie die Mahlzeit beendet und sich voneinander verabschiedet hatten, machte Griffin sich mit vollem Magen und noch vollerem Kopf auf den Nachhauseweg. Er wusste, er musste arbeiten, da er an diesem Morgen kein einziges Wort geschrieben und den Nachmittag mit seinen Eltern verbracht hatte. Aber musste er nicht immer arbeiten? Der Widerwille, den er bei diesem Gedanken empfand, half ihm auch nicht gerade, sich besser zu fühlen.

Als er in seine Auffahrt einbog, sah er weit und breit nichts von dem ihm zunehmend vertrauter werdenden Wagen, der Autumn gehörte. Er wusste nicht, warum er erwartet hatte, sie hier vorzufinden, da er nicht zu Hause gewesen war, doch es fiel ihm schwer, seine heftige Enttäuschung zu ignorieren.

Jetzt waren bereits vier Tage vergangen, seitdem er sie im Tattoostudio getroffen hatte. Vier Tage, in denen sie schweigend in seinem Haus zusammengearbeitet hatten. Sie hatte sauber gemacht, eingekauft und ihm Mahlzeiten zubereitet.

Nun musste sie nur noch in seinem Arbeitszimmer auftauchen, um ihm bei seiner Arbeit zu helfen.

Er hatte das Gefühl, sie hätte dies schon längst getan, wenn er nicht ein solches Arschloch gewesen wäre. Aber manchmal fiel es ihm verdammt schwer, kein Arschloch zu sein. Er legte die Stirn auf das Lenkrad und fluchte. Er brauchte Hilfe.

Das war ihm bewusst.

Das bedeutete jedoch nicht, dass er glücklich darüber sein musste.

Er holte noch einmal tief Luft, stieg aus dem Wagen und ging zur Haustür. Sobald er sie geöffnet hatte, wusste er, er hatte sich geirrt. Der Duft von Suppe und frisch gebackenem Brot überfiel seine Sinne und sein doch eigentlich voller Magen knurrte. Autumns leichter, blumiger Duft, vermischt mit dem herzhaften Geruch von Speisen, und schon wurde sein Schwanz hart.

Ganz ruhig, Junge.

Es war merkwürdig, dass sie in seiner Abwesenheit

bei ihm zu Hause war. Er wusste zwar, dass sie dank seiner stets nervenden und fürsorglichen Schwester einen Schlüssel zu seinem Haus besaß, aber er war sich nicht sicher gewesen, ob sie ihn tatsächlich benutzen würde. Er hatte noch nicht einmal einen Zettel hinterlassen, der ihr sagte, wo er wäre, da sie nicht da gewesen war, als er das Haus verlassen hatte. Sicher, dazu war er auch nicht verpflichtet, schließlich lebte sie nicht mit ihm zusammen.

Sie arbeitete für ihn.

Oder zumindest versuchte sie das.

Autumn betrat forschen Schrittes das Wohnzimmer und erstarrte, als sie ihn sah. Sie hatte einen Korb voll Wäsche unter dem Arm und hielt in der anderen Hand ihr Telefon.

»Oh, du bist zu Hause.«

Er zog die Tür hinter sich zu, ohne hinzusehen. Stattdessen blickte er sie an. Heute trug sie ein langes Kleid, das ihre Kurven umschmeichelte, ohne dass es so wirkte, als wäre dieser Effekt gewollt. Es sah im Gegenteil so aus, als hätte sie sich bequem kleiden wollen. Wahrscheinlich konnte sie ihre Kurven überhaupt nicht verstecken, geschweige denn ihre erotische Ausstrahlung. Ihre Brüste waren hoch aufgerichtet und üppig, größer als seine Handflächen, und verdammt, er hätte sie gern gehalten, sie gedrückt und erkundet, wie sich ihre Nippel anfühlten und wie sie geformt waren.

Natürlich würde er das nicht tun.

Er war professionell – auch wenn er sich nicht immer so verhielt.

Als er sich von dem Anblick ihrer Brüste losgerissen hatte und sie anschaute, sah er, dass sie errötet war. Mist. Er ging nicht gut mit der Situation um. Er unterließ es, sich zu entschuldigen, wie er es eigentlich hätte tun müssen, denn das hätte es nur noch peinlicher gemacht, so wie sie beide hier herumstanden. Er räusperte sich.

»Ich habe deinen Wagen nicht gesehen.«

Sie nickte, während sie den Blick an seinem Körper hinunterwandern ließ. Als er auf seinem Unterleib hängenblieb, bemühte er sich mit allen Kräften, nicht seinen Schwanz zurechtzurücken. Er wusste, dass sein Penis sich gegen den Reißverschluss presste, spürte es sogar, doch er wollte nicht, dass sie wusste, dass er ihren Blick bemerkt hatte.

Verflucht.

»Mein Wagen ist nicht angesprungen.« Ein Schatten glitt über ihr Gesicht und er fragte sich nach dem Grund. Er wunderte sich stets über ihre Miene und dachte über Autumn nach. »Meghan hat mich hier abgesetzt. Sie hat gesagt, sie könne mich abholen oder Luc schicken, falls du mich nicht nach Hause bringen kannst.« Sie verzog das Gesicht. »Tut mir leid, dass ich nerve.«

Er schüttelte den Kopf. »Ist ja nicht deine Schuld, dass dein Wagen nicht angesprungen ist. Ich werde dich nach Hause bringen, wenn du fertig bist.« Er schob die Hände in die Taschen und war sich bewusst, dass sie infolgedessen wieder auf seinen Schwanz schauen würde. »Sag mir einfach Bescheid. Und brauchst du jemanden, der sich um deinen Wagen kümmert? Oder dich zumindest in die Werkstatt fährt?«

Sie schüttelte den Kopf. »Ich werde mich selbst darum kümmern. Heute Morgen hatte ich nur keine Zeit.« Sie machte eine Pause. »Aber danke.«

»Keine Ursache.«

»Okay.«

Sie starrten einander mindestens eine Minute in verlegenem Schweigen an. Er hatte keine Ahnung, was er sagen oder tun sollte. Er war ein erwachsener Mann und konnte trotzdem seine Gedanken nicht artikulieren. Er sollte sich zumindest bewegen und sich an den Computer setzen. Das wäre immerhin besser, als sie wie ein liebeskranker Narr anzustarren.

»Ich bin gerade mit der Wäsche fertig geworden«, sagte Autumn schließlich.

»Das sehe ich.« Er zog die Hände aus den Taschen und deutete auf den Korb. »Äh, kann ich dir helfen?«

Sie blinzelte ihn an. »Nein, das mache ich schon.« Dann lächelte sie gezwungen. »Wenn du dich selbst um deine Wäsche gekümmert hättest, ständen wir jetzt nicht hier und ich hätte vielleicht keinen Job.«

Er schnaufte, dankbar, dass sie die ansteigende Spannung gebrochen hatte. »Verstehe. Nun … ich glaube, ich werde in mein Arbeitszimmer gehen.«

Sie lächelte und die Schönheit dieses Lächelns rührte ihn so, dass er heftig schlucken musste. Er hatte keine Ahnung, woher dieser Gedanke gekommen war, und daher fühlte er sich unbehaglich.

»Das klingt gut. Ich weiß, du hast bei deinen Eltern bereits etwas gegessen – das hat zumindest Meghan behauptet –, aber falls du hungrig wirst, ich habe Rindfleisch und Gerstensuppe im Schongartopf und da du eine Brotbackmaschine besitzt, habe ich einen Laib Sauerteigbrot gebacken.«

Wieder lief ihm das Wasser im Mund zusammen. »Ich habe eine Brotbackmaschine?«

Autumn verdrehte die Augen. »Ja, in der Tat. Ich musste sie reinigen, da sie nicht mehr in der Verpackung war, doch im Inneren habe ich noch Plastikfolie und Pappe gefunden.«

»Oh, das ist super. Ich bin zwar satt, aber es riecht so gut. Vielleicht in ein paar Stunden?«

Sie lächelte wieder und er musste blinzeln. »Das habe ich mir gedacht. Also dann, du gehst jetzt in dein Arbeitszimmer und schreibst, und ich werde die Wäsche fertig machen. Und wenn ich das erledigt habe, lässt du mich dann in deine Schreiberhöhle? Ich würde gern an deiner Buchbibel arbeiten.«

Er runzelte die Stirn. »Ich habe bereits eine Buchbibel.«

Sie nickte. »Das sagt deine Verlegerin auch.«

Er zog die Brauen in die Höhe. »Du hast mit meiner Verlegerin gesprochen?«

Sie nickte wieder, diesmal senkte sie den Blick. »Ja, äh, sie hat mir heute eine E-Mail geschickt. Sie hat mit Maya gesprochen und Maya hat mich erwähnt.«

Griffin schloss die Augen. Verflucht sei seine Schwester. Er wusste, seine Verlegerin würde nicht über Abgabetermine und Vertrauliches reden, doch dass sie mit Maya befreundet war, war ihm nicht gerade angenehm.

»Okay. Aber wenn sie dir doch gesagt hat, dass ich bereits eine Buchbibel habe, warum willst du dann daran arbeiten?«

Endlich stellte sie den Wäschekorb ab. Er hätte sich am liebsten selbst in den Hintern getreten, dass er ihr nicht geholfen hatte, wie er es zuvor bei seiner Mutter getan hatte, als er ihr das Tablett abgenommen hatte. Autumn brachte ihn vollkommen aus dem Gleichgewicht und er wusste nicht, wie er damit umgehen sollte.

Sie stieß den Atem aus und starrte ihn an. »Ich lese deine Bücher, Griffin. Habe ich dir das schon erzählt?«

Er wusste es nicht mehr, aber die Tatsache, dass sie seine Bücher las, schmeichelte ihm, doch er fühlte sich auch etwas entblößt bei dem Gedanken. »Ich erinnere mich nicht.«

Sie fuhr mit der Hand durch die Luft. »Ist nicht so wichtig. Aber ich habe deine Bücher gelesen. Sie gefallen mir gut, Griffin.«

Stolz erfüllte ihn, doch er sagte immer noch nichts.

»Und als jemand, dem deine Arbeit gefällt, möchte ich dafür sorgen, dass du dich ganz auf sie konzentrieren kannst. Deshalb bin ich hier. Also werde ich mir deine Bibel einmal anschauen und sehen, was ich machen kann. Du solltest dich nicht um alles kümmern müssen. Du solltest deine Buchbibel zur Hand nehmen, ihr entnehmen, was du brauchst, und dann weiterschreiben können. Ich möchte, dass du darauf vertrauen kannst, dass alles darin steht, was du brauchst, und dass sie gut strukturiert ist, sodass du dich damit nicht belasten musst. Führst du Informationen zu jedem nebensächlichen Charakter in der Buchbibel auf? Vermerkst du dort die Farbe des Kleides, das auf Seite siebzig erwähnt wird, was vielleicht im nächsten Buch wichtig sein könnte? Denn dabei könnte ich dir helfen. Wenn du dich vollkommen aufs Schreiben konzentrieren könntest, wäre das vielleicht eine große Hilfe.«

Er wusste, was ihm helfen konnte, obwohl er viel zu müde und stur war, um das zuzugeben.

Sie.

Autumn.

Allein ihre Gegenwart half ihm dabei, schreiben zu können. Und das brachte ihn um. In den letzten paar Tagen, während sie in seiner Nähe gewesen war, hatte er mehr zu Papier gebracht als in den vergangenen zwei

Monaten. Er wusste nicht, ob es daran lag, dass sie aufräumte und kochte, oder ob es einen viel tiefergehenden Grund hatte, an den er jetzt – wenn überhaupt jemals – lieber nicht denken wollte.

Und wenn sie einen Teil der bürokratischen Arbeit übernähme, würde das vielleicht auch helfen. Er liebte seine Leser, seine Fans. Er wusste, weil es sie gab, konnte er das tun, was er liebte. Die Tatsache, dass er im Augenblick seine Arbeit nicht gern tat, bedeutete nicht, dass das generell der Fall war. Es war eine Hassliebe, die sein Schreiberhirn normalerweise nach mehr schreien ließ.

Diesmal war es jedoch Autumn, die seine Sehnsucht nach mehr weckte.

Und das war verdammt gefährlich.

»Griffin?«

Er schüttelte den Kopf und versuchte, seine Gedanken zu ordnen. »Ich zeige dir, was ich habe, wenn du in mein Arbeitszimmer kommst. Ich schreibe jetzt seit ein paar Jahren und es mag vielleicht nicht so aussehen, als wüsste ich, was ich tue, aber ich bin nicht schlecht in dem Job.«

Sie seufzte. »Ich weiß, dass du nicht schlecht bist. Ich habe deine Werke gelesen, erinnerst du dich? Ich höre manchmal, wie du in deinem Arbeitszimmer wie ein Irrer auf die Tasten haust, daher weiß ich, dass du hart arbeiten kannst. Erlaube mir, dir Schritt für Schritt zu helfen, und ich werde dich immer weiter drängen, bis es nicht mehr nötig ist.«

Er nickte, dann wies er mit dem Kopf in Richtung Küche. »Ich werde mir einen Drink holen. Komm einfach ins Arbeitszimmer, wenn du so weit bist.«

Er ging an ihr vorbei, vorsichtig bemüht, sie nicht zu

streifen. Als er die Küche betrat, überfiel ihn der Duft von Rindfleisch und Gerste, sodass ihm das Wasser im Munde zusammenlief und er sich am liebsten Autumn zu Füßen geworfen und um mehr angefleht hätte. Mehr wovon? Nun ... wie gesagt, er wollte nicht darüber nachdenken. Aber er hasste sich noch ein bisschen mehr für all das. Er verfügte über Vorräte in seinem Haus, in seinem Kochtopf war eine Mahlzeit und er hatte herausgefunden, dass er eine Brotbackmaschine besaß, und das alles wegen der Frau, die sich im Wohnzimmer aufhielt. Offensichtlich konnte er sich nicht wie ein erwachsener Mensch um sich selbst kümmern. Er war ein verdammter Idiot, egoistisch und faul.

»Warum machst du solch ein Gesicht? Habe ich nicht alles eingekauft, was du für deinen Drink brauchst?«

Er fluchte vor sich hin und hob den Kopf, um Autumn von Kopf bis Fuß zu betrachten. Ihre Hände waren leer, doch sie rang sie vor der Brust. Er hatte noch niemals zuvor bemerkt, dass sie das tat. Sie hatte auch noch niemals so unsicher ausgesehen. Und er hatte das ausgelöst. Er hatte diese starke, wunderbare Frau dazu gebracht, dass sie unsicher die Hände rang.

»Ich bin nur sauer auf mich, dass mein Haus jetzt sauber und ordentlich und mit Vorräten bestückt ist, weil du dafür verantwortlich bist und nicht ich. Ich bin eben ein faules Arschloch.« Er wusste nicht, warum er diese Worte laut ausgesprochen hatte, und gemessen an ihren weit aufgerissenen Augen und dem offenen Mund musste Autumn das Gleiche denken.

»Du bist kein faules Arschloch. Ich bin doch hier, um all das zu tun, was du aufgezählt hast. Damit du an andere Dinge denken kannst. Verdammt, Griffin, du hast dir dieses Vorrecht verdient.«

Er schnaufte. »Verdient? Machst du Witze? Ich schreibe lediglich Wörter auf Papier. Wie kann ich damit etwas verdient haben?«

Sie wedelte vor ihm mit den Händen durch die Luft. »Oh, nun hör aber auf. Du leistest mehr, als du glaubst. Du kannst nicht ermessen, was jemand empfindet, wenn er ein Buch liest, wenn er in einem Charakter ein Element von sich selbst wiederfindet. Oder sogar einen Charakterzug, den der Leser selbst gern besäße. Ich sehe, was du tust, ich sehe, wie sehr du dich bemühst, ein Buch zu deinem eigenen zu machen, obwohl der Leser es ebenfalls als seins betrachtet. Es sind nicht nur Worte, Griffin. Es ist eine Geschichte, eine Idee. Ein Leben. Du leistest so viel mehr, als du glaubst.«

Er legte den Kopf schräg und beobachtete, wie ihre Wangen sich vor Leidenschaft beim Sprechen röteten und wie ihre Brüste sich bei jedem tiefen Atemzug hoben und senkten. Er liebte das Feuer in ihren Augen und wie sie über ihn sprach, was sie über ihn zu wissen schien – seine Arbeitsweise, seine Denkweise –, obwohl ihm selbst dies nicht bewusst gewesen war. Ihre Pupillen waren groß und dunkel und wenn sie sich über die Lippen leckte, war er hin und weg. Er merkte, dass sie ihn ebenso verzweifelt begehrte wie er sie, und doch wehrten sie sich immer und immer wieder dagegen, weil es das Klügste war.

Doch trotz seiner Kreativität hielt Griffin sich nicht für klug.

Nicht im Geringsten.

Er wollte sie, ihren Körper, ihren Geist und vielleicht

sogar ihre Seele. Doch in ebendiesem Augenblick wollte er nur sie.

»Scheiß drauf, Fall«, knurrte er. Er überwand die zwei Schritte Abstand zwischen ihnen, schlang ihr eine Hand um den Nacken, wobei seine Finger sich in ihre Haare gruben, und presste seine Lippen auf ihre. Sie keuchte in seinen Mund, dann schlang sie ihm die Arme um den Leib und grub ihre Fingernägel durch den Stoff seines Hemdes in seinen Rücken. Er ließ seine freie Hand an ihrer Seite hinaufwandern, über ihren Arm und dann zu ihrer Wange, sodass er den Kuss vertiefen konnte. Ihre Zungen trafen aufeinander und rangen miteinander um die Oberhand. Er mochte sie zwar in den Armen halten und sie an sich gezogen haben, um sich zu holen, was er haben wollte. Doch sie hatte ihn unter Kontrolle, sie fuhr mit den Fingernägeln über sein Hemd und seine Haut und drängte ihn, sie heftiger zu küssen, bis sie beide außer Atem waren und nicht mehr denken konnten, als dass sie mehr wollten.

Dies war Autumn.

Die Frau, die er begehrte.

Die Frau, nach der er sich sehnte.

Die Frau, die verdammt noch mal für ihn arbeitete.

Bei diesem Gedanken riss er sich schwer atmend von ihr los. Er trat einen Schritt zurück, fuhr sich mit der Hand durchs Haar und stieß zitternd den Atem aus. »Mist.«

»Ich ... Griffin ...«

Er hob eine Hand in die Höhe, bemerkte, dass sie zitterte, und senkte sie wieder. »Es tut mir leid. So verdammt leid. Vergiss, was geschehen ist. Es war eine momentane Schwäche.«

Sie legte den Kopf schräg, wirkte aber nicht verletzt.

Gott sei Dank. »Okay. Ich muss nach Hause.« Sie stöhnte. »Aber du musst mich fahren.« Sie schloss die Augen und stöhnte noch einmal. »Du hast recht. Wir vergessen, was geschehen ist, aber …«

Er fluchte wieder. »Ich hole nur schnell meinen Schlüssel. Und du schnappst dir diese Handtasche, ohne die ich dich niemals sehe, und dann los.« Er sah ihren Blick. »Es tut mir leid.«

Sie verengte die Augen zu Schlitzen. »Wenn du dich noch einmal entschuldigst, werde ich anfangen, mich wirklich schlecht zu fühlen.«

Er nickte knapp. »Verstehe.«

Sie holte eilig ihre Handtasche und er seinen Schlüssel. Bald waren sie auf dem Weg zu ihrem Haus und peinliche Stille herrschte im Wagen. Er hatte sie geküsst.

Nein, das war nicht richtig. Es war nicht nur ein Kuss gewesen. Er hatte sie verschlungen, er hatte ihre Lippen genommen, ihren Atem und ihre Hitze. Und all das hatte ihn bis tief in die Seele gerührt. Das durfte er nicht noch einmal tun. Nicht wenn er geistig gesund bleiben wollte. Er wusste nichts über sie, nur, dass sie Geheimnisse hatte, doch trotz alledem wollte er sie. Und das war gefährlicher als alles andere, was er sich im Moment vorstellen konnte.

Mit den Händen umklammerte er das Lenkrad. »Autumn …«

»Nicht, Griffin. Ich werde mich morgen von jemandem zu deinem Haus bringen lassen. Ich bekomme hoffentlich für morgen einen Termin in der Werkstatt. Wir werden an deiner Buchbibel arbeiten und dann werde ich mich an die übrige Arbeit machen. Wie du gesagt hast, es ist nichts geschehen.«

Er öffnete den Mund, um noch einmal zu beteuern,

wie leid es ihm täte und dass er alles vermasselt hätte. Und doch war er sich nicht sicher, was er eigentlich sagen wollte. Da hörte er sie plötzlich aufschreien und drehte sich nach links.

Helles Licht blendete ihn. Das Geräusch zusammengeschobenen Metalls und Autumns Schreie waren das Letzte, was er hörte, bevor ein wilder Schmerz seinen Körper ergriff. Er versuchte, einen Arm auszustrecken, um die Frau neben ihm irgendwie zu schützen, doch es gelang ihm nicht. Dunkelheit senkte sich auf ihn hinab und zog ihn mit sich in die süße Welt des Leids und der Hölle.

Kapitel Sieben

AUTUMN HATTE NICHT STERBEN WOLLEN, hatte
nicht mit ihrem letzten Atemzug einen Schrei ausstoßen
wollen aus Angst um den Mann, den sie kaum kannte,
den sie aber trotz alledem ein ganzes Leben zu kennen
glaubte. Und sie war auch nicht gestorben. Stattdessen
fand sie sich in einem Wartezimmer im Krankenhaus
wieder, verletzt und bandagiert und umgeben von
unzähligen Montgomerys. Sie war unfähig zu sprechen,
denn sie befürchtete zusammenzubrechen, wenn sie das
täte.

Bis jetzt hatte sie keine einzige Träne vergossen, aber
sie befürchtete, der Damm würde brechen, sobald sie
spräche.

Die anderen hatten sie nur einmal angesehen, ihr
zugenickt und sich dann neben sie oder in ihre Nähe
gesetzt. Sie warteten geduldig.

Sie würden vielleicht noch ein wenig länger warten
müssen, denn sie wusste nicht, was sie ihnen erzählen
sollte. Wie konnte sie sie beruhigen? Ihnen erzählen,

dass es ihrem Sohn, Bruder und Freund gut ginge, obwohl sie nicht wusste, was geschehen war?

Der Wagen war aus dem Nichts aufgetaucht. Er hatte ein Stoppschild überfahren und war in die Fahrertür gerast. Die Polizei hatte Trunkenheit am Steuer erwähnt und da sie mit Sicherheit wusste, dass Griffin nichts getrunken hatte, musste der andere Fahrer gemeint sein. Sie hatte sich ganz auf Griffin konzentriert und ihre blutdurchtränkte Kleidung. Sie wusste, dass es nicht alles ihr Blut war, ja, aber sie wusste nicht einmal, ob der andere Fahrer überlebt hatte. Die Montgomerys konnten die Polizei und die Ärzte nach solchen Einzelheiten fragen. Sie war zu nichts zu gebrauchen, bis sie ihr bisschen Mut zusammengekratzt und sich überlegt hätte, was sie tun würde.

Wieder einmal fand sie sich in der Gewalt von Autoritäten wieder, die sie bezüglich ihres Namens und persönlicher Daten entweder anlügen oder denen sie die Wahrheit erzählen musste. Sie war tatsächlich im Moment nicht auf der Flucht vor der Polizei, obwohl sie manchmal das Gefühl hatte. Im Vertrauen würde sie ihnen also ihren Namen nennen können, falls es verlangt wurde. Es war alles einfach so … erdrückend.

Zum unzähligen Male an diesem Abend verdrängte sie die Furcht aus ihren Gedanken, was passieren könnte, falls sie zu viel preisgab. Stattdessen konzentrierte sie sich auf das einzig Wichtige.

Griffin.

Er war nicht bei Bewusstsein gewesen, als die Rettungssanitäter sie aus dem Wrack gezogen hatten, das einst Griffins Wagen gewesen war. Sie hatten gesagt, es wäre ein Wunder, dass Autumn weder einen Knochen gebrochen noch sich eine Gehirnerschütterung zugezogen hatte. Tatsächlich hatte sie sich überhaupt keine Verletzungen zugezogen, abgesehen von einigen kleinen Schnitten hier und da und dem Gefühl, ihr Körper wäre ein einziger, gigantischer blauer Fleck.

Sie hätte dankbar sein sollen, stattdessen konnte sie nur an Griffin denken.

Jake ließ sich auf den leeren Platz gleiten, den Luc gerade freigemacht hatte, und nahm ihre Hand zwischen seine beiden. Sie blickte auf seine großen Hände hinab und bemerkte den Lehm in den Falten und unter den Fingernägeln. Sie konzentrierte sich lieber darauf als auf das Fehlen von Neuigkeiten über Griffins Zustand.

»Ich denke, du wirst es bereits gemerkt haben, aber falls du reden möchtest, sind wir hier.«

Sie blickte den äußerst gut aussehenden Mann mit den strahlenden grünen Augen an, den Maya ihren besten Freund nannte.

»Danke«, flüsterte sie mit heiserer Stimme.

»Hier.« Autumn blickte auf, als Maya ihr einen Pappbecher mit Wasser reichte. Maya runzelte die Stirn und presste die Zähne aufeinander, sah aber nicht wütend aus. Nein, Maya sah aus, als machte sie sich furchtbare Sorgen und bemühte sich, es nicht zu zeigen. Doch es misslang ihr kläglich.

»Danke«, flüsterte Autumn noch einmal und nahm den Becher entgegen. Sie trank ihn hastig zur Hälfte leer und ließ sich von dem lauwarmen Wasser die schmerzende Kehle beruhigen.

»Wir haben schon viel zu oft so wie jetzt im Warte-zimmer eines Krankenhauses gesessen«, stöhnte Austin, der auf der anderen Seite des Raumes saß.

Autumn presste die Lippen aufeinander und nickte,

als die anderen zustimmten. Die anderen sprachen von früheren Zeiten, als sie für die Montgomery-Geschwister da gewesen waren, und Autumn musste tief durchatmen, um die Tränen zurückzuhalten. Sie alle so zusammen zu sehen erinnerte sie daran, wie allein sie in Wahrheit war.

Sie hatte niemanden.

Es war ihr Fehler, gewiss. Sie war diejenige gewesen, die jenen Ort verlassen hatte, doch das war besser gewesen, als zu bleiben. Sie vermisste ihre Eltern und ihren Bruder mehr als alles andere, doch sie hatten ihr nicht geglaubt. Sie hatten nicht hinter ihr gestanden, als sie sie am meisten gebraucht hätte. Und genau deshalb hatte sie sich nicht auf sie stützen können, als es wirklich wichtig gewesen war. Sicher, wenn sie jetzt auf die junge Frau zurückblickte, die sie gewesen war, als sie gegangen war, an die Angst, die in ihren Adern pulsiert hatte, erkannte sie, dass sie ihr vielleicht doch geglaubt, sich jedoch aufgrund ihrer eigenen Ängste entschieden hatten, es zu ignorieren.

Doch das hatte keine Rolle gespielt. Sie war gegangen, sowohl um sie als auch sich selbst zu schützen. Es war nicht sicher für sie, bei ihnen zu sein. Sie betrachtete die Montgomerys und wusste, sie musste bald verschwinden. Auch für sie war es nicht sicher.

Es war niemals sicher.

Plötzlich öffneten sich die Türen des Wartezimmers und eine Krankenschwester schob Griffin in einem Rollstuhl hinein. Autumn stand auf, der leere Becher fiel zu Boden. Jake drückte ihr einmal kurz die Hand, dann ließ er sie allein, um einen Arm um Mayas Schultern zu legen – ob er sie im Arm hielt oder sie zurückhalten wollte, wusste sie nicht. Doch das war ihr im Moment auch gleichgültig.

Nur Griffin war ihr wichtig.

Gefährlich.

Sie hatten ihm eine OP-Hose angezogen, ähnlich der, die sie nun trug, da ihre eigene Kleidung mit Dreck und Blut beschmiert gewesen war. Griffin lehnte gegen die Rückenlehne des Rollstuhls. Sein Körper war wie ihrer mit Schnitten und Prellungen übersät, doch seine Augen blickten wach umher. Er ließ den Blick umherschweifen, als seine Familie sich ihm näherte, doch er blieb auf keiner einzigen Person hängen – bis er sie fand. Sobald ihre Blicke sich trafen, entspannten sich seine Schultern und sein Kiefer wurde locker.

Autumn blinzelte, unfähig, ihre Sorgen auszudrücken und ihre Erleichterung, dass er okay war. Sie riss den Blick von ihm los, unsicher, was sie tun sollte unter all den beobachtenden Blicken. Dann sah sie seine rechte Hand und taumelte rückwärts gegen Storms kräftigen Oberkörper. Beinahe hätte sie gewürgt angesichts des Gipsverbandes um Griffins Hand. Sie zitterte beinahe. Ihre Haut wurde klamm und ihr Mund trocknete aus.

Seine Hand.

Seine Arbeit. Sein Leben. Oh Gott.

Griffin.

Wieder blickte sie ihm in die Augen und diesmal sah sie den Schmerz darin. Ein Schmerz, der nicht von Leid, aber von Wissen sprach.

»Bist du okay?«, fragte er.

Im Raum wurde es still.

Sie nickte, immer noch unfähig, mehr als die wenigen geflüsterten Worte von zuvor zu sagen.

Seine Kehle arbeitete und er schluckte heftig, bevor er sich zu seinen Eltern herumdrehte. »Es geht mir gut.«

»Oh Gott, Griffin.« Marie umfasste zärtlich die Wangen ihres Sohnes. »Was ist geschehen?«

Griffin überließ sich den Armen seiner Mutter, während er erzählte, wie der andere Wagen in sie hineingefahren war. Autumn wollte flüchten. Sie fühlte sich wie ein Voyeur, wie jemand, der nicht zu dieser eng miteinander verbundenen Familie gehörte. Wenn sie nicht hätte nach Hause gefahren werden müssen, wenn sie nicht so auf Griffins Kuss reagiert hätte, wie sie es getan hatte, wäre er jetzt nicht hier – so verletzt und gebrochen. Sein Lebensunterhalt stände nicht auf dem Spiel, weil sie eine egoistische Lügnerin war, die die besorgten und fürsorglichen Blicke nicht verdiente, die sie erhielt. Sie wandte sich ab, um zu gehen, aber Storm legte ihr die Hände auf die Schulter. Sie stöhnte leise auf und Griffin drehte sich sofort herum und runzelte die Stirn, weil Storm sie berührte.

»Mist«, flüsterte Storm. Langsam nahm er die Hände von ihren Schultern. »Entschuldige, Liebes. Ich habe vergessen, dass der Sicherheitsgurt deine Schulter erwischt hat.«

»Du solltest dich hinsetzen«, sagte Griffin mit leiser Stimme.

»Ich bin okay, Griffin«, sagte sie mit etwas lauterer Stimme als zuvor.

»Wir nehmen dich mit zu uns nach Hause«, bemerkte Austin nach ein paar Augenblicken des Schweigens.

»Nein, ihr habt die Kinder zu Hause, er kann mit zu mir kommen«, meinte Wes.

Und schon bot jedes einzelne Familienmitglied Griffin an, ihn mit zu sich nach Hause zu nehmen. Und eigentlich waren es eher Feststellungen als Angebote. Dieses Überangebot an Liebe und Mitgefühl war zu viel für Autumn.

Griffin schüttelte den Kopf und winkte ab. Autumn hatte unwillkürlich einen Schritt auf ihn zugemacht, war dann jedoch stehen geblieben.

»Ich will einfach nur nach Hause«, sagte er schließlich.

»Du brauchst jemanden, der dich ab und zu aufweckt«, wandte Meghan leise ein. »Du darfst heute Nacht nicht allein bleiben.«

Autumn öffnete den Mund, bevor ihr bewusst wurde, was sie tat. »Ich werde mich um ihn kümmern.«

Alle drehten sich gleichzeitig zu ihr herum. Und das sollte einen nicht einschüchtern?

Griffins Mund verzog sich und sie sah Erleichterung in seinen Augen. Er wollte nicht, dass jemand die ganze Zeit bei ihm war und ihn in diesem Zustand sah. Sie wusste nicht, was es bedeutete, dass er ihre Anwesenheit akzeptierte, aber sie würde alles auf sich nehmen. Das war das Mindeste, das sie tun konnte.

»Ich bin ohnehin oft in seinem Haus«, fuhr sie fort. »Außerdem habe ich nicht solche Verpflichtungen wie ihr, wie Kinder, Gesundheitsprobleme oder Arbeit.«

Storm legte ihr eine Hand ins Kreuz. Sie bemerkte, dass Griffin wieder die Stirn runzelte. »Das hört sich gut an. Ich werde euch fahren, da ihr beide kein Fahrzeug mehr zur Verfügung habt.«

Sie hätte sich ohrfeigen mögen. Verdammt. Ihr Wagen lief nicht, und das jagte ihr eine Höllenangst ein, da sie das Auto als Fluchtfahrzeug brauchte. Und Griffins Wagen war nur noch ein Wrack.

»Wir werden deinen Wagen reparieren lassen, Autumn. Damit du wieder mobil wirst«, fügte Wes hinzu.

»Und ich werde morgen früh vorbeikommen, um dir zu helfen oder um dich nach Hause zu fahren, falls du ein paar Sachen einpacken willst«, bot Storm an. »Für den Fall, dass du über Nacht bleiben willst. Das hast du doch vor, oder?«

Aus irgendeinem Grund errötete sie, obwohl sie doch selbst angeboten hatte, bei Griffin zu übernachten. »Ich werde auf der Couch schlafen.«

Griffin knurrte.

Wirklich, er knurrte.

Vielleicht führten die Schmerzmittel dazu, dass er sich besitzergreifender als gewöhnlich verhielt. Oder war sie diejenige, die ein Nickerchen brauchte?

»Mir geht es gut«, sagte sie.

»Du musst dich auch ausruhen«, sagte Miranda leise.

»Ich werde mir den Wecker stellen. Das wird schon gehen.«

Griffin starrte sie an. »Du wirst nicht auf der Couch schlafen.«

Wieder errötete sie, doch dann erinnerte sie sich an die Größe seines Hauses. »Ich kann doch im Gästezimmer übernachten, oder?«

»Gut.«

Sie stieß den Atem aus, dann ließ sie die Montgomerys die Fragen stellen, die ihnen auf der Seele brannten, und wartete, bis sich alle verabschiedet hatten. Alle nahmen sie behutsam in den Arm, bevor sie ihr zu Storms Wagen halfen. Dann saß sie mit Griffin schweigend auf dem Rücksitz. Sie war sich bewusst, dass er sie ständig anstarrte, als überlegte er fieberhaft, was er sagen konnte. Aber auch sie fand keine Worte.

Storm half ihr, Griffin in dessen Schlafzimmer zu bringen. Der Mann stieß überrascht die Luft aus, als er sah, wie sauber und aufgeräumt das Haus war. Zumindest hatte sie hier gute Arbeit geleistet. Storm nickte ihnen kurz zu, dann verließ er sie und schloss die Tür hinter sich. Griffin lag nun in seinem Bett und Autumn stand daneben und rang die Hände.

»Ich bin froh, dass du nicht verletzt bist«, flüsterte Griffin.

Ihre Augen füllten sich mit Tränen, aber sie hielt sie krampfhaft zurück. Sie musste sich zurückziehen, damit er sie nicht weinen sah.

Er streckte den linken Arm aus und berührte ihre Wange. »Autumn …«

Sie beugte sich vor und küsste ihn auf die Schläfe. »Gute Nacht, Griffin. Ich werde dich bald aufwecken.«

»Autumn …«, wiederholte er.

Sie zog sich zurück und vermisste sogleich seine Hand auf ihrer Wange. Dort, wo sie gelegen hatte, fühlte ihre Haut sich kalt und heiß zugleich an. »Gute Nacht.«

Sie drehte sich abrupt um, als die erste Träne floss, obwohl Griffin sie ohnehin gesehen hatte. Ihretwegen hatte er Schmerzen, ihretwegen war er verletzt. Und das hätte sie nicht überraschen sollen.

Jeder wurde verletzt, der ihr zu nahekam. Es war niemals anders.

～

GRIFFIN BLICKTE auf seine Hände hinab und runzelte die Stirn. Die eine Hand hatte lediglich ein oder zwei Kratzer abbekommen, die andere war vollkommen eingegipst. Die Ärzte hatten ihm gesagt, er hätte sie sich vielleicht nicht gebrochen, wenn er nicht den Arm schützend über Autumn gehalten hätte. Er hatte zwar nicht operiert werden müssen, war jedoch nahe daran gewesen.

Er hätte zwar mit der Hand Autumns Leben nicht retten können, doch in jenem Augenblick hatte er die Frau auf dem Beifahrersitz neben sich irgendwie schützen müssen.

Er hatte idiotisch reagiert, trotzdem war er sich nicht sicher, ob er nicht wieder so gehandelt hätte.

Sicher, nun war er vollkommen aufgeschmissen, was den Abgabetermin betraf. Seine Verlegerin war mitfühlend und hatte ihm versprochen, ihn zu verlängern, da immer noch genügend Zeit wäre. Da er für gewöhnlich seine Manuskripte so früh fertig hatte, konnte er tatsächlich theoretisch seinen ursprünglichen Abgabetermin noch einhalten.

Er musste lediglich schreiben.

Wie er das mit einer Hand tun sollte, wusste er jedoch nicht.

Er war die ganze Nacht wach gewesen, da Autumn ständig in sein Zimmer kam, ihn zärtlich liebkoste und liebe Worte flüsterte. Sie wollte sich vergewissern, dass seine leichte Gehirnerschütterung sich nicht verschlechterte. Jetzt quälte er sich auf eine ganz neue Weise, wenn sie ihm so nahe war und er im Bett lag, unfähig, irgendetwas daran zu ändern. Er verfluchte sich. Verdammt. Er hatte kein Recht, sie haben zu wollen. Der Kuss hatte ihn in diese Lage gebracht.

Er würde sie nicht noch einmal küssen.

Und wenn er sich diese Lüge weiter vorbetete, würde er sie vielleicht eines Tages glauben.

»Griffin?« Autumn betrat mit einem Tablett in den Händen sein Schlafzimmer. »Ich weiß, du hast den ganzen Morgen telefoniert. Ich habe dir Frühstück gemacht.«

Er musterte ihr Gesicht, die dunklen Ringe unter ihren Augen, und hätte sie am liebsten an sich gezogen und ihr erzählt, alles wäre in Ordnung. Aber er wusste, das war nicht ganz die Wahrheit. Er wusste weder, was zwischen ihnen beiden vorging, noch was er betreffs des verfluchten Buches machen sollte. Und zu allem Übel wusste er, dass sie Geheimnisse hatte, die sie wahrscheinlich niemals mit ihm teilen würde.

Griffin räusperte sich. »Du hättest mir kein Frühstück machen müssen.«

Sie stellte das Tablett auf dem Tisch neben dem Bett ab und stemmte die Hände in die Hüften. »Doch, das gehört zu meinem Job.«

Er wusste nicht, warum diese Bemerkung ihn so schmerzte, obwohl das nicht hätte der Fall sein dürfen.

Autumn stieß den Atem aus. »Außerdem habe ich es gern getan. Du solltest dich nicht viel bewegen, da dein Gehirn sich wahrscheinlich noch nicht wieder ganz wohlfühlt.«

Er zog eine Braue in die Höhe. »Danke«, sagte er trocken.

Sie verdrehte die Augen. »Oh, halt den Mund. Ich

habe ... nun ... ich habe keine Ahnung, was ich eigentlich sagen wollte. Wie dem auch sei. Hier ist dein Frühstück. Ich bin mir sicher, dass deine Familie bald hier auftauchen wird, entweder alle zusammen oder nach vorheriger Absprache einer nach dem anderen. Nachdem du gegessen hast, werden wir dich duschen und ankleiden und dann werden wir sehen, was wir betreffs deines Schreibens unternehmen.«

Er leckte sich die Lippen, als er sich vorstellte, wie sie mit ihm in der Dusche stände und wie er sie überall berührte, um sicherzugehen, dass jeder Zentimeter ihrer Haut blitzsauber wäre.

»Jetzt reiß dich mal zusammen, Schreiberling. Deine Hand ist gebrochen, nicht dein Bein. Ich muss nicht mit dir unter die Dusche.«

Er blickte ihr in die Augen. »Vielleicht ist es nötig ...«

»Griffin.«

Er schloss die Augen. »Es tut mir leid. Ich weiß, wir haben uns geeinigt, nicht über das zu reden, was in der Küche geschehen ist, aber –«

»Aber du fängst ja schon an, darüber zu reden«, unterbrach sie ihn.

»Wir sollten wirklich eines Tages darüber reden.« Wer sprach da nur? Zur Hölle, er sprach niemals über Beziehungen. Seit Lauren vermied er es, über Gefühle und solchen Mist zu reden, außer es geschah in einem Buch.

Bei dem Gedanken an Lauren hielt er plötzlich inne. Was zum Teufel war los mit ihm? Er hatte ihren Namen niemals mehr gedacht. Ja, er bemühte sich sogar, überhaupt nicht mehr an sie zu denken. Vielleicht hatte er sich den Kopf doch stärker angeschlagen, als er vermutet hatte. Oder vielleicht lag es auch an der Frau vor ihm.

»Wir könnten unsere Beziehung auch rein geschäftlich halten.« Ihr Blick landete auf seinem nackten Oberkörper und blieb dort haften. Als sie sich die Lippen leckte, musste er seine Boxershorts zurechtrücken. Als sie diese Bewegung bemerkte, ergoss sich Röte über ihre Wangen. Dann blickte sie ihm wieder ins Gesicht. »Das müssen wir sogar.«

Er legte den Kopf schräg. »Warum müssen wir das?«

»Weil ich für dich arbeite. Ich kann nicht einfach mit dir schlafen und gleichzeitig gezwungenermaßen deine Angestellte sein. Das schreit nach verletzten Gefühlen und Problemen. Und jetzt bist du verletzt und wir müssen herausfinden, ob es entweder eine Software gibt, mit der du arbeiten, oder ob du einhändig tippen kannst oder ob du meine Hilfe brauchst. Ich weiß es nicht. Aber all das bedeutet, ich darf dich nicht noch einmal küssen. Hast du das verstanden?«

»Ich war es, der den Kuss initiiert hat«, erinnerte er sie, wohl wissend, dass er sie reizte.

Sie schüttelte den Kopf. »Ich habe den Kuss erwidert.«

»Wir können uns in dieser Angelegenheit wie Erwachsene verhalten.« Sie bewegte sich näher ans Bett heran. Er war sich nicht sicher, ob sie sich dessen überhaupt bewusst war.

»Inwiefern wie Erwachsene? Ich bin mit deiner Familie befreundet und halte mich meist hier in deinem Haus auf. Es wird nicht funktionieren, Griffin.« Sie beugte sich vor und legte eine Hand neben ihn aufs Bett. »Es wird nicht funktionieren.«

Er hob die freie Hand und umfasste ihre Wange. Ihre Augen weiteten sich und sie blickte auf ihre Füße hinunter, bevor sie wieder ihn ansah.

»Wie … wie bin ich hierhergekommen?«

Er lächelte scheu. »Du hast dich ganz allein zum Bett bewegt. Dein Verstand sagt das eine, doch dein Körper sagt etwas ganz anderes. Ich werde dich nicht ausnutzen, Autumn, aber du musst wissen, dass du Möglichkeiten hast.«

Sie schluckte heftig. In ihre Augen trat ein leichter Hauch von Furcht, der ihm Sorgen bereitete. »Ich habe niemals Möglichkeiten.«

»Erzähl es mir, Fall. Erzähl mir, was dich bekümmert.«

Sie löste sich von ihm. »Das kann ich nicht.« Diesmal klang ihre Stimme kalt. Die Gefühle, die sie gerade noch gespürt hatte, waren verschwunden. »Ich werde dir das Tablett bringen, damit du frühstücken kannst.«

Er brummte, unsicher, was er tun, was er sagen sollte. Er wollte wissen, wie sie funktionierte, aber sie entzog sich ihm immer wieder. War sie einfach etwas Neues für ihn? Ein Rätsel? Er hielt das zwar nicht für möglich, wollte sie aber nicht verletzen, falls es doch so wäre. Sie mochte zwar verdammt stark sein, aber sie besaß auch eine gewisse Zerbrechlichkeit, die nicht jeder sehen konnte.

»Autumn.« Er ergriff ganz leicht ihr Handgelenk.

Sie zuckte zusammen, aber er ließ sie nicht los. Verflucht. Etwas war mit ihr geschehen, etwas, das er nicht benennen konnte.

»Autumn«, wiederholte er, diesmal sanfter. »Ich bin für dich da, falls du mich brauchst.«

»Ich sollte eigentlich für dich da sein«, erwiderte sie, ohne ihn anzublicken. »Du bist meinetwegen verletzt. Meinetwegen hast du Schmerzen.«

Er fluchte und zog sie enger zu sich. Sie landete auf der Bettkante und er setzte sich auf, sodass er seine Stirn auf ihre legen konnte.

»Fall.«

»Ich hasse diesen Spitznamen.«

»Ich weiß. Du darfst nicht glauben, dass der Unfall deine Schuld war. Ein betrunkener Fahrer ist in uns hineingefahren. Dies war nicht deine Schuld, verstanden?«

Sie ließ sich den Bruchteil eines Zentimeters gegen ihn sinken, und allein das linderte etwas die Spannung in seinen Schultern. »Deine Hand, Griffin«, flüsterte sie so leise, dass er sie kaum verstand.

»Ich weiß, das nervt, aber alles wird gut.«

Sie schnaufte als Reaktion auf seine Worte. Er musste lächeln. »Ich muss los, Griffin.«

Er benutzte seine linke Hand, um ihr Gesicht in seine Richtung zu drehen. Ihre Blicke trafen sich. »Ich weiß. Aber wir sind noch nicht fertig. Ganz und gar nicht.« Er strich mit den Lippen über ihre, einmal, zweimal, federleicht. Er behielt die Augen offen, um ihre Reaktion zu beobachten, und wurde nicht enttäuscht. Ihre Pupillen weiteten sich und er sah, wie Erregung und Besorgnis in ihren Augen miteinander wetteiferten.

Er hatte keine Ahnung, weder was er tat, noch warum er es tat, aber er wusste, er konnte nichts dagegen unternehmen. Er brauchte diese Frau und musste mehr über sie wissen. Er brauchte sie, einfach nur sie.

Und bald schon würde er alles herausfinden. Denn

wenn nicht, wären sie am Ende beide gebrochen, das spürte er. Er war schon einmal mit gebrochenem Herzen zurückgeblieben und er wusste, keiner von ihnen würde es überleben, wenn dies noch einmal geschah.

Kapitel Acht

AUTUMN HATTE KEINE AHNUNG, warum sie Ja gesagt hatte. Vielleicht war sie geisteskrank geworden. Oder vielleicht war es auch sie selbst gewesen, die sich bei dem Unfall den Kopf angeschlagen hatte, und nicht Griffin. Sie würde nie wissen, wie sie mitten auf einer Grillparty in einem Haus der Montgomerys landen konnte, in einem halbwegs eleganten Kleid und hochhackigen Schuhen.

Seit dem Unfall waren drei Tage vergangen und außer Griffins Hand befanden beide sich beinahe wieder in ihrem normalen Gesundheitszustand. Die Normalität alles andere betreffend war allerdings den Bach hinuntergegangen. Sie erinnerte sich nicht einmal daran, wie die normale Version ihres Zusammenseins ausgesehen hatte.

Er hatte nicht noch einmal versucht, sie zu küssen, und sie hatte einen gewissen Abstand eingehalten und keinen Kuss gewollt. Natürlich hatte sie einen Kuss haben wollen, aber sich nach etwas zu sehnen, was schlecht für sie war, war im Moment nicht angebracht.

Griffin war ihr Boss, Bruder ihrer Freunde, weiter nichts.

Und wenn sie sich das weiter einreden würde, dann würde sie es vielleicht selbst glauben und nicht mehr etwas so Dummes tun wie … zu einem Familienessen zu gehen. In einem Kleid.

Ehrlich, was hatte sie sich gedacht?

»Warum machst du so ein trauriges Gesicht?«, fragte Griffin, der sich zu ihr gesellte. Er hielt ein Getränk in der Hand, die nicht eingegipst war, und reichte es ihr. »Ich habe dir eine Limonade geholt, da du uns nach Hause fährst.«

Er zwinkerte ihr zu und sie unterdrückte den Wunsch, die Augen zu verdrehen.

Es war sein Zuhause, erinnerte sie sich. Nicht ihres. Im Gegensatz zu dem, was ihre Hormone wollten, hatte sie seit jener ersten Nacht nicht mehr bei ihm übernachtet. Storm hatte die Batterie ihres Wagens ausgewechselt, daher konnte sie fahren, wohin sie wollte, und Griffin herumchauffieren, wenn nicht gerade eines seiner zahlreichen Familienmitglieder den Job übernahm.

»Danke«, sagte sie, als sie die Limonade entgegennahm. »Und was ist mit deinem Getränk?«

Er grinste, als Storm sich mit einem Glas für seinen Bruder näherte. Storm schnaufte, dann grüßte er sie mit dieser sexy Geste, indem er das Kinn hob, wie Männer es taten. »Da ist mein Drink.«

»Aber … aber warum hast du dein Glas nicht einfach behalten und ich hätte das von Storm genommen?«

Storm schnaufte wieder.

»Brauchst du Allergietabletten, Bruderherz?«, fragte

Griffin. »Ich wollte dir dein Getränk selbst bringen und dann habe ich lieber Storm gebeten, mir zu helfen, anstatt zu riskieren, die Teppiche meiner Mutter zu beschmutzen.«

Sie verstand die Männer nicht. Sie verstand die Männer der Montgomerys wirklich nicht.

»Du bist seltsam, ehrlich.«

»Ich gefalle dir so.«

Storm schnaufte. Schon wieder.

»Brauchst du wirklich nichts für deine Nase?«, wiederholte Griffin und Autumn unterdrückte ein Lachen.

»Mir geht es gut«, sagte Storm lässig. »Ich genieße nur die Show.«

Autumn runzelte die Stirn. »Es gibt keine Show.«

»Natürlich gibt es keine Show, Süße.« Der Mann zwinkerte ihr zu.

»Nenn sie nicht Süße«, schimpfte Griffin. »Sie wird lieber Fall genannt.«

Sie schloss die Augen und betete um Geduld. Griffin war meist ganz annehmbar, aber man musste ihn nur mit seinen Brüdern zusammen in ein Zimmer stecken, wenn er in der entsprechenden Laune war, und plötzlich wurde er wieder zum Kind und quälte alle, die sich in seiner Nähe befanden. Wenn sie doch nur etwas Stärkeres trinken könnte!

Griffin hatte so viele verschiedene Seiten. Da gab es die lustige, wenn er sie und seine Geschwister neckte. Die übertrieben beschützerische, die sich offensichtlich gezeigt hatte, als er Decker zusammengeschlagen hatte, als dieser gewagt hatte, Miranda zu berühren. Die dunkle, grüblerische, die sich in die Seiten seiner Bücher ergoss. Dann war da noch die besitzergreifende Seite an ihm, wenn er sie am Haar ergriff und seine Zunge in ihren Mund schob, sodass sie sich nach mehr sehnte.

In ihrem Kopf drehte sich alles.

»Ich glaube, du hast ihr Kopfschmerzen bereitet«, unterbrach Storm ihre Gedanken. Er lächelte sie an, seine Augen lachten. »Ich weiß nicht, wie du es schaffst, jeden Tag mit ihm zu arbeiten. Du bist stärker als ich.«

»So schlimm bin ich nun auch wieder nicht«, schaltete Griffin sich jetzt ein.

Sie biss sich auf die Lippe und zwinkerte dem Mann zu, der ihre Gedanken beherrschte. »Äh … da mein Boss gleich neben mir steht, sollte ich wahrscheinlich nur nette Dinge sagen.«

Griffin stieß die Luft aus und trat näher an sie heran, bis sie seinen Atem warm an ihrem Hals spürte. »Es gefällt dir doch jetzt, zu mir nach Hause zu kommen, oder? Es ist doch nicht wie zu Beginn.«

Sie konnte nicht vermeiden, dass sie erschauderte angesichts seiner Nähe. Sie wusste, Storm war dieses Zwischenspiel nicht entgangen. Der Mann zog eine Braue in die Höhe, gab jedoch keine Bemerkung ab. Gott sei Dank.

»Worüber wird hier geredet?«, ertönte nun Wes' Stimme, der sich zu ihnen gesellte. Storms Zwillingsbruder grinste und fuhr mit der Hand über seine Krawatte. Es gefiel ihr, dass die Zwillinge so verschieden waren, obwohl sie dem jeweils anderen scheinbar auf eine so besondere Weise verbunden waren wie keinem anderen der Montgomerys. Oder besser: Sie waren einander durch ein zusätzliches Band verbunden, denn sie hatte noch keine Familie kennengelernt, die so eng zusammenhielt.

»Wir reden über Autumns Stärke«, erklärte Storm leichthin.

»Weil sie mit Griffin arbeiten kann? Ja, ich würde sagen, sie besitzt Nerven aus Stahl, doch das wäre unserem kleinen Bruder gegenüber unhöflich.«

Griffin zeigte beiden den Mittelfinger. Diesmal war es Autumn, die schnaufte.

»Achtet auf eure Ausdrücke!«, rief Meghan aus ihrer Ecke herüber, in der sie mit Luc saß. Sie knutschten nicht herum – noch nicht –, lehnten sich aber so eng aneinander, als könnten sie es nicht abwarten, allein zu sein.

»Ich habe nicht geflucht«, rief Griffin zurück.

»Auch Gesten mit den Fingern zählen, Mann«, wandte Luc ein, der seine Augen nicht von Meghan ließ.

Diese beiden mussten unbedingt bald heiraten.

Sasha und Cliff, Meghans zwei Kinder aus erster Ehe, kicherten. Sie saßen auf dem Boden und spielten mit Austins Sohn Leif. Austins und Sierras Baby Colin schlief zufrieden in den Armen seiner Großmutter, die neben ihnen saß. Harry saß in seinem großen Sessel und beobachtete seine Enkel mit einem seltsamen Lächeln im Gesicht.

Autumn musterte den Mann prüfend. Etwas war heute anders an ihm, aber sie konnte nicht sagen was. Sie kannte ihn zwar nicht wirklich gut, aber sie konnte zumindest feststellen, dass sich etwas verändert hatte. Es war nicht angebracht, dass sie etwas in der Richtung sagte, also wandte sie den Blick von ihm und den Kindern ab und wieder Griffin zu, der sich mit den Zwillingen über irgendein Projekt von Montgomery Inc. unterhielt.

»Du darfst uns nicht helfen«, sagte Wes gerade hastig. »Denk an deine Hand.«

»Ich habe noch meine andere Hand«, erklärte Griffin.

»Darum geht es nicht, Bruder«, erklärte Storm. »Komm schon, erinnerst du dich nicht an den Zwischenfall mit der Säge?«

Autumns Augen weiteten sich. »Säge? Oh mein Gott. Was hast du getan?«

Griffin verzog das Gesicht. »Wir reden nicht mehr über diese Sache.« Er wandte sich seinen Brüdern zu. »Und ich danke euch, dass ihr die Geschichte nicht jedes Mal erwähnt, wenn ich euch meine Hilfe anbiete.«

»Du hast deinen Abgabetermin, Griffin, und wir kümmern uns um unseren«, sagte Wes nicht unfreundlich.

Sie spürte diesmal, wie Griffin innerlich zusammenzuckte, obwohl man es seinem Gesicht nicht ansah. Sie wusste, vor dem Unfall hatte er mehr geschrieben, doch seither kein einziges Wort. Er war unter ihrer Fürsorge gesund geworden, aber morgen würden sie eine neue Routine finden müssen. Auf keinen Fall durften sie das noch länger hinausschieben.

»Ärgerst du Griffin schon wieder mit dem gewissen Zwischenfall?«, wollte Miranda wissen, die sich an Decker schmiegte. Die zwei sahen aus, als passten sie nicht zueinander – sie mit anmutigen Zügen und einem Lehrerinnenlächeln, er mit seinem Bart, grüblerischem Blick und Tattoos am ganzen Körper –, doch wenn man sah, wie sie einander anblickten, gab es keinen Zweifel, dass sie wie geschaffen füreinander waren.

»Wir reden nicht über den Zwischenfall«, stieß Griffin hervor.

Jetzt wollte sie wirklich mehr wissen, doch in einer Gruppe wie dieser würde sie nicht danach fragen. Sie wollte warten, bis sie allein wären, um ihn nicht in Verlegenheit zu bringen. Warum dachte sie wieder daran, mit ihm allein zu sein? Das war nicht gut für sie, weder für ihren Geist noch für ihr Herz.

»Hat da gerade jemand den gewissen Zwischenfall erwähnt?«, erkundigte Austin sich, der mit Sierra herüberkam, die er fest an der Hand hielt.

»Wirklich, Jungs, jetzt hört endlich auf, euch über Griffin lustig zu machen«, schimpfte Sierra lächelnd. Das lange, kastanienbraune Haar fiel ihr in Wellen über die Schultern und sie sah aus, als hätte jemand mit großen Händen an ihrer Mähne gezogen. Schön für dich, Sierra.

»Ja, hört auf, euch über mich lustig zu machen«, stimmte Griffin zu, doch er lächelte. »Und jetzt, da ihr alle hier versammelt seid, werde ich Autumn das Haus zeigen.« Er reichte Storm sein Glas, der natürlich schnaufte, dann ergriff er Autumns freie Hand. »Komm mit.«

»Und dass ihr mir nicht in deinem alten Zimmer herumknutscht!«, rief Decker und Autumn errötete.

»Was hast du dir nur dabei gedacht?«, flüsterte sie, als er sie in den Flur zog, wo niemand sie sehen konnte. »Jetzt denken alle, wir würden knutschen oder so. Ich arbeite für dich, Schreiberling.«

Er lächelte sie an. Das Herz zog sich ihr zusammen, obwohl es das nicht sollte. Es sollte eigentlich fest an seinem Platz bleiben und mit ihrem Verstand einer Meinung sein. Doch ihr Verstand gab ihr ständig Bilder von Griffin ein, über ihr, unter ihr und hinter ihr, wobei er seine gesunde Hand benutzte, um ihr zu zeigen, wie talentiert er war.

Verdammt.

»Ich mag es, wenn du errötest, Fall. Wirst du mir sagen, woran du denkst?«

»Ich denke an den gewissen Zwischenfall.«

Er runzelte die Stirn. »Nein, das stimmt nicht. Und nein, ich werde dir nichts über den Zwischenfall verraten. Du solltest mir wirklich erzählen, woran du gedacht hast.« Er legte die Handfläche der gesunden Hand um ihre Wange. Sie leckte sich über die Lippen.

»Was tust du da?«, keuchte sie.

»Was glaubst du denn, was ich tue?«, fragte er und senkte den Kopf. Sein Atem strich warm über ihre Lippen und sie musste nichts weiter tun, als den Kopf ein wenig zu heben, und schon spürte sie seinen Mund auf ihrem.

Sie rührte sich nicht.

»Ein Fehler«, flüsterte sie. »Du machst einen Fehler.«

Er runzelte die Stirn, gab sie jedoch nicht frei.

»Wir befinden uns im Haus deiner Eltern, Griffin.« Sie schluckte heftig. »Lass mich los, bitte.«

Er gab sie frei, dann trat er einen Schritt zurück, wobei er sich räusperte. »Du hast recht, dies ist nicht der rechte Ort, nicht der richtige Zeitpunkt.«

»Es kann weder einen rechten Ort noch den rechten Zeitpunkt geben, Griffin.«

Er legte den Kopf schräg und blickte sie prüfend an. »Bist du dir sicher?«

Nein. Nicht im Geringsten. Doch das konnte sie nicht sagen, sie konnte es nicht einmal denken.

»Was tust du da, Onkel Griffin?«, ertönte plötzlich Sashas Stimme. Autumn erschrak.

Sie drehte sich zu dem kleinen Mädchen herum und versuchte zu lächeln. »Hey Sasha, ich dachte, du spielst mit deinem Bruder und deinem Cousin.«

»Ich muss aufs Klo und ihr steht im Weg«, erklärte sie lächelnd. »Wolltest du Onkel Griffin küssen?«

Autumn schloss die Augen. »Nein. Das wollte ich nicht.«

»Okay.« Autumn öffnete die Augen wieder, als Sasha an ihnen vorbeiging und die Tür zur Toilette hinter sich schloss.

»Nun, das war einfacher, als man hätte erwarten können«, stellte Griffin trocken fest. Er lehnte sich ihr gegenüber gegen die Wand und lächelte sie an.

Er hatte sich nicht rasiert seit dem Tag, an dem sie zum ersten Mal für ihn gearbeitet hatte. Und jetzt bestand sein Bart aus mehr als nur Stoppeln und er war bereits so lang, dass er ihn morgens kämmen musste. Sie hatte nicht gewusst, dass sie einen Bart-Fetisch hatte, doch sie wäre gern mit der Hand über diesen Bart gefahren und hätte ihn verstrubbelt, um ihn auf ihrer Haut zu spüren.

Er hob die Brauen und sie stieß den Atem aus.

»Lass uns zu deiner Familie zurückkehren«, schlug sie vor, anstatt ihn zu streicheln, wie sie es gern getan hätte. Sie war schließlich eine starke Frau. Vielleicht. »Obwohl ich immer noch nicht weiß, warum ich hier bin. Dies ist keine eurer gewöhnlichen Grillpartys, wie ich gehört habe. Ich sehe nur Familienmitglieder.«

Er zuckte mit den Schultern. »Maya wird mit Jake herkommen. Du bist nicht die Einzige, die kein Mitglied der Familie ist. Und ich wollte dich hierhaben. Meine Eltern ebenfalls.«

Sie wusste nicht, was sie davon halten sollte. »Aber sind Maya und Jake nicht ein Paar?«

»Sie leugnen es ständig und Mom sagte, Jake würde seine Freundin mitbringen.« Er senkte die Augenbrauen wieder und Autumn blinzelte.

»Jake hat eine Freundin? Warum wissen wir das nicht?«

»Ich wusste es nicht, bis Mom es mir erzählt hat. Es scheint offensichtlich ernst zu werden, daher wollte sie das Mädchen hierhaben. Oder vielleicht auch deshalb, damit Maya sehen kann, was ihr entgeht. Ich weiß es nicht.«

Autumn schüttelte den Kopf. »Deine Familie verwirrt mich.«

»Willkommen bei den Montgomerys. Komm zum Essen oder um ein Tattoo zu bekommen, und bleib, um das Drama mitzuerleben.«

Sie lächelte, als sie ins Wohnzimmer zurückkehrten, in dem es still geworden war. Als Autumns Blick zum Eingangsbereich wanderte, wusste sie warum. Maya und Jake waren eingetroffen.

Zusammen mit einer entzückenden Blondine in einem Kleid in Rosa und Weiß.

Der Gegensatz zwischen dieser Blondine und wie sie aussah und Maya mit ihrer engen Jeans und dem ärmellosen schwarzen Oberteil, die so viele Tattoos und Piercings wie möglich zur Schau stellte, hätte nicht größer sein können, auch wenn sie nebeneinandergestanden hätten. Die Tatsache, dass Jake mit ahnungslosem Gesicht zwischen ihnen stand, machte die Angelegenheit noch unbehaglicher.

Maya starrte ihre Familie an, als wollte sie sie mit Blicken zwingen, keine Bemerkung zu machen, die ihr wehgetan hätte. Oder wenn man Maya kannte, wohl eher, die Jake hätte wehtun können.

»Jake, du hast Holly mitgebracht«, sagte Marie Montgomery schließlich, während sie ihr Enkelkind seiner Mutter übergab. »Ich freue mich. Es wurde auch Zeit, dass wir die Frau kennenlernen, die das Herz von unserem Jake erobert hat.«

Holly errötete bis zu den blassen, blonden Haarwurzeln und Jake schlang den Arm um ihre Schulter. Maya starrte ihn an, als hätte sie ihn noch nie zuvor gesehen, wirkte jedoch nicht verletzt ... nicht eifersüchtig. Sie wirkte lediglich ... anders. Als wüsste sie nicht, was sie tun sollte, jetzt, da ihr bester Freund jemanden im Arm hielt.

Vielleicht hatten die Montgomerys sich geirrt und Maya und Jake waren nicht füreinander bestimmt. Vielleicht liebten sie einander nicht so, wie sie alle gedacht hatten. Vielleicht ging alles gut aus.

Aber vielleicht hätte am Ende auch jemand ein gebrochenes Herz.

Und das war noch ein Grund, warum Autumn sich nicht in Griffin oder die Familie Montgomery verlieben durfte. Denn wenn sie gehen musste – und das konnte jetzt jeden Tag passieren –, musste es schnell gehen. Schmerzlos. Sie durfte nicht zu viele Bindungen zurücklassen.

Sie wusste, es war bereits zu spät, um jeglichen Schmerz zu verhindern, aber das tiefe Leid konnte noch aufgehalten werden.

Sie betete zumindest darum.

Marie schloss Jake fest in die Arme. Dann tat sie das

Gleiche mit Holly. Die Augen der jungen Frau weiteten sich für einen Augenblick, dann erwiderte sie die Umarmung.

»Danke, dass Sie mich eingeladen haben«, sagte sie leise. »Ich weiß, dies ist ein Familientreffen, aber Jake und Maya sagten, es sei in Ordnung, wenn ich mitkomme, da Sie es so wollten.«

»Wir beißen nicht. Oft.« Maya zwinkerte Holly zu und lächelte.

Autumns und Griffins Blicke trafen sich. Er zuckte nur mit den Schultern und sie stieß den Atem aus. Nun, zumindest würde das Abendessen interessant werden. Natürlich wusste sie, dass es auch ohne das Holly/Jake/Maya-Drama interessant genug gewesen wäre. Die Montgomerys wussten, wie sie Autumn faszinieren konnten, allein dadurch, dass sie atmeten.

Und deshalb musste sie auch verschwinden, sobald sie einen Ort gefunden hätte, an dem sie bleiben konnte.

»Nun, ich freue mich, dass du hier bist«, erwiderte Marie. »Ich werde dich jedem vorstellen und dann können wir uns alle in der Sofaecke versammeln. Harry und ich haben euch etwas zu sagen.« Sie lächelte sanft und Autumn spürte, wie Griffin sich neben ihr versteifte. »Ich wusste nicht, dass heute diese Ankündigung stattfinden sollte, aber ich bin froh, dass du hier bist, da du Teil von Jakes Leben bist.«

»Was ist los?«, erkundigte Maya sich.

»Geh und setz dich, Liebes. Wir werden alles in einem Augenblick erklären.«

Autumn blickte zu Harry hinüber, der sich in seinem Sessel zurücklehnte, während Marie Holly dem Rest der Familie vorstellte. Sie alle wirkten wie Griffin bis ins

Mark geschockt. Erst Holly und dann diese geheimnis-volle Ankündigung. Das war recht viel zu verkraften.

»Nun sagt schon«, verlangte Austin ungeduldig, während er Sierra neben sich auf die Couch zog. Leif saß auf dem Fußboden und lehnte sich gegen die Beine seines Vaters.

»Ja, was ist los, Daddy?«, fragte auch Miranda. Decker setzte sich neben Sierra, zog Miranda auf seinen Schoß und streichelte ihr den Rücken.

»Wirst du noch weitere Behandlungen bekom-men?«, fragte Meghan. Sie saß auf der anderen Couch neben Luc. Ihre beiden Kinder kletterten auf die Knie des Paares und hielten sich an den Händen. Sie waren alt genug, um zu merken, dass etwas nicht stimmte … oder zumindest, dass etwas Ungewöhnliches bevorstand.

»Jetzt sag es doch endlich«, drängte Wes. Er lehnte sich gegen die Couch, Storm neben sich. Der andere Zwilling sagte kein Wort, er blickte seinen Vater nur fragend an.

Maya setzte sich neben Luc, und Jake und Holly ließen sich auf die freien Plätze neben ihr sinken. Mayas Schultern versteiften sich für den Bruchteil einer Sekunde und Autumn war sich nicht sicher, ob jemand anderes außer ihr es mitbekommen hatte.

Griffin nahm Autumn bei der Hand und sie drückte sie. Sie standen immer noch im Flur, doch so wie die Zimmer angeordnet waren, waren sie trotzdem mitten im Geschehen. Autumn dachte unwillkürlich, dass weder sie noch Holly und vielleicht auch Jake nicht hier sein sollten. Doch gerade als sie dies dachte, zog Griffin sie an sich. Sie stellte sich dicht neben ihn und gestattete ihm, sich ein wenig gegen sie zu lehnen. Falls er sie brauchen würde, wäre sie da. Doch sie würde all ihre Kraft benötigen, um ihm gegenüber stark zu bleiben.

Sie ließ den Blick über die Montgomerys schweifen und es wurde ihr bewusst, dass sie nie wieder eine solch eng verbundene Gemeinschaft erleben würde. Sie liebten einander und hielten während all der Sorgen und all dem Schmerz, die das Leben mit sich brachte, zusammen. Ihr entging auch nicht, dass einer fehlte. Alex hätte hier sein sollen und sie hoffte, dass er eines Tages wieder dabei sein würde. Doch zuerst musste er sich heilen.

»Dad«, knurrte Austin und die anderen wurden still.

»Ich hatte gestern einen Termin bei meinem Arzt«, begann sein Dad leise. »Dabei ist herausgekommen, dass der Krebs zum Stillstand gebracht worden ist. Ich kann zwar nicht behaupten, vollkommen krebsfrei zu sein, bis eine bestimmte Zeit verstrichen ist, aber ich bin auf dem Weg der Besserung.«

Es war so still im Zimmer, dass man eine Nadel hätte fallen hören können. Alle hielten den Atem an, als wären sie ein einziger Organismus, bis es plötzlich so schien, als hätte jemand Luft ins Vakuum gelassen. Manche sprangen auf, umarmten sich, schrien. Andere weinten, hielten sich gegenseitig und ihren Vater fest umschlungen. Und die Kinder tanzten herum, lachten und freuten sich für ihren Großvater.

Doch in all dem Chaos hatte Autumn nur Augen für einen einzigen Mann.

Griffin ließ seinen Vater nicht aus den Augen, der ihm kurz zunickte. Er zuckte leicht zusammen und Autumn legte ihm beide Hände auf die Brust, um sich zu vergewissern, dass er in Ordnung war.

»Griffin?«

Er sank in die Knie und presste sie gegen die Wand, als er sein Gesicht auf ihren Bauch drückte und ihre Taille und ihr Gesäß mit beiden Armen umschlang.

»Gott sei Dank. Gott sei Dank.«

Tränen durchnässten ihr Kleid. Sie ließ sich zu Boden sinken, soweit es seine Umklammerung zuließ, und streichelte seinen Rücken und sein Haar.

»Es geht ihm gut«, flüsterte sie. »Es geht ihm gut.«

Er nickte an ihrer Schulter und bettete sein Gesicht an ihren Hals, wobei er sie nicht losließ. In diesem Augenblick kümmerte es sie nicht, was für ein Bild sie abgaben und was die anderen dachten. Sie dachte nur daran, wie viel dieser Mann in sich verschlossen hatte, wie viel er auf seine Schultern geladen hatte, sodass er nun zusammenbrach, denn er musste endlich einmal alles rauslassen.

Sie ließ ihn weinen, ließ die anderen feiern und ihre Emotionen abreagieren, in welcher Form auch immer sie es brauchten. Um den Rest der Welt würde sie sich später kümmern. In diesem Moment ging es nur um Griffin. Nur um den Mann in ihren Armen.

Und bald würde sie herausfinden, was all dies zu bedeuten hatte.

Bald.

Maya

Maya nahm nicht zum ersten Mal eine Mahlzeit mit Jake und einer Frau ein, mit der er schlief. Doch zum ersten Mal wusste Maya nicht, wohin mit ihren Händen. Auch wusste sie zum ersten Mal nicht, was sie sagen sollte.

Und das gefiel ihr überhaupt nicht. Es gefiel ihr

nicht, dass ihr nicht einfiel, was sie sagen oder tun konnte, wenn dieses süße Mädchen namens Holly im Spiel war.

Und dabei hasste Maya Holly nicht. Nicht im Geringsten. An Holly gab es nichts, was sie hätte hassen können. Sie war nett, mitfühlend und Jake war ihr wirklich wichtig. Maya hätte ihrem besten Freund keine bessere Frau wünschen können.

Sicher, Holly hatte kein einziges Tattoo auf ihrem Körper und wahrscheinlich tat sie es nur in der Missionarsstellung bei ausgeschaltetem Licht, doch wenn es das war, was Jake wollte, dann sollte er es haben. Es war nicht Mayas Job, sich zu sorgen, welche Qualitäten Jakes Geliebte hatten.

Doch diesmal hatte Maya andere Gefühle.

Jake schlief nicht nur mit dieser Frau. Er verliebte sich in sie.

Es wurde ernst. Er hatte Holly seiner Familie vorgestellt, den verrückten Gallaghers, die den Montgomerys Konkurrenz machten, was Tattoos und Dramen betraf. Maya hatte das Gefühl, dass Jake bald auf ein Knie fallen und Holly wahrhaft und für immer zu der Seinen machen würde.

Maya hätte sich für ihn freuen sollen. Denn was auch immer ihre Familie dachte, Maya hatte Jake stets nur als ihren besten Freund geliebt. Sie hatte sich niemals erlaubt, an ihn als etwas mehr als einen Freund zu denken. Denn sobald sie das getan hätte, hätte sie ihn für immer verloren. Denn so war es immer. Sie fickte einen Mann und dann vermasselte sie alles. Sie wollte Jake lieber als besten Freund behalten, mit dem sie niemals schlief, als ihn für ein oder zwei Nächte zu haben und ihn dann zu verlieren, den einzigen Mann, dem sie alles erzählen konnte.

Aber … irgendetwas stimmte nicht.

Ihr Herz tat weh.

Sie rieb sich mit der Hand über die Brust, als Jake und Holly über etwas lachten, das sie im Park gesehen hatten. Maya zwang sich zu lächeln, aber sie wusste, Jake hatte es ohnehin nicht gesehen. Denn wenn er ihr Aufmerksamkeit geschenkt hätte und nicht der Frau, von der sie das Gefühl hatte, er liebte sie, hätte er das Gezwungene, die Lüge bemerkt.

Doch er hatte nichts gemerkt.

Er hatte nur Augen für Holly.

Und das musste sie akzeptieren.

Denn dies war nicht Eifersucht, was sie fühlte.

Überhaupt nicht.

Maya Montgomery liebte Jake Gallagher nicht.

Jake war ihr bester Freund. Nicht der Mann, mit dem sie alt werden würde.

Jake würde mit Holly zusammen sein und Maya würde …

Maya würde sich gut fühlen.

Denn das musste sie.

Kapitel Neun

SCHREIBEN KONNTE ECHT NERVEN.

Wieder einmal hätte Griffin am liebsten mit der Stirn auf den Schreibtisch geschlagen, aber er hielt sich zurück. Hauptsächlich weil Autumn ihn anstarrte und er nicht wie ein Idiot aussehen wollte. Seit dem Unfall hatte er alles getan, was er tun konnte, um mit seinem Buch voranzukommen, ohne dass er schreiben musste. Er hatte also noch keinen Versuch gemacht, tatsächlich etwas auf der Tastatur zu tippen. Entgegen der weitverbreiteten Meinung zündeten Schriftsteller nicht einfach eine Kerze an und tippten dann in einer einzigen Sitzung eine Seite nach der anderen herunter, bis ein tadelloses Manuskript vor ihnen lag. Die Wirklichkeit sah anders aus als in dem Film, in dem Jim Carrey einen Mann mit Gotteskräften spielt, der wie wild auf die Tastatur seines Computers hämmert, bis Worte auf dem Bildschirm erscheinen.

Griffin konnte wohl kaum auf die Tastatur einhämmern mit seiner gebrochenen Hand. Er wusste, er hatte diese Hand ausgestreckt, um Autumn zu schützen, und obwohl bei diesem heftigen Zusammenstoß nichts geholfen hätte, egal was er getan hätte, würde er sich noch einmal so verhalten. Er wollte nicht, dass sie verletzt wurde. Ja, er konnte nicht einmal daran denken.

Später würde er sich eingehender mit diesen Gedanken und Emotionen beschäftigen müssen, denn solange sie sich mit ihm in einem Raum aufhielt und ihn mitleidig ansah, konnte er das nicht. Die wilde Entschlossenheit gemischt mit dem Mitleid in ihren Augen bekümmerte ihn jedoch mehr.

Sie wollte sein Problem unbedingt lösen und wenn sie es gekonnt hätte, hätte sie sein Buch wahrscheinlich selbst geschrieben. Gleichgültig, wie oft er ihr auch versicherte, der Unfall wäre nicht ihre Schuld gewesen, sie hörte nicht auf ihn. Sie gab sich selbst die Schuld und je länger er dasaß und seine Tastatur anstarrte, als wäre sie sein Feind, desto schlechter fühlte sie sich.

Und deshalb musste Griffin das Problem lösen. Jetzt sofort.

»Wir werden eine Lösung finden«, sagte Autumn leise.

Er drehte den Kopf, um über seine Schulter zu blicken, und zog in der Andeutung eines Lächelns einen Mundwinkel hoch. »Ja, das werden wir.« Dann starrte er wieder auf seine Tatstatur, die ihn mit all ihren herrlichen Tasten verhöhnte.

»Irgendwie.«

»Du kannst immer noch einhändig tippen …«

Er schnaufte, dann lächelte er wieder. Es musste eher wie eine Grimasse gewirkt haben, denn sie zuckte zusammen. »Ich könnte es versuchen, aber mit dem Ein-Finger-Suchsystem wird es schwer werden, den

Abgabetermin einzuhalten. Obwohl ich die Möglichkeit nicht ganz von der Hand weisen will.«

»Und da du Rechtshänder bist, fällt die Option, mit der Hand zu schreiben, auch aus.«

Er nickte. »Ja.« Auch wenn er mit der Hand hätte schreiben können, hätte es doch von jemandem getippt werden müssen. Und die Idee gefiel ihm nicht, irgendjemanden – insbesondere sie – sein Buch in der Rohform sehen zu lassen.

»Und wie wäre es mit Diktiersoftware? Du müsstest nichts mit den Händen eingeben. Und ich glaube, du musst einfach nur ein entsprechendes Programm herunterladen.«

Er stieß die Luft aus. »Ich habe ein solches Programm sogar bereits und habe es auch mehrmals ausprobiert, um meine Handgelenke zu schonen.« Er drehte sich auf seinem Stuhl herum, um ihr voll ins Gesicht zu blicken. »Es ist unmöglich. Ich habe mehr Zeit damit verbracht, das zu verbessern, was das Ding geschrieben hat, als ich mit Diktieren verbracht habe. Es ist ganz fürchterlich zum Schreiben von Romanen. Es zensiert alle Flüche und Sex, der in meinem Buch vorkommt, und versteht die Namen niemals richtig. Außerdem verwechselt es manche Worte. Aber das ist immer noch besser, als auf einen leeren Bildschirm zu starren und den allerletzten Abgabetermin zu verpassen.«

Autumn presste die Lippen zusammen, bevor sie sprach. »Du könntest es erst einmal so versuchen … und auch ich könnte deine Software sein, wenn du willst.«

Er runzelte die Stirn. »Was?«

»Du kannst mir Seiten diktieren. Du musst nur sagen, was ich schreiben soll. Ich weiß, das wird nicht leicht sein, aber ich verstehe die Namen, die Flüche und anderes dieser Art. Ich verspreche dir, nicht zu urteilen oder irgendetwas zu ändern, was du schreiben willst. Ich werde deine Hände sein, wenn du mich lässt.«

Er lehnte sich zurück und senkte den Blick auf seinen Gips. Sie wollte für ihn tippen? An so etwas hatte er nicht einmal gedacht. Und von außen betrachtet klang das wie die perfekte Lösung. Von innen betrachtet jedoch wäre es, als entblößte er seine Seele vor ihr, sodass sie alles von ihm wissen würde. Er wusste nicht, ob er dazu in der Lage war, ihr mit Worten zu zeigen, wer er in Wahrheit war. Aber tat er das nicht täglich ohnehin mit seinen Büchern? Nur dass die Leser das nicht wussten. Sie wussten nicht, dass er jedes Mal, wenn er seine Charaktere durch den Fleischwolf drehte, sich selbst das Gleiche antat. Jedes Mal wenn er seine Charaktere in Bewegung hielt, rannte er außer Atem neben ihnen her, bis die nächste Actionszene begann.

Konnte er Autumn diesen Teil von sich sehen lassen?

Hatte er eine Wahl?

»Vergiss es«, sagte Autumn hastig und erhob sich. Sie fuhr mit den Händen über ihren Rock, als glättete sie nicht vorhandene Falten. »Ich hätte nichts dergleichen ansprechen sollen, da du deine Arbeit als deine Intimsphäre betrachtest. Das Ein-Finger-Suchsystem mag also vielleicht die beste Lösung sein.« Sie wandte sich ab, um den Raum zu verlassen, und Griffin fluchte vor sich hin.

»Warte. Komm zurück. Ich habe gerade darüber nachgedacht, was es bedeuten würde, wenn du meine Hände wärst. Ich wollte dich nicht vergraulen. Setz dich doch noch eine Minute, okay?« Er wies auf seinen

Denkersessel, darauf saß sie besser als dort, wo sie zuvor gesessen hatte. »Du kannst dich auch hierher setzen. Der Sessel ist bequemer. Und vielleicht hilft uns das, eine echte Lösung zu finden.«

Sie zog die Brauen zusammen und musterte sein Gesicht. Dann ging sie zu seinem großen, ledernen Denkersessel und setzte sich steif auf die Kante.

Er wollte nicht daran denken, wie heiß sie aussah, sauber und ordentlich, und dazu ein wenig Hippie-Nomaden-Stil. Er hätte sie am liebsten über den Sessel gebeugt und sie hart gefickt, bis sie beide nur noch ein Wirrwarr von Gliedmaßen auf dem Leder wären, verschwitzt und gierig auf mehr.

»Es könnte funktionieren …«, sagte er bedächtig. »Aber es wäre nicht leicht. Ich habe niemals … Ich habe noch niemals meine Gedanken so zur Schau gestellt. Sie gehen immer direkt auf die Seite, weißt du?«

Sie entspannte etwas und ließ die Arme seitlich herabhängen. Sie schmiegte sich in den Sessel. »Ich weiß. Deshalb habe ich diese Idee auch als letzte Möglichkeit genannt.«

Er schnaufte. »Nun, danke, dass du zumindest meine Gefühle schonst.«

»Ich versuche es.«

Jetzt lächelte er breit, obwohl seine Karriere ihm entglitt und er sie nicht mit beiden Händen festhalten konnte.

»Ich weiß nicht, wie ich mein Buch diktieren könnte. Ich weiß nicht einmal, wie ich schreibe. Es … geschieht einfach.« Er runzelte die Stirn. »Nein, das stimmt nicht. Wenn möglich konstruiere ich einen roten Faden für die Handlung und entwerfe einen Plan, wie die einzelnen

Figuren miteinander verwoben sind, und bete, dass es funktioniert. Dann setze ich mich an den Computer und lasse normalerweise die Worte aus mir herausfallen. Es ist ein Job, keine Leidenschaft. Und dieses Buch ist mir aus irgendeinem Grund einfach nur schwerer gefallen als die anderen.«

»Vielleicht hast du am Ende überhaupt nichts getan, weil du dir solche Sorgen gemacht hast, was geschehen wird, wenn du deine Arbeit nicht schaffst.«

»Das ist zum Teil bestimmt wahr.«

Autumn leckte sich die Lippen. Angesichts ihrer süßen, rosigen Zunge, die zwischen ihren üppigen Lippen hervorschnellte, wurde er hart. Sie schluckte heftig. Er blickte ihr in die Augen. Sie begehrte ihn, kämpfte aber dagegen an. Nun, verdammt, er kämpfte auch. Und sobald er ihr seine Welt durch seine Worte geöffnet hätte, wäre sein Verlangen, sie in sein Bett zu bekommen, noch verzwickter. Trotzdem mochte es die Mühe wert sein.

»Äh ... warum beginnst du nicht einfach damit, mir zu erzählen, wovon das Buch handelt? Vielleicht wird uns das ein wenig weiterbringen.«

»Du klingst nicht sehr überzeugt.« Er beugte sich vor. Der Duft ihrer Körperlotion weckte in ihm die Sehnsucht, sie zu schmecken, sie zu berühren.

»Es ist das erste Mal, dass ich so etwas tue, weißt du.«

»Und wie wäre es, wenn du mir etwas über das Buch erzählst, das du gerade liest?«

Sie runzelte die Stirn. »Was hat das damit zu tun? Das Buch, das ich gerade lese, hat nichts mit deinem zu tun.«

»Das ist nicht unbedingt wahr. Ich möchte wissen,

wie dein Verstand arbeitet, warum du die Bücher liebst, die du liest. Und wenn wir uns ganz allgemein über Bücher unterhalten, fällt es mir vielleicht leichter, im Rahmen eines Gespräches mit neutralem Thema über mein eigenes Buch zu reden.«

»Gut. Ich lese einen Liebesroman. Ich liebe Liebesgeschichten. Es gefällt mir, zwei oder manchmal drei Menschen dabei zuzusehen, wie sie ihren Weg durch die Welt finden, durch Schmerz, Opfer und Alltag zu einem Happy End.«

Er lächelte. »Ich lese auch Liebesromane, Autumn. Sie sind nicht nur Frauensache.«

Sie zog überrascht die Brauen hoch. »Was du nicht sagst. Aber du schreibst doch keine Liebesromane.«

»Stimmt. Es fällt mir schwer, eine Handlung zu einem Happy End zu bringen. Und die Spannung eines Krimis entspricht mehr dem, was ich schreibe. Aber ich lese jedes Genre. Nur weil ich es nicht schreibe, bedeutet das nicht, dass ich es nicht gern lese.«

»Aber … du hast das Happy End des einen Hauptdarstellers sterben lassen.«

»Habe ich das?«, fragte er sichtlich verwirrt. »Sie war nicht sein Happy End, Autumn. Er ist noch lange nicht am Ende seines Weges. Keiner meiner Charaktere ist das.«

»Und wenn sie es so wollten?«

»Dann wüsste ich, dass es Zeit wäre, die Serie zu beenden. Aber an dem Punkt bin ich noch nicht angelangt.«

Er wusste nicht, ob er jemals an den Punkt gelänge. Er hatte für sein derzeit in Arbeit befindliches Buch immer noch keinen Handlungsstrang gefunden, geschweige denn für den Rest der Bücher der beiden Serien.

Sie stieß den Atem aus. »Darf ich etwas sagen, ohne dass du böse wirst?«

Er legte den Kopf schräg und musterte ihr Gesicht. »Du darfst gern etwas sagen, aber ich kann meine Reaktion nicht vorhersagen.«

Sie lächelte schwach und biss sich auf die Lippe. Verfluchte Lippe! Er hätte selbst gern einmal daran geknabbert. »Deine Darsteller sind immer in Bewegung. Sie hetzen von einer Situation zur nächsten, ohne jemals vor Angst stehen zu bleiben, um nachzusehen, was hinter ihnen her ist. Inszenierst du das mit Absicht so?«

Er erstarrte, dann zwang er sich zu entspannen. »Das ist ein Spannungselement. Außerdem müssen sie in Bewegung bleiben. Wenn sie stillstehen, sind sie nicht sicher.«

»Das verstehe ich«, flüsterte sie so leise, dass er schon dachte, er hätte sich die Worte nur eingebildet.

Sie faszinierte ihn. Das war von Anfang an so gewesen und jetzt nagten ihre Geheimnisse an seinem Schriftstellergehirn. Er hätte gern so viel wie möglich über sie erfahren und sie entblößt, bis sie die Seine wäre … zumindest für einen Augenblick.

Sie räusperte sich. »Hast du überhaupt vor, deine Charaktere irgendwann eine romantische Beziehung eingehen zu lassen, die gut funktioniert?« Offensichtlich wollte sie nichts weiter zu ihren geflüsterten Worten sagen. Er beließ es dabei. Vorerst.

»Vielleicht. Das hängt davon ab, wie die Dinge sich für sie entwickeln.«

»Aber sie brauchen irgendeine Motivation, richtig? Einen Grund, warum sie die bösen Jungs suchen und gegen sie kämpfen. Sie brauchen einen Grund, um sich auf solche Missionen einzulassen, einen persönlicheren als den, die Welt zu retten. Habe ich nicht recht?«

Er lächelte scheu. »Da hast du recht. Aber der Grund muss nicht zwangsläufig eine Liebesbeziehung sein. Sich selbst zu finden ist ebenso wichtig, wie den Täter zu finden.« Und das war das Fundament seiner Romane, obwohl nicht jeder das verstand. Obwohl, jetzt, da er genauer darüber nachdachte, erkannte er, dass noch viel mehr dahintersteckte.

Warum sollten seine Helden die Herausforderungen annehmen und die bösen Jungs bekämpfen, wenn zu Hause niemand auf sie wartete?

Warum sollte er sich bemühen, über sie zu schreiben, wenn er selbst so allein war?

Wieder kam ihm Lauren in den Sinn und er musste blinzeln. Jahrelang hatte er nicht an sie gedacht und jetzt innerhalb von zwei Wochen bereits zweimal.

»Woher kommt plötzlich dieser Schatten in deinen Augen?«, erkundigte sie sich zögernd mit leiser Stimme.

Er räusperte sich. Würde sie nicht bald schon ohnehin Einblick in sein Innerstes bekommen, wenn er ihr Zugang zu seinen Gedanken gewähren und ihr das Buch diktieren würde? Da konnte er ihr dies doch ebenso gut jetzt erzählen.

»Ich habe gerade an Lauren gedacht.«

Sie wich zurück und für den Bruchteil einer Sekunde erschien ein Ausdruck von Schmerz auf ihrem Gesicht, bevor sie eilig eine andere Miene zur Schau trug.

Mist.

»Lauren war meine feste Freundin an der Highschool. Gleich nach dem Abschluss starb sie an Krebs. Sie wollte als Editorin für einen großen Verlag arbeiten und das Leben in der Stadt genießen. Das war zwar nicht das, was ich wollte, aber ich glaubte, mich damit abfinden zu können. Wir waren jung, aber verdammt, meine Geschwister haben im gleichen Alter geheiratet.« Ihre Blicke trafen sich. Er faltete die Hände vor sich und legte die Unterarme auf die Oberschenkel. »Die Tatsache, dass ebendiese Ehen gescheitert sind, ist mir allerdings nicht entgangen.«

»Du hast sie geliebt.«

»Ich habe sie so sehr geliebt, wie ich es als Teenager eben konnte. Ich weiß nicht, ob die Liebe als Erwachsener eine andere ist. Ich habe als Erwachsener die Liebe bisher nicht kennengelernt. Und daher erleben auch meine Charaktere die Liebe nicht, da ich selbst in deren Alter die Liebe nicht erfahren habe. Andererseits jage ich auch nicht täglich Terroristen oder entschärfe Bomben, und ich schreibe trotzdem darüber. Es ist also nicht einfach, dieser *schreib, was du kennst* Schwachsinn. Aber jetzt weiche ich vom Thema ab.« Er stieß den Atem aus. »Der Krebs war plötzlich da und überfiel sie mit aller Wucht. Sie erhielt die Diagnose vor dem Abschlussball und starb noch in jenem Sommer. Ich weiß nicht, ob wir als Erwachsene zusammengeblieben wären, aber ich weiß, dass wir niemals eine Chance hatten. Daran habe ich gedacht. Warum ich meinen Darstellern nicht die Liebesgeschichte oder das Happy End zugestehe, die sie deiner Meinung nach verdienen.«

»Du vermisst sie«, flüsterte sie. Sie blickte ihn an. Sie hatte keine Tränen in den Augen, doch er sah, wie bewegt sie war.

»Ja. Sie war mein Freund. Decker war auch mein bester Freund und ist es immer noch, obwohl wir erwachsen geworden sind und jeder ein eigenes Leben hat. Aber Lauren war meine Freundin. Mit ihr habe ich vieles zum ersten Mal erlebt. Und jetzt ist sie weg und es tut verdammt weh, dass sie keine Chance hatte, das Leben zu erfahren.« Er verzog schmerzhaft das Gesicht. »Es tut weh, dass sie niemals ein Buch gelesen hat, das ich veröffentlicht habe.«

Autumn erhob sich und ging zu ihm hinüber. Er lehnte sich zurück und starrte sie an, als sie sich zwischen seine Beine stellte und seine Arme streichelte, dabei jedoch aussah, als wäre sie tief in Gedanken versunken.

»Es tut mir leid, dass ich dich dazu gebracht habe, dich an sie zu erinnern.«

Er schüttelte den Kopf. »Das muss es nicht. Es ist mir lieber, mich an sie zu erinnern, als sie zu vergessen. Das hätte sie nicht verdient.« Mit seiner unverletzten Hand ergriff er Autumns Handgelenk. »Ich habe sie nicht deshalb erwähnt, um dir zu erklären, sie wäre die Eine für mich gewesen und dass ich seitdem mit keiner anderen mehr zusammen war, denn das wäre eine Lüge. Es ist über zehn Jahre her. Sie mag mich vielleicht damals geprägt haben, aber sie hat mich nicht zu dem gemacht, der ich jetzt bin. Ich weiß ehrlich nicht, warum ich gerade in diesem Augenblick an sie gedacht habe, außer dass wir über fehlende Happy Ends gesprochen haben. Sie war hoffentlich nicht meine einzige Chance auf ein Happy End.«

Autumn umfasste sein Gesicht und musterte es. Er stieß den Atem aus und sehnte sich nach mehr dieser Zärtlichkeiten. Er hatte über Lauren geredet, obwohl er sich doch nichts mehr wünschte als Autumn. Er hätte sich schämen und sich schmutzig fühlen sollen. Doch so war es nicht. Lauren hätte gewollt, dass er in die

Zukunft blickte. Und das hatte er in mancher Hinsicht auch getan. Aber jetzt wusste er nicht weiter – weder im Leben noch in seinen Büchern. Da lag vielleicht das Problem. Vielleicht dachte er deshalb jetzt ständig an ein Mädchen, das schon lange gegangen war. Weil er damals geglaubt hatte zu wissen, wer er war. Vielleicht war es jetzt an der Zeit für ihn, das von Neuem herauszufinden.

Wer er war.

Wer er mit Autumn war.

Er ließ seine Hand über ihre Hüfte gleiten und ließ sie dann dort ruhen. »Ich möchte dich gern noch einmal küssen, Autumn. Bist du damit einverstanden?«

Sie nickte. »Ich denke, ich bin mit mehr einverstanden. Aber es ist ziemlich dumm. Ich muss dir bei der Arbeit helfen … und ich werde nicht mehr lange hier sein, Griffin.« Sie blickte ihn eindringlich an. »Ich bleibe niemals irgendwo allzu lange.«

Seine Hand auf ihrer Hüfte verkrampfte sich. Er zwang sich, sie zu lockern. »Ich wünschte, du würdest mir den Grund verraten. Ich wünschte, du würdest mir die Geheimnisse offenbaren, die ich in deinen Augen sehe.«

Sie schloss die Augen und presste die Zähne aufeinander. »Ich kann nicht.«

»Aber kannst du mir geben, was du zu geben hast? Kannst du mir geben, was du mir geben möchtest? Denn ich werde es annehmen, Autumn. Ich will dich, das weißt du. Ich wollte dich von Anfang an und ich werde mich bemühen, dir nicht wehzutun. Und ich werde mich bemühen, dass alles, was ab jetzt geschieht, nicht mit dem kollidiert, was in anderen Bereichen unseres Lebens geschehen muss. Aber ich muss wissen, ob das für dich in Ordnung ist. Du musst mir sagen, dass auch du mich willst. Und du musst mir sagen, dass du mich nicht hassen wirst, wenn du eines Tages für immer fortgehst.«

Sie öffnete die Augen und senkte den Kopf. »Ich kann dich nicht für das hassen, was außerhalb unserer Kontrolle liegt. Ich kann dich nicht dafür hassen, mich zu verlassen, denn am Ende werde ich diejenige sein, die geht.«

Er wusste nicht, warum das so wehtat, doch er wischte die Worte beiseite wie all die anderen Male, wenn Worte ihn verletzt hatten. Worte besaßen viel mehr Macht, als die Menschen glaubten. Daher schrieb er. Er würde im Hier und Jetzt mit Autumn zusammen sein. Und wenn es zu Ende wäre, würde er die Erinnerungen dort aufbewahren, wo nur die ihren Platz fanden, die ihm ganz allein gehörten und nicht seinen Büchern und seinen verschiedenen Welten. Wenn sie ihm nur erklären würde, warum sie davonlief, warum sie Geheimnisse hatte. Aber sie würde es ihm nicht sagen und vorerst musste er sich damit abfinden. Er wusste nicht, was danach geschähe, was geschähe, wenn sie ihre Augen ganz öffnete und ihn so sah, wie er war, sah, was er zu geben hatte. Aber er würde alles nehmen, was er bekam.

»Lass uns nicht mehr reden«, flüsterte Griffin. »Nicht heute Abend.«

Sie schüttelte den Kopf. »Keine Bedingungen, Griffin. Es geht nicht darum, was du verloren hast. Es geht nicht darum, was ich verstecke. Es geht nur um uns beide.«

»Das ist in Ordnung, Autumn. Und jetzt beug dich

ein wenig zu mir herunter. Ich will deine Lippen schmecken.«

Sie tat, worum er sie gebeten hatte, beugte sich zu ihm hinunter und presste ihre Lippen auf seine. Er stöhnte auf und seine Hand auf ihrer Hüfte verkrampfte sich ein zweites Mal. Sie öffnete sich für ihn und fuhr mit der Zunge an seiner entlang. Er zog sie enger an sich, sodass ihre Beine an den Sessel gepresst wurden und seine Oberschenkel sie umschlossen. Er wanderte mit der Hand um ihre Hüfte herum zu ihren Pobacken und drückte sie, bevor er sie umfasste.

Dann löste er sich von ihr und holte tief Luft. »Tut mir leid, ich habe nur eine Hand zur Verfügung, Fall«, meinte er lachend.

Sie küsste ihn neben den Mund, auf sein Kinn und dann hinter sein Ohr. Er stöhnte erstickt auf, als sie die Hand über seine Brust hinabgleiten ließ und ihn dann durch die Jeans hindurch umfasste.

»Ich habe zwei Hände, Griffin. Mehr als genug, hoffe ich. Und ich wette, du kannst deine eine Hand und deinen sexy Mund benutzen, um mich heute Abend mehr als einmal zum Kommen zu bringen. Was meinst du?« Sie biss sich auf die Lippe, dann beugte sie sich vor, um in seine hineinzubeißen.

Seine Hüften hoben sich blitzartig ihrer Hand entgegen, während er mit seiner Hand durch den Stoff ihres Kleides hindurch an ihrem Stringtanga spielte.

»Dazu sage ich Ja. Ich liebe deine Lippen, Fall. Ich liebe, wie es aussieht, wenn du hineinbeißt. Ich liebe es, wie sie sich auf meinen anfühlen. Ich liebe es, wie sie diese schmutzigen Worte formen. Und ganz besonders werde ich es lieben, wenn sie sich um meinen Schwanz schließen.«

Sie leckte über seine Lippen und zog sich zurück. Er lockerte seinen Griff, damit sie sich aufrichten konnte. »Was hältst du von deinen Lippen an meiner Muschi? Wirst du das für mich tun?«

Er nahm seine gesunde Hand und rieb seinen noch mit der Jeans bekleideten Schwanz. »Ich denke, das kann ich tun. Da ich nur eine Hand habe, warum ziehst du dich nicht für mich aus? Langsam.«

Sie umfasste ihre Brüste und legte den Kopf schräg. »Ich denke, das kann ich tun«, sagte sie und wiederholte damit seine Worte. »Wirst du mich beobachten?«

Er blickte ihr in die Augen. »Solange du mich lässt, Autumn. Solange du mich lässt.«

Kapitel Zehn

AUTUMN ZOG LANGSAM ihr Kleid hoch und entblößte ihr Höschen und die mit einem BH bedeckten Brüste. Sie bewegte sich langsam, wahnsinnig langsam, und beobachtete, wie Griffin den Blick über ihren Bauch, hoch zu ihren Brüsten, wieder ein bisschen weiter nach unten und dann wieder zu ihren Augen wandern ließ. Er atmete schwer, was ihr verriet, dass er sie mit Blicken verschlang, sich nach ihr sehnte, sie begehrte. Noch nie hatte sie sich so mächtig und so verführerisch gefühlt.

Sie warf das Kleid über die Lehne des freien Stuhls und biss sich noch einmal auf die Lippe, da sie wusste, dass ihn das anmachte. Sie hatte gesehen, wie seine Augen sich verdunkelten, als sie es getan hatte. Sie wusste, es gefiel ihm. Die Tatsache, dass er ihr offen erzählt hatte, dass es ihn hart machte, weckte in ihr den Wunsch, noch fester zuzubeißen.

Sie wollte ihn beißen, ihn ablecken, jeden Zentimeter von ihm. Sie wollte ihn tief in sich spüren, wollte spüren, wie er in sie hineinstieß, bis sie beide vollkommen verausgabt wären. Die Wirklichkeit konnte unmöglich so machtvoll wie ihre Fantasie sein, nicht so berauschend, aber aus irgendeinem Grund war alles perfekt so – zu viel und doch nicht genug, alles gleichzeitig. Allein der Gedanke an ihn. Sie war wie Goldlöckchen mit ihren drei Wahlmöglichkeiten. Und sie wollte alles.

Und doch hatte der Mann sie noch nicht einmal berührt.

Noch nicht.

»Ich liebe deine Kurven, Fall. An deinen Hüften kann ich mich wunderbar festhalten.« Er grinste ein wenig dümmlich. »Nun, zumindest an einer Hüfte. Wenn ich zwei Hände hätte, dann … nun ja …« Er räusperte sich. »Äh, wo war ich stehen geblieben? Oh ja, deine Kurven. Ich liebe deinen Bauch. Er ist so fest und doch so weich. Ich freue mich darauf, jeden Zentimeter mit der Zunge zu kosten, herauszufinden, wie du schmeckst, und deine Süße aufzulecken.«

Sie legte den Kopf schräg, während sie hinter ihrem Rücken mit den Händen an dem Verschluss ihres BHs herumfummelte. »Nur meinen Bauch? Mehr willst du nicht probieren?«

Er erhob sich und stand nun groß, stark und kräftig vor ihr. Er überragte sie, doch sie hatte keine Angst. Obwohl sie die hätte haben sollen. Sie hätte davonlaufen sollen, ohne noch einen Blick zurückzuwerfen. Doch sie konnte nicht. Nicht bei diesem Mann. Nicht in diesem Augenblick.

Sie blieb genau so stehen und fragte sich, was als Nächstes geschehen würde.

Das war wahrscheinlich das Gefährlichste.

»Ich will dich ganz, Autumn.« Er blickte ihr in die Augen und ihr stockte der Atem. »Ganz und gar.«

»Für diesen Augenblick«, fügte sie hinzu.

Er hielt einen Moment inne. »Für diesen Augenblick«, flüsterte er, dann presste er seine Lippen auf ihre. Wann war er ihr so nahegekommen? Wann hatte er seine Hand auf ihre gelegt und ihr geholfen, den BH zu öffnen? Sie hatte sich so in ihm verloren, dass es sie ängstigte.

Doch wieder lief sie nicht davon. Sie blieb, wo sie war.

Für ihn.

Für sich selbst.

Der BH rutschte ihr von den Schultern und blieb nur an ihren Brüsten hängen, weil Griffin sich mit seinem Oberkörper an sie presste. Sie schlang einen Arm um Griffins Rücken und gab sich ganz dem Kuss hin, während sie die andere Hand zwischen sich und ihn zu ihren Brüsten gleiten ließ.

»Lass mich«, stöhnte er und zog an dem BH, bis sie sich mit nacktem Oberkörper an ihn schmiegen konnte. Ihre Brustwarzen wurden hart, als sie sich an Griffins Hemd rieben. Sie erschauerte. »So rosig«, flüsterte er. »So perfekt.« Er senkte den Kopf und nahm einen Nippel in den Mund, dann saugte und knabberte er daran, bis sie sich unruhig an ihm rieb. Sie musste die Beine zusammenpressen, um nicht gleich zu kommen, ohne dass er sie überhaupt angefasst hätte.

»Griffin.«

»Lass dich mit mir fallen, Autumn. Fall.« Er leckte und knabberte an ihrer anderen Brust, während er die unverletzte Hand benutzte, um die Brustwarze zwischen seinen Fingern hin und her zu rollen. Sie stieß die

Hüften vor, sodass sein noch in der Jeans steckender Schwanz sich fest gegen ihr Höschen presste. Da biss Griffin zu. Fest. Und sie kam. Ihr Körper stand in Flammen. Die Knie wurden ihr weich. Sie grub die Fingernägel in seine Schultern, sie brauchte einen Halt, an den sie sich klammern konnte, denn ansonsten wäre sie wirklich gefallen – nämlich zu Boden und nicht nur in den Abgrund der Lust und der Verlockung.

»Du bist wunderschön, wenn du kommst«, sagte er leise. »So rosig und du keuchst so verführerisch.« Er küsste sie auf den Hals, bevor er mit der Zunge über ihr Kinn leckte, bis er ihre Lippen erreichte, um sie zu küssen. »Ich kann es kaum erwarten, dir noch einmal beim Orgasmus zuzuschauen.«

»Ich habe noch mein Höschen an und du bist immer noch voll angezogen«, maulte sie. »An dem Bild stimmt etwas nicht.«

Er lächelte; seine Augen strahlten. »Dann müssen wir das wohl mal in Ordnung bringen.«

Sie küsste ihn aufs Kinn und leckte über den Bart dort. Verdammt, wie sie diesen Bart liebte! Ihr Bart-Fetisch geriet langsam außer Kontrolle. »Ich will dich in mir haben.«

Wieder küsste er sie. Diesmal härter. »Vorher noch eine einzige andere Sache.«

Bevor sie protestieren konnte, hatte er ihr das Höschen ausgezogen und sie in seinen Denkersessel gesetzt. Und schon kniete er zwischen ihren Beinen und leckte sich die Lippen.

»Griffin«, schrie sie schrill auf. Das kalte Leder fühlte sich im ersten Moment an ihrem nackten Hintern nicht so angenehm an. »Ich dachte, du würdest mich ficken.«

»Das werde ich auch.« Er legte ihre Beine mit den Kniekehlen auf seine Schultern und beugte sich tiefer hinab, bis sein Gesicht über ihrer Muschi schwebte. »Aber zuerst werde ich dich schmecken.«

Sie runzelte die Stirn, obwohl sie insgeheim am liebsten einen Freudentanz aufgeführt hätte. Wie sie es liebte, wenn ein Mann sie oral befriedigte und genau wusste, was er tat! Denn nicht jeder Mann wusste, was er zu tun hatte. Die Art jedoch, wie er ihre Brüste geküsst und geleckt hatte, ließ vermuten, dass der bärtige, grüblerische Griffin wusste, wie man eine Frau mit Haut und Haaren verschlang.

»Aber dann zieh zumindest dein Hemd aus, damit ich genießen kann, was ich vor mir sehe«, neckte sie ihn.

»Ich habe vor, dich so heftig kommen zu lassen, dass es dich nicht kümmert, was ich anhabe, aber natürlich kann ich das trotzdem für dich tun.«

Er lehnte sich zurück und ihre Beine fielen von seiner Schulter. Als er sich das Hemd über den Kopf zog, schluckte sie heftig. Ein Großteil seiner Haut war mit Tätowierungen bedeckt, was in ihr das Bedürfnis weckte, sie mit der Zunge zu erkunden. Die übrige Haut war gebräunt und weich. Und dann waren da noch die Haare auf seiner Brust, die nach ihren Fingern schrien. Sie genoss es, wenn ein Mann eine schöne Brust besaß, die gerade die richtige Menge an Haaren aufwies und diese aufregende Spur an feinen Härchen, die geradewegs zu einem sehr großen Schwanz führte. Sie hatte ihn schon zuvor ohne Hemd gesehen, aber jetzt war alles anders. Jetzt gehörte er ihr, wenn auch nur für den Augenblick.

»Nun, wo war ich stehen geblieben?« Er beugte sich wieder näher zu ihr hinab und brachte ihre Beine in die gleiche Position wie vorher. Dann küsste er die Innenseite ihrer Schenkel und sie lehnte sich zitternd weiter in dem Denkersessel zurück, sodass sie es noch bequemer hatte. Warum sollte sie diese besonders begabte Zunge nicht in der bequemsten Lage genießen?

Er fuhr noch einmal mit den Lippen über ihre Schenkel, bevor er sich der Stelle näherte, wo sie in ihre Hüfte übergingen – das war so unglaublich erregend, dass sie ihr Gesäß vom Sessel gehoben hätte, wenn er nicht einen Arm über ihren Bauch gelegt hätte, um sie in Position zu halten. Sie versuchte, sich hin und her zu winden, doch der Arm, der ihre Taille umschlungen hielt, ließ nicht locker. Verdammter Kerl.

Genüsslich leckte er über ihre Schamlippen, bis er sie schließlich mit der freien Hand weit auseinanderspreizte, was sie normalerweise hätte erröten lassen. Seine Zunge auf ihrer Klitoris raubte ihr den Atem. Langsam verschlang er sie, knabberte und leckte, bis sie so feucht war, dass er es auf jeden Fall schmecken und spüren musste. Sein Bart kitzelte die Innenseite ihrer Oberschenkel, was elektrische Stöße entlang ihrer Schenkel bis zu ihren Brustwarzen hinauf sandte. Als er sie noch einmal leckte und diesmal sanft in die Klitoris biss, fiel sie noch einmal ihrer Lust zum Opfer.

Autumns Körper zuckte und sie klammerte sich mit den Fingern in sein Haar, wobei sie nicht wusste, ob sie ihn näher an ihre Muschi heranzog oder ihn wegschob, sodass sie Atem schöpfen konnte. Sie wollte ihn berühren, musste ihn berühren. Er leckte immer weiter an ihrer Muschi und ließ sie langsam die verebbenden Wellen der Wonne ausreiten, bevor er sich aufrichtete.

Er blickte ihr in die Augen. Dann wischte er sich mit dem Unterarm über das Gesicht. Ihre Säfte hinterließen eine Spur auf beidem. Es hätte ihr eigentlich peinlich sein müssen, stattdessen machte der Anblick sie noch feuchter.

Schnell erhob er sich und entledigte sich seiner Jeans und Boxershorts. Sie leckte sich die Lippen, als sie seinen Schwanz erblickte – lang, gerade dick genug und so hart wie Stein. Seine prallen Hoden hingen tief hinunter. Sie wirkten schwer. Sie hätte sie gern in den Mund genommen und an ihnen gesaugt und mit ihnen gespielt. Doch als sie Griffins Augen sah, glaubte sie nicht, dass sie die Zeit dafür hätte.

Später.

Später würde sie seinen Schwanz im Mund haben und ihm einen blasen.

Vorerst begnügte sie sich damit, ihn dabei zu beobachten, wie er sich ein Kondom über den Schaft zog. Seine Augen verdunkelten sich, als er ihren Blick bemerkte.

»Ich habe nur eins hier«, erklärte er leise mit einer Stimme, die wie ein raues Stöhnen klang. »Es war in meiner Brieftasche. Neu und für uns bereit.« Er grinste verlegen. »Ich hatte Hoffnungen. Der Rest der Schachtel befindet sich woanders. Also werde ich dich jetzt auf meinem Denkersessel ficken und wenn es Zeit für die zweite Runde ist, können wir in mein Schlafzimmer umziehen. Dort gibt es mehr Kondome.«

Sie leckte sich die Lippen und nickte, bevor sie sich erhob. Er zog eine Braue in die Höhe. »Setz dich und lass mich auf dir reiten.« Sie umschloss seine Hoden mit ihren Händen. Er sog scharf die Luft ein. »Auf diese Weise können wir deine Hand schonen. Später kannst du mich ficken, wenn ich auf dem Rücken liege, knie oder wie immer wir wollen. Aber lass mich vorerst oben sein. Du solltest erst einmal derjenige sein, der in deinem Denkersessel sitzt.«

Er legte seine gesunde Hand an ihre Wange und küsste sie, diesmal langsam. Die schmerzhafte Süße des Kusses brach ihr beinahe das Herz, doch sie ließ sich küssen und überließ sich dem Augenblick.

Der Kuss wurde intensiver, während er sie beide herumdrehte, sodass er sitzen konnte. Sie riss sich nur so lange von ihm los, dass sie sich mit gespreizten Beinen auf ihn setzen konnte. Sein Schwanz presste sich gegen ihre Öffnung, doch sie ließ sich nicht auf ihn hinab, noch nicht.

Sie blickte ihm in die Augen und schluckte. Seine gebrochene Hand lag auf ihrem Hinterkopf. Er ließ sie nicht aus den Augen. Mit der anderen Hand streichelte er ihre Klitoris, bis sie beinahe bewusstlos wurde. Sie legte ihm eine Hand auf die Schulter, um sich im Gleichgewicht zu halten, die andere schlang sie um seinen Schaft, um ihn in sich einzuführen. Sie lösten ihre Blicke nicht voneinander, als sie sich langsam auf ihn hinabsinken ließ.

Seine Lippen teilten sich und seine Pupillen weiteten sich, als sie ihn in sich aufnahm. Sie bebte am ganzen Körper; sein Schwanz war zu groß, aber sie machte weiter, denn sie wusste, am Ende würde er ganz in sie hineinpassen. Und sie würde niemals das Gefühl vergessen, perfekt ausgefüllt zu sein.

Als sie schließlich vollkommen auf ihm saß, seinen Schwanz fest in ihr, hielt sie inne und versuchte, zu Atem zu kommen. Schweiß strömte an ihren Körpern hinab und sie holte zitternd Luft.

»Beweg dich, wenn du so weit bist, Fall. Beweg dich.«

Sie beugte sich vor und küsste ihn, eine sanfte Berührung ihrer Lippen, die etwas in ihr zerbrach. Wieder einmal ignorierte sie es, denn sie wusste, sie musste es ignorieren.

Als sie so weit war, bewegte sie langsam ihre Hüften in einem gleichbleibenden Rhythmus, wobei sie ihm ständig in die Augen blickte. Er ließ die Hand von ihrem Kopf zu den Brüsten hinunterwandern, dann zu ihren Hüften, um sie langsam, ganz langsam zu erforschen, während sie sich vereinigten. Sie warf den Kopf in den Nacken, als er ihr mit einem Stoß entgegenkam und den Punkt traf, dessen Existenz die meisten für einen Mythos hielten. Er legte seine Hand wieder um ihren Hinterkopf, um sie zu zwingen, den Blickkontakt wieder aufzunehmen.

»Autumn, lass dich mit mir fallen. Fall mit mir.«

Sie bewegte sich noch einmal auf und ab, und beim Hinabsinken brach sie zusammen und kam heftig um seinen Schwanz herum. Er rief ihren Namen, während sein Name in einem Flüstern über ihre Lippen kam. Sein Schwanz pulsierte tief in ihr und füllte das Kondom mit heißem Saft.

Sie waren beide außer Atem, ihre Körper schweißnass und verausgabt. Und doch wusste sie, sie waren noch nicht fertig für diesen Abend. Ja sogar weit davon entfernt.

Doch sie wusste nicht, was nach diesem Abend geschehen würde. Wie weit würde sie laufen müssen, um einen sicheren Platz zu finden? Sie war niemals wirklich in Sicherheit gewesen und mit Griffin tief in ihrem Körper und ihrer Seele befürchtete sie, den sichersten Platz für sich bereits gefunden zu haben.

Nämlich bei ihm.

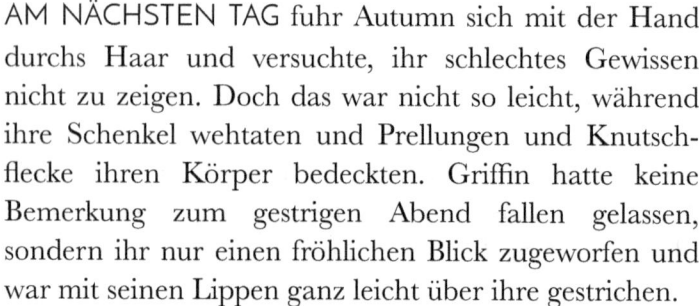

AM NÄCHSTEN TAG fuhr Autumn sich mit der Hand durchs Haar und versuchte, ihr schlechtes Gewissen nicht zu zeigen. Doch das war nicht so leicht, während ihre Schenkel wehtaten und Prellungen und Knutschflecke ihren Körper bedeckten. Griffin hatte keine Bemerkung zum gestrigen Abend fallen gelassen, sondern ihr nur einen fröhlichen Blick zugeworfen und war mit seinen Lippen ganz leicht über ihre gestrichen.

Er hatte sie nicht wieder angefasst.

Stattdessen hatten sie an seinem Buch gearbeitet, indem er ihr diktiert hatte. Dies war ein sehr langsamer Prozess gewesen, aber immerhin funktionierte es. In gewisser Hinsicht. Er hatte sie weder im Vorübergehen gestreift, wie er es zuvor getan hatte, noch sie geküsst. Nicht während der Arbeit. Sie verstand ihn und war dankbar. Außenstehende mochten es merkwürdig finden, dass sie sich im selben Arbeitszimmer, in dem sie sich am Abend zuvor geliebt hatten, nun so anders verhielten. Aber für sie funktionierte es.

Zumindest fürs Erste.

Sie würde sehen, was geschah, wenn sie sich entschlössen, die siebente Runde einzuläuten.

Ja, die siebente. Dieser Mann hatte sie am Abend zuvor sechsmal vollkommen ausgelaugt. Es hatte sie überrascht, dass sie in der Lage gewesen war, aufzustehen und zu arbeiten. Natürlich war ihr Beisammensein nun viel verzwickter, aber sie bereute nichts. Zumindest nicht im Augenblick.

Und nun saß sie in Haileys Café, dem Taboo, und hatte das Gefühl, vielleicht allzu schnell ein gewisses Bedauern zu empfinden. Aber heute fand ihr Frauenabend statt. Was bedeutete, dass Montgomerys und Freundinnen auftauchen würden, die weit mehr sahen, als sie sollten.

Sie würden Bescheid wissen.

Sie würde also einen Weg finden müssen, es zu verstecken. Irgendwie.

»Du bist hier!« Miranda warf ihre Arme um Autumns Schultern und zog sie an sich. »Ich befürchtete schon, Griffin hätte dich in seinem Turm eingeschlossen, solange er an seinem Buch arbeitet.«

Autumn spürte, wie ihre Wangen heiß wurden, als sie daran dachte, wie Griffin sie am Handgelenk festgehalten hatte, während er immer wieder in sie hineinstieß. Man konnte wirklich sagen, er hätte sie eingeschlossen …

Miranda löste sich von ihr und legte den Kopf schräg. »Interessant.«

Autumn hob den Kopf. »Was ist interessant?«

»Ach nichts«, erwiderte die jüngste Montgomery grinsend. »Hailey hat für unseren Frauenabend keine Mühen gescheut.«

Autumn glaubte nicht für eine Sekunde, dass Miranda ihr nichts angemerkt hatte, aber sie ließ es auf sich beruhen. Vorerst. Besser, sie ignorierte dieses gewisse Problem vorerst.

»Hey, wir können mit den schwangeren und stillenden Müttern unter uns nicht so einfach in eine Kneipe gehen und trinken, ich habe mir also gedacht, ich besorge eine Menge Gebäck und mache das Beste daraus.« Hailey zwinkerte ihr zu und Autumn lächelte zurück. In Haileys schockierend blondem Haar zeigte sich heute eine violette Strähne, die wahrscheinlich auswaschbar war. Es gefiel ihr, dass jede Frau im Raum einzigartig war und der Welt ihren eigenen Stempel aufdrückte.

Aber wer war sie selbst?

Sie schob diese trüben Gedanken beiseite. Es war weder der richtige Ort noch der richtige Zeitpunkt.

»Ich liebe Gebäck, doch leider scheint es seinerseits meine Hüften viel zu sehr zu lieben«, bemerkte Autumn und legte ihre Hände um ihre Taille.

»Du hast großartige Kurven, du solltest dich darüber freuen«, sagte Maya, die neben Holly saß, was Autumn zutiefst überraschte. Sie hatte nicht damit gerechnet, Holly hier anzutreffen, und die Tatsache, dass Maya nichts gegen die Anwesenheit der Frau einzuwenden hatte, verblüffte sie.

»Oh, ich versuche es«, erwiderte Autumn und wedelte abwehrend mit der Hand. »Ich werde mich nicht davon abhalten lassen, dieses Gebäck zu probieren. Ist das ein Brownie-Käsekuchen?« Ihr lief das Wasser im Mund zusammen.

Hailey hielt ihr einen Brownie auf einem kleinen Teller entgegen. »Komm näher, meine Hübsche.«

»Verführerin«, neckte Autumn sie und schnappte sich das Gebäck. Sie biss in das klebrige Teufelszeug und stöhnte. »Oh mein Gott. Ich sterbe. Ich sterbe tatsächlich.«

»Und mein Plan geht auf. Obwohl ich noch nicht sterben will. Ich habe auch noch kleine herzhafte Häppchen vorbereitet, aber ich denke, wir fangen mit dem Dessert an.« Hailey machte eine Pause. »Und beenden unsere Schlemmerei auch damit. Wir mischen einfach alles.«

»Damit bin ich einverstanden«, meinte Callie grinsend. Die junge Tattookünstlerin leckte sich Puderzucker von den Lippen und schloss die Augen. »Ich schwöre, ich lechze in letzter Zeit nach allem Süßen und Herzhaften.«

»Du bist schwanger!«, schrie Sierra auf und Callie nickte. Alle Frauen im Raum stimmten ein großes Geschrei an, johlten und klatschten in die Hände.

Bei ihrem letzten Besuch im Tattoostudio hatte Autumn bemerkt, dass Callie sich verändert hatte, aber sie hatte die Veränderung nicht benennen können. Ein neues Baby. Wie aufregend.

»Morgan muss aus dem Häuschen sein«, bemerkte Meghan und umarmte Callie. »Der Mann hat ein Jahrhundert auf dich gewartet.«

»Wolltest du damit sagen, mein Ehemann sei alt?«, fragte Callie augenzwinkernd. »Er hat gerade das richtige Alter, danke schön.« Der Altersunterschied zwischen den beiden war nicht zu groß, aber Morgan musste um die vierzig sein, wenn Autumn sich richtig erinnerte. Und Callie war noch in den Zwanzigern. Doch auf lange Sicht spielte das keine Rolle, so wie die beiden sich liebten.

Manche Dinge waren einfach vorherbestimmt.

Und Autumn würde so etwas nie erleben.

Gedanken an Griffin kamen ihr in den Sinn und sie schob sie beiseite. Auf lange Sicht war er nichts für sie. Niemand war etwas für sie. Es war sicherer, wenn man sich von ihr fernhielt. Sicherer für alle.

Miranda wandte sich Hailey zu und zog die Brauen zusammen. »Du hast schon vor uns gewusst, dass Callie schwanger ist. Du hast Babys erwähnt.«

Hailey zuckte nur mit den Schultern. »Ich sehe alles. Ich höre alles.«

Autumn schnaufte. »Sicher, Süße.«

Hailey verengte die Augen zu Schlitzen. »Ich sehe mehr, als du denkst.«

Autumn kam schnell zu sich. Sie sollte die Frau, die die Süßigkeiten unter Kontrolle hatte, besser nicht verärgern.

»Ich freue mich für dich, Callie«, sagte Sierra sanft. »Austin wird sich auch tierisch freuen. Für ihn bist du wie eine Schwester, musst du wissen.«

»Und davon hat er wohl noch nicht genug«, wandte Maya trocken ein, bevor sie mit Miranda und Meghan die Fäuste aneinanderschlug.

»Man kann nie genug Familie haben«, meinte Miranda lächelnd. Sie erstarrte, als jeder sie angaffte. »Ich bin nicht schwanger. Decker und ich warten noch ein wenig. Ich bin immer noch neu in meinem Job und wir genießen es, auf jeder Oberfläche im Haus Sex haben zu können, ohne uns mit Kindern beschäftigen zu müssen.«

»Da hört ihr meine kleine Schwester«, murmelte Maya.

»Eifersüchtig?«, erkundigte Meghan sich mit einem bösartigen Glimmen in den Augen. »Es ist nicht leicht, Sex auf der Couch zu haben, wenn man Kinder hat, aber wofür gibt es Babysitter und die Schule?«

Maya schnaufte. »Nein, zur Hölle. Mir geht es gut.« Es entging Autumn nicht, wie sehr Maya sich in diesem Moment bemühte, nicht zu Holly zu blicken.

»Aber mal im Ernst«, fuhr Miranda fort, »ich genieße das Leben, wie es ist, bei der Arbeit und so weiter. Oh! Habe ich es euch schon gesagt? Ich bin nicht mehr die Neue. Wir haben einen neuen Lehrer einge- stellt.« Sie schauderte. »Er kann den … ihr wisst schon … nicht offiziell ersetzen, aber es ist ein Anfang.«

Sie alle wussten, worüber Miranda redete, obwohl niemand es zum Thema machte. Die Frau hatte wegen eines Lehrers, der ein Auge auf sie geworfen hatte, die Hölle durchgemacht. Autumn wusste nur zu gut, was für ein Gefühl das war.

Sie schluckte heftig. Am besten dachte sie nicht daran.

Niemals.

Obwohl, in Wirklichkeit lauerte dieser Gedanke stets im Hintergrund in ihrem Kopf.

»Und irgendwelche Babys in Aussicht, Meghan?«, fragte Callie, die gerade einen Kuchen am Stil aß.

Meghan lächelte. »Vielleicht.« Sie hielt beide Hände hoch, als die anderen alle gleichzeitig zu reden begannen. »Ich bin noch nicht schwanger, aber wir werden mit dem Versuchen nicht bis nach der Hochzeit warten. Ich bin jetzt älter als bei Cliff und Sasha, und man weiß nie.«

Sierra streckte die Hand aus und drückte Meghans fest. »Sei vorsichtig.« Meghan küsste Sierras Handfläche, bevor sie deren Hand losließ. Autumn fühlte sich fehl am Platz, wenn auch nur für einen Augenblick, angesichts so vieler Frauen, deren Geschichten miteinander verwoben waren. Aber sie war eingeladen worden und war zumindest im Moment auf Grund von Griffin und ihrer Freundschaft mit Meghan Teil der Montgomerys.

Holy war eigentlich die wahrhaft Neue, doch sie wirkte keineswegs fehl am Platz. Im Gegenteil, sie schien begeistert, dass sie dazugehörte. Süß und unschuldig. Und glücklich.

Plötzlich ging die Tür auf und alle drehten sich herum, um Tabby hereinspazieren zu sehen, das Haar in einem festen Pferdeschwanz auf dem Kopf zusammengebunden.

»Es tut mir leid, dass ich so spät komme. Ich musste bei der Arbeit in letzter Minute noch etwas erledigen. Oh, sind das Kuchen am Stil?«

»Lassen meine Brüder dich zu hart arbeiten?«, fragte Maya. »Soll ich ihnen mal in den Hintern treten?«

»Nein. Ich wollte nur für morgen vorarbeiten.« Tabby grinste und biss in einen Erdbeer-Käsekuchen-Lolli. »Oh mein Gott, Hailey. Willst du mich heiraten? Ich weiß, ich wäre neu in der Lesbierinnenszene, aber für diese Dinger würde ich alles lernen.«

Autumn verschluckte sich an ihrem Wasser, als alle in Gelächter ausbrachen.

Hailey wischte sich die Tränen von den Wangen und schüttelte den Kopf. »Tabby, Liebling, du bist verdammt sexy, aber keiner von uns beiden liebt das gleiche Geschlecht. Wir stehen doch auf Schwänze.«

Für eine neue Runde Gelächter war gesorgt, nur Holly schien sich ein wenig unbehaglich zu fühlen, aber Autumn glaubte nicht, dass außer Maya noch jemand dies bemerkte. Nun begannen alle, über ihren Tagesablauf zu reden und kleine Geschichten zu erzählen, die sie zu dem machten, was sie waren. Autumn lehnte sich zurück und lauschte, und bemühte sich, nicht zu viel beizutragen. Sie genoss es, zu beobachten und so viel wie möglich von dem zu erfahren, was Normalität bedeutete.

Denn Autumn Minor war noch nie normal gewesen.

Und sie wusste, sie würde es auch niemals sein.

Kapitel Elf

»ICH HÄTTE NIEMALS ERWARTET zu erleben, dass du ein Baby im Arm hältst«, sagte Griffin. Decker wiegte Austins Sohn in den Schlaf.

Da die Frauen ihren Frauenabend abhielten, mussten die Männer auf die Kinder aufpassen. Austin hatte entschieden, dass sich alle bei Decker trafen und gemeinsam die Kinder hüteten. Griffin hatte nichts dagegen, da er seine Nichten und Neffen liebte. Trotzdem machte es ihm zu schaffen zu sehen, dass beinahe jeder in seiner Familie nun eine eigene Familie hatte. Alle waren erwachsen geworden, führten ihr eigenes Leben, und manchmal hatte Griffin das Gefühl, auf der Strecke zu bleiben.

Obwohl es jetzt nicht an der Zeit war, sich darüber Sorgen zu machen.

Zurzeit wollte er im Augenblick leben.

Decker lächelte nur und wiegte das Baby im Stehen weiter, wobei er vor- und zurückschwang und etwas summte. Colin gab ein gurgelndes Geräusch von sich und Griffin tat einen Schritt näher heran. Decker ließ sich nicht beirren; der große, bärtige, tätowierte Mann hielt das winzige Baby im Arm, als hätte er das immer schon getan.

Austin grinste von der Türschwelle herüber. Er lehnte im Türrahmen und hatte die Arme vor der kräftigen Brust verschränkt.

»Ist er schon eingeschlafen?«, fragte der stolze Vater leise.

»Ja, ich glaube schon«, flüsterte Decker. »Hast du das Bettchen fertig?«

Jake kam mit Sasha auf dem Rücken und einem Grinsen auf dem Gesicht aus dem hinteren Zimmer. »Es ist fertig, ja. Sasha hat mir geholfen, es aufzustellen.«

»Er brauchte echt Hilfe«, meinte Sasha altklug.

Griffin musste sich den Mund zuhalten, um nicht zu lachen und so das Baby aufzuwecken.

Luc nahm seine Tochter von Jakes Rücken und küsste sie geräuschvoll auf die Wange. »Ja, du hast recht. Und jetzt machen wir dich auch fürs Bett fertig. Du darfst mit Leif und Cliff im Gästezimmer schlafen. Ist das in Ordnung?«

Sie nickte bedächtig. »Ich übernachte gern woanders. Sogar bei Jungs, die stinken.«

»Du wirst Probleme bekommen, wenn sie älter wird«, meinte Wes, der mit Storm im Schlepptau ins Wohnzimmer trat.

»Das stört mich nicht«, erwiderte Luc lächelnd und trug Sasha in den rückwärtigen Teil des Hauses, wo Leif und Cliff bereits eine Deckenburg bauten.

»Ich frage mich, ob ich ein kleines Mädchen bekommen werde«, überlegte Morgan gedankenverloren und Griffin grinste.

Er schlug mit der Hand auf Morgans breiten Rücken und lachte. »Ich kann es kaum glauben, dass du Vater wirst.«

»Du arbeitest schnell«, fügte Austin grinsend hinzu.

Morgan hob eine Braue und sah mehr denn je wie der Geschäftsmann aus, der er war. Er mochte zwar den Anzug gegen ein Freizeithemd und Jeans getauscht haben, wirkte aber dennoch ein wenig ordentlicher als die anderen. Es spielte keine Rolle, dass er das größte Tattoo von allen auf dem Rücken trug. Der Mann atmete Klasse aus allen Poren.

Und jetzt würde er Vater werden.

Es war beängstigend, wie schnell sich alles veränderte.

»Nicht schnell genug, würde manch einer sagen«, murmelte Sloane, der Chips und Dips ins Wohnzimmer brachte. Der große Mann hielt keinen Moment inne, als die anderen die Augen verdrehten. Also wirklich, der Mann umwarb Hailey nun schon seit Jahren, ohne sie wirklich zu umwerben, und trotzdem redete er davon, dass jemand nicht schnell genug war? Verrückter Mann.

Morgan schubste Sloane an den Schultern vor sich her und die beiden fielen auf die Couch. Und dann saßen sie da mit einem Glas Limonade in der Hand und einem Lächeln auf dem Gesicht. Callie hatte zwar Morgans Tattoo gestochen, aber auch Sloane hatte sich im Laufe der Zeit mit dem Mann angefreundet.

Griffin beobachtete gern, wie sich jede Familie und deren jeweilige Freunde mit den anderen und deren Welten mischten und wie das ganze Konstrukt sich entwickelte. Den Schriftsteller in ihm reizte es, die verschiedenen Verstrickungen zu durchschauen und die Menschen zu studieren, ohne ihnen etwas zuleide zu tun. Der Montgomery in ihm jedoch wollte einfach nur genießen, dass seine Familie hier bei ihm war, gesund und auf dem Weg, glücklich zu werden.

Seine Eltern waren in Liebe vereint und sicher zu Hause in ihrem eigenen Haus.

Die Frauen in seinem Leben genossen ihren gemeinsamen Abend.

Und obwohl Alex an diesem Abend nicht bei ihnen war, so würde er doch niemals den ihm zustehenden Platz in der Familie verlieren. Und gleichgültig, wie tief sein jüngerer Bruder auch gefallen war, Griffin wäre immer da, um ihm zu helfen, auf eigenen Beinen zu stehen. Er wusste nicht, wie lange Alex noch in der Reha bleiben musste, aber hoffentlich würde er in nicht allzu ferner Zukunft Alex besuchen und sich selbst überzeugen können, wie der Heilungsprozess verlief.

»Was ist los mit dir?«, erkundigte Decker sich, als er zu Griffin herüberkam. Er musste Colin an Austin übergeben haben, denn Austin war nirgends zu sehen und der Rest der Mannschaft hatte sich im Wohnzimmer niedergelassen. Alle schwatzten durcheinander und aßen für Männer ihres Alters viel zu viel Junkfood.

Griffin wandte sich zu seinem besten Freund herum und seufzte. »Ich denke an Alex.«

Decker nickte und drehte sich herum, um sich neben Griffin an die Wand zu lehnen. »Es gefällt mir überhaupt nicht, dass er nicht hier ist. Aber noch mehr missfällt es mir, dass er sich von niemandem besuchen lässt. Zumindest redet er mit Marie und Harry. Das will etwas heißen.«

»Wirst du ihm verzeihen, dass er eure Hochzeit ruiniert hat?«, fragte Griffin, ohne zu wissen, warum ihm diese Frage in den Sinn gekommen war.

Decker runzelte die Stirn. »Da gibt es nichts zu vergeben.«

»Was meinst du damit? Er hat euch die Party vermasselt und den Kindern Angst eingejagt, und am Ende haben er und Luc geblutet.« Er machte eine Pause. »Ich denke, er war ohnehin am Ende. Doch das werden wir nicht wissen, bis er es uns erzählt. Miranda und ich finden nicht, dass er unsere Hochzeit ruiniert hat. Wir wurden im Elternhaus der Montgomerys getraut, umgeben von Freunden und der Familie. Genau das hatten wir uns gewünscht. Natürlich hätten wir uns gewünscht, Alex wäre nicht zusammengebrochen. Und natürlich hätten wir uns gewünscht, es wäre ihm nicht schlecht gegangen. Und drittens hätten wir uns gewünscht, es hätte einen Weg gegeben, sein Problem zu lösen. Aber den gab es nicht. Daher blicken wir in die Zukunft. Ich liebe deine Schwester mit jeder Faser meines Seins. Der Tag musste nicht perfekt sein mit eitel Sonnenschein und allem Drum und Dran, um ihn für uns zu einem perfekten Tag zu machen. Es war unser Augenblick. Mehr war nicht nötig.«

Griffin blickte seinem besten Freund in die Augen. Die Worte hatten ihn überwältigt. Natürlich wusste er, dass Decker Miranda liebte. Er sah es mit eigenen Augen in allem, was Decker tat. Er wusste, sobald die beiden sich ineinander verliebt hatten, hatte Decker sich ein wenig aus ihrer Freundschaft zurückgezogen, denn das geschah nun einmal, wenn man in seinem Herzen einen Platz für seinen Seelenverwandten einrichtete. Natürlich hatte er Decker nicht verloren, nur ihre Beziehung hatte sich verändert. Und mit ihr der Mann, der vor ihm stand. Er war verletzt und geschlagen worden und hütete Geheimnisse, die man keinem Menschen wünschte. Doch er hatte den einen Menschen gefunden, der ihn nicht nur heilen, sondern auch mit ihm zusammen wachsen konnte und bis zum Ende ihres Lebens bei ihm bleiben würde.

Für Decker war dieser Mensch Miranda, und Griffin bedauerte es, dass er so lange gebraucht hatte, um das zu erkennen. Oh, er wusste es nun schon seit einer Weile, hatte es schon lange vor der Hochzeit gewusst, doch ganz im Anfang war Griffin ausgerastet und hatte seinen besten Freund geschlagen. Er hatte dem Mann im Umgang mit seiner kleinen Schwester nicht vertraut und deswegen beinahe alles verloren.

Griffins Temperament unterschied sich von dem der meisten Montgomerys. Er schwelte langsam vor sich hin, bis sich ein riesiges Inferno entfachte. Er hatte reagiert, ohne nachzudenken, und bereute sein Verhalten seitdem jeden Tag.

»Es tut mir so leid, dass ich dich wegen Miranda verprügelt habe«, platzte es aus ihm heraus. »Es tut mir so verdammt leid, dass ich dir nicht vertraut habe, was sie betraf. Denn ich hätte dir vollkommen vertrauen sollen. Du bist der großartigste Mann, den ich kenne, Decker. Und ich bin verdammt froh, dass ihr beide eine gemeinsame Zukunft habt.«

Deckers Wangen röteten sich für einen kurzen Moment und im Wohnzimmer wurde es still. Griffin wusste, alle Blicke waren auf sie gerichtet, doch das kümmerte ihn nicht. Nicht in diesem Augenblick.

»Ich verstehe, warum du das getan hast. Und du hast dich bereits dafür entschuldigt. Es ist vorbei, Mann. Wenn du dich noch einmal entschuldigst, fängst du dir vielleicht ein paar Schläge von mir ein.«

Griffin grinste und seine Schultern lockerten sich. Er hatte nicht einmal bemerkt, dass er sie angespannt hatte.

»Sein harter Kopf kann wahrscheinlich ein paar Schläge gebrauchen«, meinte Austin lachend. »Kommt her und setzt euch. Wir haben Hähnchenflügel, Dips und Limonade. Ich weiß, normalerweise trinken wir Bier, aber da die Kinder hier sind und wir alle bald nach Hause fahren müssen, scheint mir das heute nicht angebracht.«

Decker verdrehte die Augen. »Danke, dass du in meinem Haus den Gastgeber spielst«, sagte er trocken. »Ich weiß immer noch nicht, warum wir nicht bei dir zu Hause sind. Jetzt musst du das Bettchen für das Baby herumschleppen.«

»Letztes Mal waren wir bei mir. Aber jetzt werden wir uns abwechselnd bei allen zu Hause treffen. Gott sei Dank macht Autumn bei Griffin sauber, sonst würden wir uns wahrscheinlich alle irgendetwas einfangen.«

Griffin setzte sich auf den Boden – denn es gab keinen anderen freien Platz mehr – und zeigte seinem Bruder den Mittelfinger seiner gesunden Hand. »Fick dich.«

»Nein danke. Ich bin vergeben.« Austin biss in einen Hähnchenflügel und stöhnte. »Wie ich das vermisst habe. Sierra hat uns auf eine Diät ohne frittierte Lebensmittel gesetzt. Das Fett fehlt mir.«

»Dir ist doch bewusst, dass die Mädels gerade Schokolade, Törtchen und all solchen Mist verputzen, oder?«, fragte Sloane. Er zuckte mit den Schultern, als alle ihn anstarrten. »Ich habe Hailey für heute Abend kochen sehen. Sie wollte die Mädels mit leckeren Sachen vollstopfen, da sie weiß, dass niemand normalerweise diese Sachen isst.«

»Dir scheint es zu gefallen, stets zu wissen, was Hailey im Sinn hat«, bemerkte Griffin beiläufig.

Sloane starrte ihn an. »Und wie geht es Autumn so? Hast du endlich den Schritt gewagt und sie in dein Bett geholt, worauf du doch seit dem ersten Tag scharf warst?«

Er verzog spöttisch den Mund.

»Wenn du den Mund hältst, tue ich das auch«, schlug Sloane vor. »Ich mag Autumn. Tu ihr nicht weh.«

Griffin biss die Zähne aufeinander. Gott sei Dank griff niemand das Thema auf. Natürlich wollte er Autumn nicht wehtun, er hatte es jedenfalls nicht vor, doch er wurde das Gefühl nicht los, dass sie beide ein gebrochenes Herz hätten, sobald alles vorbei wäre. Er wusste nicht, was er wollte, und sie hatte nicht vor zu bleiben.

Mist. Er schob diese Gedanken beiseite und hörte den anderen zu, die über Morgans bevorstehende Vaterschaft und die Tatsache sprachen, dass Luc und Meghan versuchten, ein Baby zu zeugen. Alles ging so schnell, viel zu schnell, und er bemühte sich, Schritt zu halten. Die Montgomerys und ihre Freunde kamen einer nach dem anderen unter die Haube.

»Ich habe eine Frage«, kündigte Morgan an und lehnte sich neben Sloane auf der Couch zurück.

»Und?«, drängte Griffin.

»Nicht an dich, aber an Wes und Storm. Ich beobachte nun schon eine Weile die zwischenmenschlichen Kontakte hier und ich denke, ich habe die Dynamik verstanden. Manchmal überraschen die Menschen mich, aber normalerweise finde ich die Verbindungen heraus. Aber Tabby kann ich nicht einordnen.«

»Was meinst du damit?«, hakte Wes nach.

Storm runzelte die Stirn. »Was soll mit Tabby los sein? Sie arbeitet für uns.«

»Ja, und trotzdem glaube ich, dass sie einem von euch beiden oder sogar euch beiden mehr bedeutet. Ich kann es einfach nicht herausfinden.«

Griffin hustete. »Beide? Nun, daran habe ich noch gar nicht gedacht.« Die Zwillinge starrten ihn an. »Was denn? Ich habe gedacht, einer von euch wäre mit ihr zusammen oder wäre es zumindest gewesen oder würde daran denken.«

Sie schüttelten gleichzeitig den Kopf. »Zur Hölle, nein«, sagten sie wiederum gleichzeitig, dann blickten sie einander fragend an.

»Ich bin auf diese Art nicht an Tabby interessiert. Sie ist eine Freundin und meine Mitarbeiterin. Nichts weiter.« Wes starrte seinen Zwillingsbruder an. »Hast du mir etwas zu sagen?«

Storm hielt beide Hände in die Höhe. »Ich habe sie noch nicht einmal geküsst. Ich betrachte sie nicht mit diesen Augen. Es gefällt mir, wie sie bei der Arbeit alles zusammenhält, sodass ich mich auf andere Dinge konzentrieren kann, aber sie ist nicht die Eine für mich. Ehrlich.« Er drehte sich zu den anderen herum und blickte sie böse an. »Und jetzt hört auf, so zu tun, als wären wir in einer Art Zwillingsbeziehung. Wir teilen uns keine Frau. Niemals.«

Wes schauderte. »Verflucht, nein. Ich weiß, Austins Freundin Sassy hat zwei Ehemänner, aber sie sind nicht miteinander verwandt und … verdammt, nein. Ich mag nur eine Frau in meinem Bett und ich teile nicht mit Storm. Niemals.«

Griffin zog die Brauen hoch. »Wir haben verstanden, denke ich. Keiner von euch beiden hat es auf Tabby abgesehen.«

»Du schnüffelst doch um Autumn herum, also denk nicht mal im Traum daran, dich an Tabby heranzumachen«, drohte Storm und deutete mit dem Glas auf ihn.

Griffin verengte die Augen zu Schlitzen. »Ich mache nichts dergleichen. Und sag nichts mehr, was sich so anhört, als wäre Autumn eine Frau, um die man herumschleichen könnte.«

Die anderen starrten ihn an und er fluchte. »Haltet bloß den Mund«, murmelte er.

»Wie dem auch sei …«, unterbrach Jake, »ich weiß nicht, warum ein Dreier ein Problem sein sollte. Das kann recht schön sein. Nun, ich hatte zwar noch keinen Dreier, bei dem ich mit einem meiner Brüder eine Frau geteilt hätte, aber … eine Frau zu teilen kann verflucht heiß sein. Und außerdem dabei noch einen anderen Mann zu ficken ist sogar noch heißer.«

Griffin blinzelte. Er wusste, dass Jake bisexuell war, da dieser nie einen Hehl daraus gemacht hatte, aber das mit dem Dreier war neu.

»Was?«, schaltete Austin sich ein. »Ein Dreier? Wirklich?«

Decker schnaufte. »Du musst gerade reden, Kumpel«, sagte er zu Austin. Griffin hielt sich den Kopf.

»Das sind viel zu viele Informationen«, jammerte er. »Lasst uns über Sport reden und nichts tun, okay?«

Jake lächelte wenig reuevoll. »Ich wollte es euch auch nur sagen. Falls ihr Single seid und die anderen gern mitmachen …«

»Du solltest jetzt besser nichts über Maya sagen«, murmelte Wes. »Ich will es nicht wissen.«

Jake sagte ernst: »Ich habe noch nie mit Maya

geschlafen.«

»Du redest also über Holly?«, fragte Griffin gegen seinen Willen.

Jake wurde blass und wirkte, als hätte er am liebsten alles zurückgenommen, was er gesagt hatte. »Das ist alles schon lange her. Holly und ich sind allein ganz glücklich.«

Es entstand eine peinliche Stille und Griffin hätte gern versucht, die Stimmung zu heben, wusste jedoch nicht, was er sagen sollte. Doch da schob Sloane die Chips zu Jake hinüber.

»Wenn wir jetzt alle genug über unsere Schwänze geredet haben, dann würde ich gern über einen meiner Kunden sprechen. Ich könnte eure Hilfe gebrauchen.«

Jake entspannte sich, als die anderen begannen, über Tattoos und nicht mehr über Sex zu reden. Doch Griffin behielt den Mann im Auge. Scheinbar hatten sie alle ihre Geheimnisse. Solche, die mehr Menschen verletzen mochten, sobald sie der Welt enthüllt würden.

Er schwieg, als die anderen sich unterhielten, unsicher, was er sagen wollte. Er wusste weder, wo er im Leben stand, noch wer er war. Nicht mehr. Nach all den Jahren hatte er gerade begonnen, es herauszufinden. Die Dinge änderten sich, die Menschen änderten sich und Griffin lernte, sich mit ihnen zu verändern.

Anstelle seines Buches, wie es eigentlich hätte sein sollen, füllte Autumn seine Gedanken.

Die Frau würde ihm wehtun. Er wusste es. Sie würde ihm wehtun und ihm Narben beibringen wie noch keine andere zuvor.

Doch er konnte sich kaum beherrschen, nicht zu ihr zu gehen, um sie unter sich zu spüren.

Die Dinge hatten sich verändert, ja, und er war sich

nicht sicher, ob er bereit war, das Ergebnis zu sehen.

Jake

Jake trank einen Schluck von seinem Bier und fragte sich, wie zum Teufel er hier gelandet war. Mit *hier* meinte er auf der Couch im Haus seines Bruders Graham. Seine anderen Brüder Owen und Murphy spielten im Nebenzimmer Air-Hockey, wobei sie einander verfluchten und das Spiel stets unentschieden stand. Keiner konnte den anderen besiegen.

Er hatte nicht vorgehabt, für ein Essen mit der Familie hier vorbeizuschauen, da er gerade an einem bei den Montgomerys teilgenommen hatte. Doch so gern Letztere ihn auch adoptiert hätten, hatte er immerhin auch eine eigene Familie.

Allerdings war der Grund, warum sie ihn hierhaben wollten, nicht nur Jakes schillernde Persönlichkeit.

Der wahre Grund saß gerade bequem neben ihm auf der Couch und lachte über etwas, das Graham gerade gesagt hatte.

Die Gallagher-Brüder lachten, wann ihnen danach war, brüteten oft vor sich hin und kümmerten sich nicht groß um die Meinung anderer Leute. Sie waren groß, bärtig und tätowiert, ähnlich den Montgomerys, aber auf keinen Fall so hochgewachsen wie diese. Außerdem gab es keine Schwestern, die für etwas Östrogen gesorgt hätten, sodass die Brüder ein wenig gröber waren.

Zumindest dachte Jake das.

Normalerweise sorgte Maya für das Östrogen, wenn sie zu Besuch kam, doch heute hatte sie ihn nicht begleitet.

Stattdessen hatte er Holly mitgebracht.

Seine feste Freundin. Die, die er wahrhaft mochte und die auch ihn mochte. Er hatte das Gefühl, sie war auf dem Weg, ihn zu lieben, und wenn er das aufgab, was niemals geschehen würde mit … nun, mit … Er hielt inne. Nein, er würde an keinen der beiden denken. Er konnte sich selbst sehen, wie er sich in Holly verliebte, wenn er nur nachgab. Er musste nur geben.

»Ich werde zur Toilette gehen«, flüsterte Holly, dann küsste sie ihn zärtlich auf die Wange. »Ich bin gleich wieder da.« Sie lächelte ihn an, bevor sie in den Flur ging.

»Sie ist nett«, stellte Graham leise fest und lehnte sich in seinen Ledersessel zurück.

»Sogar süß«, fügte Owen hinzu, der gerade mit Murphy im Schlepptau das Zimmer betrat.

»Zu gut für dich«, bemerkte Murphy grinsend.

»Ich kann keinem von euch widersprechen«, erwiderte Jake und kippte einen großen Schluck Bier hinunter.

»Warum hast du Maya nicht mitgebracht?«, erkundigte Graham sich. »Ich dachte, ihr beide …«

Jake schüttelte den Kopf und trank den Rest seines Biers. Er brauchte etwas Zeit. Mehr wollte er nicht trinken, da er noch fahren musste. Und nachdem er Alex' Zusammenbruch gesehen hatte … nun … es war einfach besser, nicht zu trinken.

»Maya und ich sind Freunde. Und ich nehme an, dass wir immer noch Freunde sind, denn verabreden tue ich mich mit Holly. Maya habe ich nicht mitgebracht, weil ihr die Frau sehen wolltet, mit der ich mich verabrede, und das ist nun einmal Holly … So, nun wisst ihr es.«

Seine Brüder musterten ihn prüfend und er bemühte

sich, nicht darüber nachzudenken, warum er sich so kribbelig fühlte, warum er das Gefühl hatte, etwas zu verlieren, das er nie besessen hatte.

Holly war so nett.

Nett.

Perfekt für ihn.

Weil, ehrlich, chaotische und quälende Beziehungen hatte er schon zur Genüge gehabt und es hatte nicht funktioniert. Er brauchte etwas Nettes, Leichtes. Holly passte gut in das Leben, das er sich wünschte.

Während *sie* nicht hineinpassen würde.

Und *er* wollte Jake nicht.

So war es nun einmal.

Sein Telefon summte und er zog es aus der Tasche. Der Name des Anrufers verursachte ein scharfes Prickeln entlang seiner Wirbelsäule.

»Ich muss den Anruf entgegennehmen«, erklärte er, als er sich erhob. Er stellte die leere Bierflasche auf dem Kaffeetisch ab. Seine Brüder starrten ihn an, doch das kümmerte ihn nicht. Sie versuchten immer herauszufinden, wie er tickte, und sobald Jake das eines Tages selbst herausgefunden hätte, würde den drei anderen das vielleicht auch gelingen.

Er schloss die Hintertür hinter sich und blies in seine Hände, denn die Kälte entzog ihm schnell alle Wärme.

»Hey«, meldete er sich. Er wusste nicht, was er sonst hätte sagen können.

»Hey.« Als Jake die tiefe Stimme am anderen Ende hörte, wurde ihm der Mund trocken. Aber war das nicht immer so? Es war nicht das erste Mal, dass Border anrief. Nein, der Mann rief ihn ungefähr alle zwei Wochen an. Jake dachte, nach all der Zeit hätte er darüber hinweg sein müssen.

Doch dem war nicht so.

Und das süße Mädchen im Zimmer hinter ihm würde ihm helfen müssen, über den Mist hinwegzukommen, der sich nicht von selbst in Luft auflöste.

Denn Jake Gallagher würde nicht weiter dieselben Fehler begehen. Er würde seine Wünsche nicht über die Bedürfnisse stellen, die er sich einbildete, haben zu müssen.

Daher würde er den Anruf beenden und seine Gedanken abschütteln, bevor er wieder zu Holly hineingehen und die Zukunft sehen würde, die er als gut für sich betrachtete.

Niemand bekam genau das im Leben, was er wollte, Jake würde also vielleicht einen Weg für sich finden. Holly war gut für ihn und er wollte perfekt für sie sein.

Das verdiente sie und noch viel mehr.

Und Jake, nun, Jake verdiente nichts.

Nicht mehr.

Border

Border beendete das Telefonat und runzelte die Stirn. Dieses Gespräch war irgendwie anders gewesen als die vorhergehenden, aber andererseits wusste er nicht, warum er überhaupt immer wieder anrief. Jake schien nicht wie früher mit ihm reden zu wollen. Eigentlich zog der andere Mann sich tatsächlich mit jedem Anruf weiter zurück.

Border machte ihm daraus keinen Vorwurf, denn schließlich war er derjenige, der sich zuerst distanziert hatte.

Er stieß den Atem aus und fuhr sich mit der Hand über sein kurz geschorenes Haar. Er lehnte sich zurück und setzte seine Füße fest zu beiden Seiten seines Motorrads auf dem Boden auf. Eigentlich war es zu kalt, um Motorrad zu fahren, und bald würde das Eis es verdammt gefährlich werden lassen, doch er musste noch ein wenig länger durchhalten. Denn dann hätte er einen Pritschenwagen, würde das Motorrad hinten aufladen und sich auf den Weg nach Hause machen.

Nach Hause.

Nach Denver.

Denn er hatte schon viel zu lange wie ein Nomade gelebt und nicht gefunden, was er gesucht hatte. Nun, eigentlich hatte er auch nicht gewusst, wonach er suchte.

Er war jedoch bereit, nach Hause zurückzukehren.

Bereit, zu Jake zurückzukehren.

Bereit herauszufinden, was er vor all den Jahren angerichtet hatte.

Bereit herauszufinden, wer zum Teufel Maya war … und warum Jake so ausweichend von ihr redete.

Es schien, er war zu vielem bereit.

Er hoffte nur, dass er sich selbst nichts vormachte. Denn falls er sich irrte, verlöre er alles, was er hatte. Aber vielleicht hatte er schon längst nichts mehr.

Es gab nur einen Weg, das herauszufinden.

Er startete sein Motorrad, überprüfte den Sitz des Helms und der Gesichtsmaske und fuhr auf die offene Straße hinaus.

Im Unterschied zum letzten Mal, als er dies getan hatte, versuchte er jetzt nicht, eine Absolution zu bekommen, die er niemals erhalten würde.

Stattdessen hatte er ein Ziel.

Einen Plan.

Oder zumindest eine Zukunft und er betete, er würde diese finden, bevor es zu spät wäre.

Kapitel Zwölf

»JA, so. Nimm ihn. Nimm meinen Schwanz.«

Autumn drückte den Rücken durch und nahm Griffin tiefer in sich auf. Sie klammerte sich an das Bettlaken und stöhnte, als er seine Finger in ihre Hüften grub. Er pumpte in sie hinein und wieder hinaus, sein Schwanz glitschig vor Erregung. Er füllte sie ganz aus und dehnte sie mehr als jemals zuvor.

Er ließ seine Hand an ihrer Wirbelsäule hinaufgleiten, ergriff eine Haarsträhne und presste ihren Rücken gegen seine Brust. »Gefällt dir das, Fall? Gefällt es dir, wenn ich dich hart ficke? Gefällt es dir, wenn du kaum atmen kannst, weil du so ausgefüllt bist, dass du noch einmal auf meinem Schwanz kommen wirst?«

Sie wollte Ja sagen, verdammt noch mal, aber sie konnte nicht sprechen. Stattdessen griff sie um ihn herum an seine Pobacken, sodass ihre Schultern sich dehnten, und presste ihn an sich. Er knurrte. Die Vibration fuhr ihr direkt in die Muschi. Ihr Körper zuckte; sie war dem Orgasmus so nahe, dass sie weder etwas sehen noch atmen konnte.

So. Nahe.

Und dann klingelte der Wecker und sie wachte auf.

Ein Auge öffnete sich zögernd, doch das andere weigerte sich. Ihre Brust hob und senkte sich, und sie fühlte sich erschöpft.

Natürlich, es war ein Traum. Warum sollte es Wirklichkeit sein? Schließlich hatte sie mit dem Mann nur einmal geschlafen. Und jetzt erwischte sie sich dabei, davon zu träumen, schmutzige, schmutzige Sachen mit ihm anzustellen. Immer wieder aufs Neue.

Irrte sie sich, wenn sie den echten Griffin für noch größer und unanständiger hielt als den Griffin aus ihrem Traum?

Nun war es bewiesen. Autumn wurde wahnsinnig. Oder vielleicht war sie schon längst übergeschnappt und auf dem Weg in ein Heim, wo sie ununterbrochen davon träumen würde, einen wahrhaft hinreißenden Mann zu ficken, und am Ende allein im Bett läge, das Höschen um ihre Knöchel gewickelt und eine Hand zwischen den Schenkeln.

Geistesabwesend strich sie mit den Fingern über ihre Klitoris und schauderte, aber sie war nicht mehr wirklich erregt.

Verdammt.

Sie zog die Hand hoch und wischte sie am Bettlaken ab. Dann schüttelte sie das Höschen vom Fuß. Sie musste duschen, sich anziehen und dann zu Maya fahren. Sie würde erst wieder in ein paar Tagen bei Griffin arbeiten, denn er hatte einen Arbeitsplan für sie entworfen, der nicht täglich ihre Anwesenheit erforderte. Griffin befand sich gerade in der Phase, in der er einen Teil des Buches korrigierte, bevor er mit dem nächsten Teil begann, was bedeutete, dass er mit dem Ein-Finger-

Suchsystem arbeiten konnte. Und sie half derweil den anderen Montgomerys bei ihren fünfzehn verschiedenen über die Stadt verteilten Jobs.

Einfach.

Und doch wünschte sie sich nichts sehnlicher, als sich über seinen Schoß zu beugen und ihn anzuflehen, sie mit seinen Fingern zum Kommen zu bringen.

Böses Mädchen.

Böse.

Sie seufzte, rollte sich an die Bettkante und stellte sich stöhnend auf die Füße. Die Haare standen ihr zu Berge und ihr Körper war schweißgebadet. Wenn sie mit Griffin ins Schwitzen geriet, so war das eine Sache, das Gleiche allein war etwas ganz anderes. Sie brauchte eine Dusche und allen Kaffee der Welt.

Leider glaubte sie zu wissen, dass sie keinen mehr im Haus hatte.

Griffins Kühlschrank mochte zwar jetzt randvoll sein, aber für sich selbst hatte sie vergessen einzukaufen. Sie arbeitete noch nicht einmal einen Monat bei diesem Mann und schon rieb er sie vollkommen auf.

Sie wünschte, er würde sich an ihr reiben …

Und jetzt Schluss.

Es war Zeit, zu duschen und Griffin aus ihrem Kopf zu vertreiben.

Mit einem weiteren Seufzer streifte sie schnell das T-Shirt über den Kopf – das Höschen hatte sie ja bereits ausgezogen – und stellte die Dusche auf heiß. Oder zumindest auf das, was in diesem Haus als heiß durch-ging. Es war zwar nicht die beste Gegend hier, aber sie hatte Wände um sich herum und ein Dach über dem Kopf und im Winter war es hier einigermaßen warm. Außerdem hatte der Vermieter ihren Papieren nicht allzu viel Aufmerksamkeit geschenkt. Natürlich war ihr Name mit illegalen Mitteln geändert worden, aber einer oberflächlichen Musterung hielten die Unterlagen stand.

Einer Überprüfung durch die Polizei allerdings nicht.

Verflucht.

Sie stellte sich unter den warmen Wasserstrahl und schloss die Augen. Sie versuchte, Erinnerungen und Missetaten der Vergangenheit zu vergessen und statt- dessen an Griffin und seine äußerst talentierten Finger zu denken. Im Augenblick mochte er zwar nur eine Hand benutzen können, aber diese eine Hand wirkte bereits Wunder. Sie stellte sich vor, er stände hinter ihr in der Dusche, drückte sie fest an sich und presste seinen Schwanz zwischen ihre Pobacken. Eine Hand hatte er um sie beide nach vorn gelegt. Er hielt sie beide im Gleichgewicht, indem er sich gegen die Wand lehnte. Er ließ die Hand bis zu ihren Brüsten hochwandern, umfasste sie eine nach der anderen und kniff in ihre Brustwarzen, bis sie ihn schreiend anflehte, mehr zu tun.

Sie imitierte seine Hand und umfasste ihre Brust, während sie sich vorstellte, es wäre seine. Er ließ seine Hand wieder an ihr hinunterwandern und spielte mit ihrer Klitoris, indem er langsam darüberstrich, um sie dann zu reiben und hineinzukneifen. Er drang mit zwei Fingern in sie ein, fest und schnell, bis sie beide keuchten und die Laute ihrer nassen Muschi gemischt mit denen der Dusche die Luft erfüllten. Sie streichelte sich und dachte an Griffin und seine Hände. Das warme Wasser floss über ihre Klitoris und sie schnappte nach Luft, versuchte zu atmen.

Griffin würde sich zu ihr hinunterbeugen und in

ihren Hals beißen, bevor er ein Wort flüstern würde: »Fall.«

Und sie fiel.

Nicht wörtlich, Gott sei Dank, aber sie fiel in den Abgrund des Orgasmus. Heftig.

Ihr zitterten die Knie und sie musste sich langsam auf den Boden der Duschkabine sinken lassen, um Atem schöpfen zu können. Sich in der Dusche selbst zu befriedigen war eine gefährliche Angelegenheit, und mit Griffin wäre es besser gewesen. Aber andererseits mit seinem Gips … nun … der war nicht der einzige Grund, warum er nicht mit ihr unter der Dusche stand.

Distanz würde ihnen beiden guttun. Sie durfte sich nicht in ihren Boss verlieben, den Bruder ihrer Freundinnen. Sie durfte sich nicht in einen Mann verlieben, den sie gezwungenermaßen verlassen müsste, wenn es so weit wäre.

Mit diesen unangenehmen Gedanken erhob sie sich und wusch sich unter dem längst kalt gewordenen Wasserstrahl. Sie zitterte wieder, diesmal jedoch nicht aus Erregung, trocknete sich ab und zog sich eilig an. Dann band sie ihr Haar zu einem Zopf und schon war sie fertig. Es war zu kalt, um mit nassen Haaren nach draußen zu gehen, daher setzte sie eine Strickmütze auf. Sie hatte nicht das Geld, um den Strom zu bezahlen, den ein elektrischer Fön verbrauchte. Gott sei Dank war Wasser in der Miete enthalten, denn sonst wäre ihre kleine Eskapade mit dem Traum-Griffin teuer geworden.

Sie zog eilig ein paar Lagen Jacken übereinander, hängte sich die Tasche über die Schultern und öffnete die Haustür. Dann blieb sie wie angewurzelt stehen.

Ihre Hände zitterten und sie bemühte sich, nicht zu schreien.

Ein toter Vogel, dem Aussehen nach eine Krähe oder ein Rabe, lag auf ihrer vorderen Veranda. Da war kein Blut, doch es sah so aus, als hätte das Tier sich den Hals gebrochen ... oder als hätte jemand ihm den Hals gebrochen. Es gab viele vernünftige Erklärungen. Der Vogel konnte auch gegen die Tür geflogen und gestorben sein. Ein anderes Tier hätte ihn irgendwo töten und auf ihre Veranda schleppen können, ohne Blut zu hinterlassen.

Oder *er* hatte sie gefunden.

Sie umklammerte ihre Tasche und trat auf die Veranda, während sie mit den Augen die Umgebung absuchte. Weder spürte sie ihn dort draußen, noch sah sie ihn, doch das hatte nichts zu bedeuten. All die anderen Male hatte sie seine Anwesenheit auch nicht gespürt ... erst als es zu spät gewesen war.

Sie bekam eine Gänsehaut auf den Armen. Vorsichtig schloss sie die Tür hinter sich, dann ging sie eilig zum Wagen. Sie rannte nicht. Es gefiel ihm, wenn sie rannte.

Sie würde zurückkehren und den Vogel begraben, wenn sie Zeit hätte. Das arme Ding verdiente zumindest das. Aber jetzt konnte sie es nicht tun, nicht, solange *er* noch in der Nähe sein konnte. Nicht, solange sie kaum Luft bekam.

Autumn startete den Motor und machte sich auf den Weg zu Maya. Sie umklammerte das Lenkrad, während sie an die Gegenstände in ihrer Tasche dachte. Alles, was sie brauchte, befand sich im Kofferraum und in ihrer Handtasche. Sie musste nicht zu Maya fahren. Sie konnte einfach weiterfahren, bis sie anhalten musste, um zu tanken. Sie konnte Denver verlassen und die Montgomerys nie wiedersehen.

Niemals Griffin wiedersehen.

Das war das Klügste, was sie tun konnte.

Das Sicherste.

Aber wieder einmal tat Autumn nicht das, was klug gewesen wäre. Sie wollte nicht gehen. Und deshalb betete sie, dass sie nicht den Totenschein für ihre Freunde unterschrieben hatte, indem sie blieb.

Oder für Griffin.

GRIFFIN BEOBACHTETE mit zur Seite gelegtem Kopf die Zwillinge, die mit einem anderen Unternehmer über ein Stück Holz oder Ähnliches sprachen. Ehrlich, Griffin wusste nicht so viel, wie er sollte, wenn es um Montgomery Inc. ging, aber zumindest bemühte er sich, ein guter Bruder zu sein und gelegentlich auszuhelfen. Und wenn seine Schriftstellerei gut lief und er einen Morgen frei brauchte, um durchzuatmen, half es ihm selbst auch, hier zu sein.

Natürlich würde niemand ihn in die Nähe einer Säge lassen, also musste er normalerweise Malerarbeiten erledigen. Oder Klebearbeiten. Oder einfach nur nicken, wenn andere ihre Gedanken laut aussprachen. Es machte ihm nichts aus, wirklich, aber irgendwann mussten die Leute doch einmal diese ganze Geschichte mit der Säge auf sich beruhen lassen. Das war nur ein Mal geschehen.

»Du denkst an den Zwischenfall, richtig?«, fragte Storm grinsend. »Wir werden dich nicht in die Nähe einer Säge lassen.«

»Verflucht, nein«, ertönte nun Deckers Stimme, der sich zu ihnen gesellte. Er steckte seinen Hammer in seinen Werkzeuggürtel und schnaufte. »Es ist ihm nicht erlaubt, sich in die Nähe von scharfen oder spitzen Gegenständen zu begeben. Miranda würde mir einen Tritt in den Hintern verpassen.«

»Sie ist nur halb so groß wie du«, wandte Griffin trocken ein.

»Aber sie ist mächtig.« Decker nickte wissend und die Brüder lachten. Ganz sicher war Miranda mächtig.

»Aber mal im Ernst, es ist Jahre her«, flehte Griffin. »Ich werde mir keinen Arm absägen.«

Decker warf einen vielsagenden Blick auf Griffins Gips. »Du hast bereits einen Arm, den du nicht benutzen kannst, also riskier mal lieber nichts. Ich habe einen schönen Pinsel und einen Eimer Farbe für dich, falls du gern in diesem einen Raum den letzten Schliff vornehmen möchtest. Oder du machst für mich Notizen.« Er verzog das Gesicht. »Falls das mit einer Hand geht.«

Luc schlenderte herbei und unterdrückte ein Grinsen. »Ich darf auch nicht so viel helfen, und dies ist mein Job.«

»Du wurdest angeschossen, Luc«, sagte Griffin. »Du darfst noch nicht zu viel heben.«

Wes fuhr sich mit der Hand übers Gesicht. »Verdammt. Bei uns geht es zu wie in einer Seifenoper. Wir haben Schießereien, geheime Babys, Autounfälle …« Er blickte Griffin in die Augen. »Und das meiste davon geschah, als die Betroffenen ihre Frauen gefunden haben. Also, Bruder, hast du uns etwas über Autumn zu erzählen?«

Griffin hob das Kinn. »Ich weiß nicht, was du meinst.«

»Für einen Mann, der mit Worten seinen Lebensunterhalt verdient, hast du zu Autumn recht wenig zu sagen«, bemerkte Decker.

Griffin zuckte mit den Schultern. Er versuchte, locker zu bleiben, doch er wusste, dass ihm dies kläglich misslang. »Sie hat mir geholfen. Sehr. Ich komme tatsächlich mit meinem Buch voran.« Er war sogar dem Ende nahe. Ehrlich, er hatte keine Ahnung, wie sie das geschafft hatte. Autumn musste nichts weiter tun, als in seiner Nähe zu sein, und schon konnte er schreiben. Er konnte sich vorstellen, was seine Charaktere tun mussten und welche Richtung die Handlung annehmen musste.

Er wusste nicht, ob es an ihr oder an der Tatsache lag, dass sie bei ihm sauber gemacht hatte. Er wusste lediglich, dass er begann, sie öfter bei sich zu Hause haben zu wollen, als er sollte. Und das ängstigte ihn zu Tode. Und wenn sie ging – und das würde sie tun –, würde er dann alles verlieren? Was, wenn er nicht mehr schreiben konnte, sobald sie aus seinem Leben verschwunden war?

Was, wenn er mehr wollte als nur eine Muse, eine Buchliebhaberin?

Was, wenn er *sie* wollte?

»Das ist doch gut, oder?«, sagte Decker und schlug ihm mit der Hand auf den Rücken. »Du musstest einen Abgabetermin einhalten oder was für einen Termin auch immer. Du hast es uns nicht erzählt, aber ich bin froh, dass Autumn dir hilft.« Sein bester Freund zog die Brauen zusammen. »Und erzähl mir nicht, ihr würdet nur zusammen arbeiten. Ich habe gesehen, wie du sie ansiehst und wie sie dich ansieht. Du hast mit ihr geschlafen.«

Die anderen starrten ihn an und Griffin senkte den Kopf. Er wollte nicht über Autumn reden. Aus irgendeinem Grund wollte er das für sich behalten. Auch in einer so großen Familie wie die der Montgomerys wollte er etwas, das nur ihm gehörte und ihr – ihnen beiden. Er wusste allerdings nicht, ob es wirklich geheim bleiben würde. Verdammt, es war schon fast kein Geheimnis mehr, aber wenn er es für sich behalten würde, ließen sie ihn vielleicht in Ruhe.

»Das geht dich nichts an, Bruderherz«, sagte Griffin schließlich.

Decker zog eine Braue in die Höhe. »Und das aus deinem Munde.«

Griffin zeigte ihm den Mittelfinger. »Ich dachte, du hättest gesagt, du wärst darüber hinweg.«

»Oh, das bin ich. Vollkommen. Aber es macht mir trotzdem Spaß, dich ein wenig zu ärgern.« Decker runzelte die Stirn. »Zieh sie nicht über den Tisch, okay?«

»Was meinst du damit?« Er und Autumn hatten eine rein unverbindliche Beziehung. Keine Verbindlichkeiten. Er wollte keine und sie ganz gewiss nicht. Sie taten nur, was ihre Körper wollten, und wenn die Zeit gekommen wäre, würde sie gehen und er würde weiter das tun, was er immer tat. Er brauchte sie nicht und sie brauchte ihn nicht. Und mehr gab es dazu nicht zu sagen.

»Ich meine, sie hat keine Familie, soweit ich weiß. Das heißt, sie hat keinen großen Bruder, der dem Kerl, mit dem sie sich verabredet, alles erklärt, was er wissen muss.«

Griffin öffnete den Mund, um den Einwand niederzumachen, doch plötzlich erstarrte er. Er wusste nicht, ob sie einen Bruder hatte. Er wusste nicht, wo sie gewesen war, bevor sie scheinbar vom Himmel gefallen und im Leben der Montgomerys aufgetaucht war. Er hatte keine Ahnung, wer sie war. Und gleichgültig, wie sehr er sich auch bemühte, das zu ignorieren, wusste er nicht, ob er das überhaupt konnte. Sie hingegen wusste mehr über ihn, als er andere wissen ließ. Er hatte mit ihr sogar über Lauren gesprochen. Und doch kannte er nichts von ihr als den Ausdruck auf ihrem Gesicht, wenn sie zum Höhepunkt kam.

Und wenn sie es bei einer Beziehung ohne Verbindlichkeiten beließen, sollte das genügen.

Es musste genügen.

Mist.

Er hasste es, im Dunkeln gelassen zu werden. Dagegen sträubte sich nicht nur der Schriftsteller in ihm, sondern auch der Montgomery.

»Danke, dass du dich um sie kümmerst, Deck, aber wir haben nichts Ernstes laufen, also mach dir keine Sorgen.«

»Gewiss nicht«, erwiderte Decker sanft. Die anderen waren merkwürdig still geworden während dieses Wortgefechts und Griffin wusste nicht, was er davon halten sollte. »Ich sorge mich auch um dich. Also sei vorsichtig.«

Das hätte Griffin nicht hören müssen. Er musste einen freien Kopf haben, bevor er sich wieder an die Arbeit machte. Vielleicht würde er mit Autumn Sex haben, falls sie vorbeikäme, aber es wäre nichts Ernstes und er würde nichts dabei empfinden.

»Wenn ihr mit euren Mann zu Mann Gesprächen fertig seid, dann werde ich mal zu Montgomery Ink fahren, da ihr Jungs hier scheinbar gut ohne mich zurechtkommt.«

Luc schüttelte den Kopf. »Lauf weiter davon, Griffin. Es wird dich mit der Zeit einholen.«

Er wollte nicht wissen, was mit *es* gemeint war, also nickte er den Jungs zu und kehrte zu seinem Mietwagen zurück. Seine Versicherungsgesellschaft hatte ihm den Wagen gestellt, bis sie herausgefunden hätten, wie viel Griffin für den Totalschaden an seinem Fahrzeug bekommen würde. Wahrscheinlich hätte er inzwischen schon einen neuen kaufen sollen, da er das Geld hatte, aber er hatte andere Dinge im Kopf.

Namentlich sein Buch und Autumn.

Und seine Familie, seinen Vater ... Alex.

Manchmal war alles ein bisschen viel.

Seufzend fuhr er in die Innenstadt zurück und kämpfte sich durch den mittäglichen Verkehr und die Fußgänger, die nicht einsahen, dass es tatsächlich ein Vergehen war, bei Rot die Straße zu überqueren. Nach all den Geschäftsleuten, die sich zu wichtig nahmen, den Schulkindern, die vergaßen, von ihren Handys aufzublicken und auf den Verkehr zu achten, und den Hipsters, die sorglos über die Zebrastreifen gingen, war Griffin reif für eine Tasse Kaffee oder etwas Stärkeres, als er hinter den Laden von Montgomery Ink einbog und auf den Parkplatz für die Angestellten fuhr.

Er war schlecht gelaunt, müde und er vermisste Autumn.

Und das ärgerte ihn maßlos.

Er warf die Wagentür zu und ging zuerst ins Taboo, um einen Kaffee zu trinken. Hailey stand hinter dem Tresen und hob eine Braue in die Höhe, als sie ihn sah.

Dann schob sie ihm den von ihm bevorzugten Hasel-
nusskaffee mit Schokosplittern zu.

»Woher zum Teufel wusstest du, dass ich
vorbeikomme?«

Sie lächelte. »Ich habe dich in den Hof fahren sehen
und nach genauerem Hinschauen habe ich mir gedacht,
du könntest deinen Lieblingskaffee gebrauchen. Habe
ich mich geirrt?« Sie legte den Kopf schräg. Ihre
ausdrucksvollen Augen sahen viel zu viel.

»Danke«, sagte er anstelle einer Antwort. Er beugte
sich über den Tresen und drückte ihr einen Kuss auf die
Wange, bevor er einen Zwanziger auf die Marmorplatte
legte. »Behalte den Rest, Hailey. Du hast Rechnungen
zu bezahlen.«

Sie verdrehte die Augen. Doch plötzlich erstarrte sie.
Griffin runzelte die Stirn und drehte sich zu der Tür
herum, die das Taboo mit Montgomery Ink verband.
Sloane stand auf der Türschwelle, die kräftigen Arme
vor der Brust verschränkt. Er biss die Zähne so heftig
zusammen, dass Griffin befürchtete, er könnte eine
Füllung verlieren.

»Sloane.« Er nickte dem anderen Mann zu und
bemühte sich, den Eindruck zu erwecken, dass er nicht
in Sloanes Territorium wilderte. Was nicht leicht war,
während Hailey gerade vor ihm stand, sie beide
anstarrte und theoretisch nicht mit Sloane zusammen
war. Außerdem stand sie ihren Mann und wenn ein Kerl
eine Frau anmachte, so erntete er für gewöhnlich ein
blaues Auge dafür.

»Montgomery«, knurrte der andere Mann.
Verdammt. Griffin war kein kleiner Mann – keiner der
Montgomerys war das –, aber Sloane war wirklich
riesig.

Griffin blickte Hailey nicht wieder an. Er hatte sich bereits bei ihr bedankt und wollte nicht riskieren, sich noch einen gebrochenen Knochen einzufangen. Seine Hand schmerzte wie der Teufel während des Heilungsprozesses und Sloane konnte sicher mehr Schaden anrichten als ein Auto.

Sloane musterte ihn noch eine Weile, dann drehte er sich zur Seite und ließ Griffin in Frieden an sich vorbeigehen. Griffin stieß erleichtert den Atem aus, als er ins Tattoostudio hinüberging und Austins Blick einfing. Sein großer Bruder schnaufte und schüttelte den Kopf.

»Hast du dich schon wieder wegen Hailey mit Sloane angelegt?«, fragte Austin.

Er hatte eine Hand auf seinem Skizzenbuch liegen, mit der anderen wirbelte er einen Zeichenstift herum. Im Studio war es gerade nicht sehr voll und Griffin nahm an, es wäre die Ruhe vor dem Sturm. Die Künstler des Studios, insbesondere Austin und Maya, waren für die nächsten Jahre mit großen Projekten ausgebucht und nahmen zwischendurch normalerweise Leute mit kleineren Aufträgen an. Callie arbeitete am Computer und hüpfte von einem Fuß auf den anderen. Maya arbeitete mit gesenktem Kopf über ihrem Skizzenblock. Nur weil sie gerade kein Tattoo stachen, hieß das nicht, dass sie nicht beschäftigt waren. Tattoos, die größer als eine Briefmarke waren, erforderten eine Menge Vorarbeit und sowohl seine Geschwister als auch ihre Angestellten waren die besten in ihrem Job. Daher trug Griffin auch so viele Tattoos auf seinem Körper.

»Ich habe mich nur für den Kaffee bedankt.« Er trank einen Schluck und stöhnte. »Mein Gott, sie ist eine Göttin.«

Sloane drückte sich an ihm vorbei und hätte ihm beinahe den Becher aus der Hand gestoßen.

Austin warf Griffin einen Blick zu, der so viel bedeutete wie »Du bist doch ein Idiot«, doch er besaß genügend Takt, es nicht laut auszusprechen.

Als Sloane die Tür hinter sich geschlossen hatte, schnaufte Austin. »Du bist doch ein Idiot, Griffin.«

Also besaß Austin doch kein Taktgefühl.

»Bist du aus einem bestimmten Grund hier oder versteckst du dich vor Autumn?«, fragte Maya, die jedoch ihrem Block mehr Aufmerksamkeit schenkte als ihm.

»Ich verstecke mich vor niemandem«, sagte er durch zusammengebissene Zähne.

»Sicher, Süßer«, erwiderte Maya lächelnd. »Ich arbeite gerade an einem Motiv für Autumn. Möchtest du es sehen? Ich bin mir sicher, dass du dir die Stelle an ihrem Körper genau vorstellen kannst, auf die wir es platzieren werden.«

Er schloss die Augen und weigerte sich, sich die Zeichnung anzusehen. Sein Schwanz schmerzte und er wusste, er hatte mitten in einem Tattoostudio einen Ständer, weil er nicht aufhören konnte, an Autumn zu denken. Seine Schwester liebte es, ihn zu ärgern, aber verdammt, er wollte sich nicht darauf einlassen.

Stattdessen machte er auf dem Absatz kehrt und kehrte ins Taboo zurück, während hinter ihm Gelächter ertönte. Dort stellte er den Becher auf den Tresen und verließ das Gebäude. Er würde nach Hause fahren und schreiben. Oder sich vielleicht selbst befriedigen. Er wusste es nicht.

Aber er kam nicht mit dem zurecht, was auch immer im Augenblick mit ihm vorging. Nicht, wenn er keine Ahnung hatte, was es war. Außerdem hatten seine Geschwister viel zu großen Spaß daran, ihn damit aufzuziehen, dass er mit Autumn zusammen war. Er hatte das zwar nicht erwähnt und hatte sich auch nicht wirklich öffentlich mit ihr gezeigt, außer dass sie sich im Haus seiner Eltern im Arm gehalten hatten, als sein Vater ihnen die guten Neuigkeiten mitgeteilt hatte. Aber alle wussten, dass zwischen ihnen etwas lief.

Doch Griffin wusste nicht, *was* zwischen ihnen lief.

Und er würde sich verdammt anstrengen müssen, um das, was zwischen ihnen lief, unverbindlich zu halten.

Keine Verpflichtungen, hatte sie gesagt.

Das konnte er.

Auch wenn es ihn umbringen würde.

Kapitel Dreizehn

AUTUMN RÜCKTE ihre in der Drogerie gekaufte Brille mit den klaren Gläsern zurecht und unterdrückte ein Grinsen. Griffin hatte den ganzen Tag schlechte Laune gehabt und sie war es leid. Als sie an diesem Morgen in seinem Haus eingetroffen war, hatten sie gleich mit der Arbeit begonnen. Er hatte von Autorennen und Explosionen erzählt, war dabei aber stets den Darstellern und ihren Emotionen treu geblieben. Er hatte in seinem Denkersessel geruht oder war im Raum umhergegangen, während er versuchte, die Gedanken in seinem Kopf in Worte umzuwandeln. Und sie tippte so schnell, wie er sprach, alles in den Computer. Inzwischen hatten sie ihre gewünschte Wortzahl erreicht und jetzt würden sie ein wenig Spaß haben. Er brauchte Spaß. Obwohl er jetzt mehr geschafft hatte als vor ihrem Erscheinen, machte es ihm keinen Spaß. Sie konnte den gehetzten Ausdruck in seinen Augen sehen, wenn er einen Blick auf den Kalender warf, doch sie wusste, dass dort auch ein Funke Hoffnung war. Sie kamen dem Ende immer näher und sie konnte kaum erwarten, was als Nächstes geschähe.

Sie hielt inne.

Das Ende des Buches.

Nicht das Ende von allem.

Das Ende von ihnen … was auch immer sie einander waren.

So war es doch, oder?

Sie schob diese Gedanken beiseite und rückte ihre Brille noch einmal zurecht. Es konnte ein enormer Fehler sein zu tun, was sie vorhatte, doch sie wollte es versuchen.

Sie wollte vieles mit ihm versuchen. Hastig fuhr sie mit den Händen über den sehr engen Bleistiftrock, der hinten einen Schlitz hatte. Ohne diesen würde es ihr später schwerfallen, den Rock über ihre Hüften zu ziehen.

Ja, sie hatte an Positionen gedacht, in denen sie auf ihm war oder sich vor ihm zu Boden beugte, während sie den Rock ausgesucht und für den Nachmittag einge-packt hatte. Der Vormittag gehörte anderen Prioritäten.

Die Bluse war bis zum Hals hochgeknöpft und die Ärmel reichten bis zu den Handgelenken. Wie viel Spaß würde es ihr machen, alle Knöpfe zu öffnen, wenn die Zeit gekommen wäre! Oder vielleicht würde er die Knöpfe für sie öffnen. Die hochhackigen Schuhe waren zwar nicht die hübschesten, aber sie waren hoch, schwarz und schrien *Fick mich*. Kein so schlechtes Outfit in Anbetracht dessen, dass ihr Kleiderschrank keine große Auswahl bot.

Sie wand sich das Haar zu einem Knoten und steckte es mit zwei Stiften fest, wobei sie betete, ihr Haar möge ihr gnädig gesinnt sein und die Frisur halten. Ein paar Strähnen kringelten sich in ihrem Nacken, andere seitlich ihres Gesichts. Doch da sie fand, das passte gut, versuchte sie nicht, die Locken wieder in den Knoten zu stecken. Außerdem würde ihre Frisur sich dann wahrscheinlich wieder auflösen und sich ins Fäustchen lachen.

Griffin befand sich in seinem Arbeitszimmer und wartete, dass sie zurückkehrte, sodass sie noch ein wenig arbeiten könnten. Oh, sie würden noch ein wenig länger arbeiten, doch dann würden sie hoffentlich etwas Spaß haben. Denn gleichgültig, wie viel Arbeit Griffin noch zu tun hatte, er brauchte auch etwas Spaß.

Aber verdammt, sie ebenfalls.

Wenn es ihnen Spaß machte, einen wahrhaft furchtbaren Porno mit heißem Sex nachzuspielen, warum nicht? Sie würde sich vornüberbeugen und nehmen, was er ihr gäbe.

Sie unterdrückte ein Schnaufen. Okay, vielleicht hätte sie nicht so viele schlechte Pornos anschauen sollen, als sie sich Anregungen für ihr Outfit holen wollte. Leider hatten die Filme sie nicht erregt, bis sie sich Griffin und sich selbst in den gezeigten Positionen vorgestellt hatte. Und, nun … lassen Sie uns einfach sagen, sie hatte sich am Abend zuvor unter der Dusche selbst befriedigen müssen.

Schon wieder.

Es würde wehtun, wenn sie ginge.

Verdammt. Nicht jetzt.

Sie reckte ihr Kinn in die Höhe und stöckelte ins Arbeitszimmer zurück. Auf diesen Absätzen konnte sie nur steif einherstolzieren.

»Gut. Du bist zurück.« Griffin konzentrierte sich vollkommen auf seine Notizen und zupfte mit seiner unverletzten Hand an seinen Haaren. Er sah so verdammt sexy aus mit diesem Haarschnitt – oben lang und an den Seiten kurz. Sie konnte es kaum erwarten, mit den Händen sein Haar zu berühren.

Sie stellte sich vor den Schreibtisch und beugte sich ein wenig vornüber, um mit einem Stift zu spielen. »Da bin ich wieder«, sagte sie mit absichtlich atemloser Stimme.

Autumn konnte genau den Moment bestimmen, in dem er aufschaute. Der Atem stockte ihm und er gab diesen kleinen, knurrenden Laut von sich, der sie wie auf Kommando zum Kommen brachte, wenn er ihn zwischen ihren Schenkeln ausstieß. Und so musste sie die Schenkel zusammenpressen. Es erregte sie, diejenige zu sein, die verführte, die die Initiative ergriff.

»Äh … du hast dich umgezogen.«

Sie legte den Kopf schräg. »Ich dachte, ich ziehe mir etwas … Bequemeres an.«

Er ließ den Blick über ihre Kurven an ihr hinabwandern, über ihre Beine zu den Absätzen und wieder nach oben. »Es gefällt mir.« Er grinste sie an und sie entspannte sich etwas. Er bezeichnete sie zumindest nicht als verrückt und warf sie aus seinem Arbeitszimmer. Das war gut. Er lächelte und lachte sogar ein wenig. Das war so viel besser als die schlechte Laune von zuvor.

»Danke«, erwiderte sie schlicht. Sie fuhr sich mit den Händen über die Hüften und stellte sich gerader hin. »Ich bin bereit, Sir.«

Er lächelte übers ganze Gesicht und tippte mit dem Stift auf sein Notizbuch. »Bereit? Zu allem?«

Sie nickte eilig. »Oh ja, Sir. Meine Finger sind bereit zu tippen.« Sie kicherte und er lachte. »Nun, wissen Sie, meine Finger sind zu allem Möglichen bereit.«

»Was für einen verrückten Porno hast du dir angesehen, bevor du hergekommen bist, Fall?«

Sie verzog das Gesicht und ergriff das Lineal, das sie am Morgen auf seinen Schreibtisch gelegt hatte. Sie schlug es ein paarmal in ihre Handfläche. »Du weißt, du musst mitspielen. Ich hatte an sexy Sekretärin und unanständigen Boss gedacht, aber wir können auch Schullehrer und böse erwachsene Schülerin spielen.«

Seine Augen verdunkelten sich und er leckte sich die Lippen. Dann fuhr er mit der Hand über seinen jeansbekleideten Schwanz und legte den Kopf schräg. »Warum setzen Sie sich nicht und beginnen zu tippen? Ich möchte, dass Sie Wort für Wort schreiben, was ich sage. Denken Sie, das können Sie tun, Miss?«

Sie grinste, dankbar, dass er mitspielte. Sie musste ihn einfach zum Lächeln bringen. Doch sie wollte nicht darüber nachdenken, warum ihr das so wichtig war. Daher schob sie den Gedanken beiseite und konzentrierte sich darauf, sich graziös auf der Kante des Stuhls niederzulassen. Sie rückte ihre Brüste zurecht, sodass sie sich üppig zwischen ihren Armen vorwölbten, während sie tippte. Griffin schnaufte. Sie hatte die Absicht, sexy zu wirken, aber die Show war zu dick aufgetragen. Sie würde sein Lachen hinnehmen … und alles, was er ihr gäbe, sobald ihr Rock über die Hüften nach oben gerutscht wäre.

»Es war einmal eine sehr, sehr böse Sekretärin …«, begann Griffin.

»Ist dies ein neues Buch, Sir?«, fragte sie und tippte drauflos.

»Habe ich Ihnen erlaubt, mich zu unterbrechen?«

Sie biss sich auf die Lippe und sah ihn an, während sie das Lachen kaum zurückhalten konnte. »Nein, Sir.«

»Sie waren sehr böse, Miss. Ich glaube, ich muss Sie bestrafen.«

Sie riss die Augen auf und hielt sich eine Hand vor den Mund. »Oh, Sir. Bitte keine Strafe.«

Griffin erhob sich und schritt auf sie zu. Mit einem anderen Wort konnte man es nicht beschreiben. Er bewegte sich mit Würde, Strenge und Macht. Sie leckte sich die Lippen. Er packte sie am Kinn und zwang sie, ihn anzublicken.

»Du warst ein böses Mädchen, Fall. Steh auf.«

Sie schluckte heftig und erhob sich. Ihre Knöchel in den hochhackigen Schuhen wackelten. Griffin griff mit seiner eingegipsten Hand nach ihrer Hüfte.

»Bist du okay, Liebes?«, flüsterte er und unterbrach kurz das Spiel.

»Ja«, flüsterte sie lächelnd zurück.

»Gut.« Er zog die Brauen zusammen und trat einen Schritt zurück. »Beug dich über den Sessel. Ich denke, du musst mir zeigen, wie böse du bist.«

Sie schob sich an ihm vorbei, wobei sie langsam ihren Körper an seinem entlanggleiten ließ. Sie stöckelte zum Sessel und beugte sich über die Lehne vornüber. Sie wackelte mit den Hüften und schob den Rock hoch über die Taille.

»Du meine Güte«, flüsterte er. »Hast du heute Morgen vergessen, ein Höschen anzuziehen?« Er trat zu ihr und fuhr mit seiner großen Hand über ihre Pobacken. »Falls ich mich recht erinnere, steckte dein süßes Hinterteil in einem Höschen, als du die Jogginghose

trugst. Das bedeutet, du hast es für mich ausgezogen.«
Er tauchte die Finger in ihre Hitze und sie stöhnte auf.
»Du bist feucht, Fall. Ist das für mich?«

Sie blickte über die Schulter, als er sich die Finger ableckte. Sie stöhnte. »Mein Gott, Griffin. Du bist manchmal so sexy.«

Er lächelte. »Nur manchmal?«

»Nun, manchmal bist du auch ein Arschloch, aber ich mag dich trotzdem.«

Wieder fuhr er mit der Hand über ihren Hintern und drückte ihre Pobacken. »Ich mag dich auch.«

So ernst.

Zu ernst.

Dann kniete er sich hinter sie und leckte sie. Sie umklammerte die Kanten des Sessels und vergrub ihr Gesicht im Leder, während er seins in ihr vergrub. Er leckte und saugte und bearbeitete mit den Lippen ihre Klitoris auf wunderbare Weise. Sie presste ihm die Hüften entgegen und ritt auf seinem Gesicht, während er sie verschlang. Bald schon kam sie, schrie seinen Namen und ihre Knie gaben nach. Doch Griffin war da und hielt sie. Er drückte sie an sich, als sie von den Höhen des Orgasmus auf die Erde hinabschwebte.

Sie hatte nicht vorgehabt, sich von seinem Mund so schnell zum Höhepunkt bringen zu lassen. Sie hatte zuerst etwas für ihn tun wollen. Sobald sie wieder einen klaren Kopf hatte, griff sie ihren ursprünglichen Plan wieder auf.

»Fick mich nicht«, keuchte sie und Griffin erstarrte.

»Was ist los? Habe ich dir wehgetan? Sind es die Absätze?« Er setzte sich schnell in den Sessel und zog sie auf seinen Schoß. Sein Schwanz presste sich gegen ihren nackten Hintern und er fuhr mit der Hand über ihren Körper.

Zur Hölle. Sie hätte sich in diesen Mann verlieben können. Sich in die Art verlieben, wie er sie *Fall* nannte, wie er sich um sie sorgte, ohne dass es ihm bewusst war. Wie leicht hätte sie sich verlieben können! Und sie musste sich zurückziehen, bevor das Gefühl sie zerbrach.

»Ich bin in Ordnung, Griffin.« Sie machte eine Pause. »Es geht mir sogar sehr gut. Aber ich hatte noch etwas vor, bevor du mich hart fickst und ich meinen Plan vergesse.«

Seine Schultern entspannten sich und er stieß den Atem aus. »Mist. Du hast mir Angst eingejagt.«

Sie umfasste sein Gesicht und küsste ihn sanft. Sie liebte es, sich selbst auf seinen Lippen zu schmecken. »Es tut mir leid.«

Er zog sich zurück. Nur ein kleines bisschen, aber das genügte, um sie wissen zu lassen, dass auch er versuchte, Gefühle auszuschließen. Gut. Sie war sich nicht sicher, was sie getan hätte, wenn das für sie beide ein Problem gewesen wäre. Besser sie beließen es beim heißen Sex. Das bedeutete Freundschaft und nichts weiter.

»Ich möchte dich in meinem Mund haben«, platzte sie in die Stille hinein. »Darf ich?«

Er lachte, ein Lachen, das seinen ganzen Körper ergriff und ihr direkt ins Herz fuhr. »Du willst mir einen blasen? Zur Hölle, ja, natürlich darfst du meinen Schwanz lutschen. Willst du, dass ich hier sitze und meine Hände bei mir behalte? Oder willst du die Bluse ausziehen? Rock und Schuhe behältst du natürlich an.

Dann könnte ich nämlich mit deinen Titten spielen, während du mir einen bläst.«

Sie verdrehte die Augen und hopste von seinem Schoß. Nun, hopsen bedeutete in diesem Fall, sie wackelte mit dem Hintern und er hielt sie an den Hüften fest, damit sie mit den hohen Absätzen nicht stürzte. Er drückte ihr die Hand, bevor er ihr half, sich auf die Knie niederzulassen. Sie schluckte heftig. Sie sollte eigentlich nichts weiter als Lust empfinden, was Griffin Montgomery anbelangte.

Schnell zog sie das Oberteil aus, wobei sie vergaß, dass sie die Knöpfe hatte langsam und erotisch öffnen wollen. Und schon fiel auch ihr BH zu Boden. Sie wollte ihn in ihrem Mund haben und ehrlich, sie wollte alles vergessen, was nichts mit Sex zu tun hatte. Gefühle durften keine Rolle spielen. Er half ihr, seine Hose zu öffnen, und hielt seinen Schwanz an der Wurzel fest, als sie durch ihre Brille zu ihm aufblickte.

Er streckte die Hand mit dem Gips aus und spielte mit den Fingerspitzen mit ihren Haaren. »Ich wusste nicht, dass ich darauf stehe, wenn ein Mädchen mit Brille mir einen bläst. Gut zu wissen.«

Sie verdrehte die Augen, legte ihre Hand auf seine und übte Druck auf seinen Schwanz aus. Er stieß einen Laut aus und sie richtete sich ein wenig auf, um über den Schlitz am Kopf seines Schaftes zu lecken. Er holte seine Hand unter ihrer hervor und ließ sie zu ihren Brüsten wandern, die er umfasste, um dann mit den Nippeln zu spielen. Sie summte, als sie den Kopf seines Schwanzes in ihren Mund aufnahm. Dann gab sie ihn wieder frei, um mit der Zunge an ihm hinauf und hinunter zu lecken. Es gefiel ihr, einen Mann oral zu befriedigen. Sie liebte das Gefühl, die Kontrolle zu haben. Und jetzt war es so. Zumindest bis er mit der Hand in ihr Haar fahren und sie in Position halten würde, während er sie in den Mund fickte. Aber selbst dann wäre sie diejenige, die ihm Lust schenkte, auch wenn er sie sich nahm. Es war ein schwindelerregendes Gefühl der sinnlichen Macht, was sie niemals als selbstverständlich betrachten würde.

Als sie ihn ganz in den Mund nahm, schauderte er und ließ tatsächlich die gesunde Hand in ihr Haar gleiten. Sie nahm einen stetigen Rhythmus auf. Wie sie es liebte, wenn er stöhnte und ihren Namen schrie. Sie rollte seine Hoden in der Hand, bevor sie an beiden saugte und sie dann mit einem *Plopp* wieder fahren ließ. Als er sich versteifte und noch einmal laut stöhnte, behielt sie ihn im Mund, obwohl er sich zurückziehen wollte. Der erste Spritzer traf sie hinten in der Kehle, dann füllte der Rest ihren Mund. Sie schluckte jeden Tropfen und hielt die ganze Zeit Blickkontakt mit ihm.

Als er sich schließlich zurückzog und die Hand nach ihr ausstreckte, lehnte sie sich zurück, um Atem zu schöpfen. Sie hatte etwas in seinen Augen gesehen, das sie ängstigte. Etwas, das viel zu nahe an ein nicht-nur-Sex Gefühl herankam. Sie konnte es sich nicht leisten, ihn näher an sich heranzulassen, konnte es sich nicht leisten, weiter zu gehen, als sie ohnehin bereits gegangen waren. Vielleicht konnte sie sich noch nicht einmal das leisten.

»Komm mit in mein Schlafzimmer«, flüsterte er. »Bleib über Nacht.«

Seit jener ersten Nacht hatte sie nicht mehr bei ihm übernachtet, und sie würde das auch nicht mehr tun. Sie durfte es nicht.

»Ich muss gehen«, stellte sie fest. Ihre Stimme klang merkwürdig hohl. »Danke.«

Sie wusste nicht, wofür sie sich bei ihm bedankte. Sie stand auf, sammelte ihre Kleidung ein und zog sie an, während sie ins Wohnzimmer hinüberging.

»Autumn!«

»Tschüss!«

Sie ging mit den Schuhen in der Hand und ihrer Tasche über der Schulter. Als er in der Haustür erschien, war sie bereits aus dem Haus und in ihrem Wagen. Er rief ihren Namen, aber sie hörte ihn nicht. Sie kamen sich zu nahe. Es war zu gefährlich.

Und wenn es gefährlich wurde, tat sie, was sie am besten konnte.

Sie lief davon.

GRIFFIN STARRTE auf das Videospiel auf dem Fernsehbildschirm, nahm aber nicht wirklich wahr, was Decker und Jake taten. Er war als Nächster an der Reihe, aber zuerst musste er etwas in seinem Kopf klären. Oder es zumindest versuchen. Seine Gedanken waren bei Autumn und der Tatsache, dass sie immer wieder davonlief. Mit dem Outfit und dem Rollenspiel hatte sie ihn überrascht. Er hatte Spaß gehabt und es genossen, sie zu lecken, bis sie kam. Und die orale Befriedigung? Verflucht. Das war das beste Erlebnis dieser Art seines Lebens. Und er war so schnell gekommen wie nie zuvor. Wahrscheinlich nicht seit seiner Teenagerzeit.

Und dann war sie Hals über Kopf davongelaufen, weil er sie gebeten hatte, über Nacht zu bleiben. Warum zum Teufel musste er sie auch darum bitten? Sie hatten eine lockere Beziehung. Keine Verpflichtungen. Das war es, was er wollte. Er war sich nicht einmal sicher, ob er eine wirklich feste Beziehung überhaupt haben wollte, wie sie die Mitglieder seiner Familie führten. Er hatte zwar gedacht, dass es in mancher Hinsicht ganz nett wäre, aber andererseits gefiel es ihm so, wie es war. Oder wie es gewesen war. Er mochte zwar nicht so viel geschrieben haben, wir er sollte, aber auf gewisse Art war er glücklich gewesen. Und ja, Autumn war in sein Leben getreten und hatte seine Routine gestört, aber immerhin konnte er wieder schreiben.

Er runzelte die Stirn und kratzte abwesend mit den Fingernägeln am Etikett der Bierflasche.

Er schrieb wieder.

Er hatte tatsächlich wieder Freude an seinem Job.

Er hatte für seine Hauptfigur einen Weg gefunden, über den Tod seiner Freundin hinwegzukommen. Sein Held Jensen hatte die Hölle durchgemacht, aber er würde es überstehen. Es würde nicht leicht werden – so wie es auch für Griffin vor all den Jahren nicht leicht gewesen war, als Lauren starb –, doch man konnte damit fertigwerden.

Autumn half ihm und er hatte keine Ahnung, was er davon halten sollte.

Jake und Decker fluchten, als sie die Geschwindigkeit für ihren Spieldurchlauf erhöhten. Griffin winkte ab, als sie ihm eine Runde anboten. Er musste nachdenken, musste herausfinden, was sein nächster Schritt wäre. Denn er konnte sie entweder zur Rede stellen und sie zwingen, ihre Geheimnisse zu offenbaren, oder er ließ sie gehen, wie sie es von Anfang an vorgehabt hatte.

Ehrlich, er hatte keine Ahnung, was er tun sollte.

Und das machte ihm Angst.

Er hatte immer gewusst, was er wollte, und ein Blick auf Fall hatte genügt und er hatte diese Sicherheit verloren.

Das entsprach vielleicht nicht ganz der Wahrheit. Er war nicht in der Lage gewesen zu schreiben und sie hatte seinen Gedanken auf die Sprünge geholfen. Er war zu vielem nicht in der Lage gewesen. Was würde geschehen, wenn sie ginge? Was würde geschehen, wenn das Buch fertig wäre?

Sie verbarg etwas vor ihm, dessen war er sich sicher. Aber andererseits verbarg er auch etwas. Er mochte ihr zwar von Lauren erzählt haben, aber er hatte ihr nicht alles erzählt, was seine Gefühle in dieser Sache betraf. Hatte ihr nichts von seiner Leidenschaft fürs Schreiben erzählt und wie er sie beinahe verloren hätte. Diese Geheimnisse hatten ihn fast das derzeitige Buch gekostet, und das konnte auch immer noch passieren. Doch er wusste, Autumn hatte größere Geheimnisse als er.

Wenn er zu ihr ginge und sie fragte, warum sie davonlief, dann müssten sie über ihre Beziehung reden, und Griffin wusste nicht, ob er das wollte. Es gefiel ihm, wie es jetzt war. Es gefiel ihm, sie in seinem Bett zu haben und mit einem Lächeln auf dem Gesicht seine Arbeit zu erledigen, auch wenn er sich manchmal die Haare raufte. Wenn sich das ändern würde, nun … das würde ihn einiges kosten. Wenn er sie auf ihre Geheimnisse ansprächte, würde es auch das zerstören, was sie hatten, obwohl er nicht genau wusste, was das war.

Sie hatte ihm zwar erklärt, sie wäre eine Nomadin, aber darüber hinaus hatte sie ihm nichts über ihr Leben erzählt. Und als er gefragt hatte, hatte sie ihn abgewürgt und das Thema gewechselt. Wie viele Male würde er das noch mit sich machen lassen, bevor er aufgeben oder sie heftiger bedrängen würde? Es tat weh, dass sie nicht vollkommen ehrlich zu ihm war, obwohl er ihr zumindest einen Teil seiner Vergangenheit aufgedeckt hatte. Etwas schmerzte sie, das wusste er, doch er konnte nichts daran ändern. So wie er sich die Hand gebrochen hatte, als er versucht hatte, sie zu schützen, und es doch nicht hatte können. Er hatte sich selbst verletzt und es war reines Glück, dass sie unverletzt geblieben war.

Sie war immer so ängstlich. So nervös.

Und er wollte wissen warum.

Doch zuerst musste er wissen, was er wollte, bevor er sie Stück für Stück aus ihren Schalen pellte. Denn komme was wolle, er wollte ihr nicht wehtun. Und am Ausdruck ihrer Augen konnte er ablesen, dass sie schon einmal verletzt worden war.

Was wollte er von Autumn Minor?

Und was vielleicht noch wichtiger war: Was wollte sie von ihm?

»Hey, alles in Ordnung?«, fragte Jake und lehnte sich an Griffins Schulter.

»Was ist los?«, erkundigte sich auch Decker.

»Ich … ich kann nicht darüber reden.« Wieder spielte er mit dem Etikett auf seiner Bierflasche.

»Falls es um Autumn geht, kannst du mit uns reden«, meinte Jake leise. »Ich weiß, wir sagen im Scherz, wir Jungs sollten nicht über Beziehungen sprechen, aber das ist Schwachsinn.«

»Lass dir von uns helfen«, fügte Decker hinzu.

Griffin schluckte heftig und schüttelte den Kopf. Er wollte Autumns Vertrauen nicht missbrauchen, indem er auch nur seine Besorgnisse äußerte. Sie mochte ihm zwar rein gar nichts erzählt haben, doch er wollte ihr nicht das Gefühl geben, ihr Vertrauen nicht wert zu sein. Aber die Tatsache, dass seine Freunde ihm helfen wollten? Das ließ ihn sich schon etwas besser fühlen und die Last auf seinen Schultern war nicht mehr ganz so schwer.

»Ich kann nicht«, erwiderte er leise. »Noch nicht«, fügte er hinzu, als Decker ihn anstarrte.

»Na gut«, sagte Jake nach einem Augenblick. »Wenn du so weit bist, sind wir für dich da. Oder, verflucht, auch alle Montgomerys sind für dich da. Denk immer daran.«

Griffin nickte und stellte seine Bierflasche ab. »Danke.« Er räusperte sich und schob die Gedanken an Autumn ganz hinten in seinen Kopf, wo sie hingehörten. Doch ganz ließen sie sich nie verdrängen. Und das machte ihm auch Sorgen. »Und jetzt, wen soll ich fertigmachen?«, fragte er, als er Jake die Fernbedienung aus der Hand nahm. »Ich spiele einhändig, also bekomme ich vorab Extrapunkte, oder nicht?«

»Arschloch«, murmelte Jake. »Ich war an der Reihe. Aber egal. Spiel mit Decker und ich werde den Verlierer spielen.« Er zwinkerte. »Oder den geborenen Verlierer.«

Decker verdrehte die Augen und Griffin stöhnte. »Mein Gott. Wir müssen eine bessere Show bieten. Wir sind zu alt, um uns wie Achtjährige zu verhalten, die Minecraft spielen.«

»Das ist wahr«, stimmte Decker zu. »Und nein, Griffin, du bekommst keine Extrapunkte. Du hast dir die Hand gebrochen, du trägst die Konsequenzen. Und die Verluste. Jake, geh und hol uns noch ein paar Biere, da du doch nur Däumchen drehst.«

Jake zeigte ihnen den Mittelfinger, ging jedoch in die Küche, während Griffin sich in die Kissen fallen ließ. Er mochte zwar nicht wissen, was er mit Autumn vorhatte, aber zumindest hatte er *etwas*. Im Augenblick konnte er atmen.

Und wenn er später die Gedanken mit voller Macht zurückkehren ließe, konnte er über Autumn nachdenken.

Er würde das Problem lösen. Das musste er einfach.

Kapitel Vierzehn

AUTUMN SCHMERZTEN die Hände vom vielen Tippen. Sie hatten den ganzen Tag gearbeitet, ohne dass sie mehr mit Griffin gesprochen hätte als ein zustimmendes Gemurmel hier und da. Die Situation war furchtbar unangenehm und sie wusste nicht, wie sie etwas daran ändern konnte. Sie hatten sich noch nicht einmal während der Pausen geküsst.

Hatte sie etwas falsch gemacht?

Oder er?

Verflucht.

Sie brauchte ein heißes Bad.

Und ihr Bett.

Das hörte sich wunderbar an. Ja, sogar zauberhaft.

Und das hatte nichts mit seinem Bett zu tun. Sie könnte frei atmen und den Rest des Abends genießen, mit Pizzaresten und Schlaf. Sie konnte es kaum erwarten. Eigentlich hatte Griffin sich ihr gegenüber nicht anders verhalten als sonst, außer dass er heute einiges nicht getan hatte. Er hatte sich so verhalten wie immer, und doch wollte sie mehr von ihm. Aber das war ihre Sache.

Sie war davongelaufen und er hatte es zugelassen.

Sie war davongelaufen und nun wusste sie nicht mehr, was sie tun sollte.

Autumn hasste es, wenn sie nicht wusste, was zu tun war. Sie war deshalb schon öfter davongelaufen und andere Menschen waren verletzt worden. Dafür konnte sie nur sich selbst die Schuld geben.

Aber vielleicht musste sie auch nicht gehen … vielleicht war diesmal alles anders.

Zum ersten Mal dachte sie überhaupt an so etwas. Das war gefährlich.

Sie wusste, sie hätte nicht davonlaufen sollen, als Griffin sie an jenem Abend gebeten hatte zu bleiben. Sie war praktisch nackt gewesen und war wie eine Idiotin in Stöckelschuhen und ohne Höschen mit dem Rock halb auf der Hüfte hängend herumgelaufen. Eine Idiotin, die Geheimnisse verbarg. Griffin hatte sie einmal nach ihren Geheimnissen gefragt, ja er war sogar so weit gegangen zu versuchen, sie ihr mit Küssen zu entlocken, doch sie hatte dichtgehalten. Ihr war weder die Neugier in seinen Augen entgangen noch der Schmerz, dass sie es ihm nicht erzählen wollte.

Sie konnte es ihm nicht erzählen.

Er liebte es, Rätsel zu lösen, und Autumn Minor war das größte Rätsel von allen.

Sie fuhr in ihre Auffahrt und griff nach ihrer Tasche. Es überraschte sie nicht, dass sie sich noch schnell ihre Tasche beim Rausgehen geschnappt hatte, sogar als sie beinahe nackt aus seinem Haus gelaufen und sich unterwegs schnell angekleidet hatte. Die Tasche war die Garantie für ihr Leben und geistige Gesundheit. Ohne sie und die Sachen in ihrem Kofferraum wäre es ihr beinahe unmöglich, immer wieder ein neues Leben zu beginnen.

Autumn stöhnte, während sie sich zu ihrer winzigen vorderen Veranda schleppte. Sie war so müde. Die Nacht davor hatte sie nicht geschlafen, weil sie an Griffin gedacht und wie sie ihn zurückgelassen hatte. Und heute hatte sie den größten Teil ihrer Energie darauf verwendet, sich so zu verhalten, als wäre alles normal, obwohl das Gegenteil der Fall war.

Sie war so in Gedanken versunken, dass sie beinahe übersehen hätte, dass ihre Vordertür aufgebrochen war. Sie erstarrte und ihre Nackenhaare stellten sich auf. Ruhig und methodisch zog sie das Pfefferspray aus der Tasche. Sie ging nicht ins Haus hinein, so dumm war sie nicht.

Er konnte im Haus auf sie warten.

Er konnte hier draußen auf sie warten.

Hastig warf sie einen Blick durch ihr Fenster, da sie nahe genug war, etwas sehen zu können. Sie biss sich auf die Lippe, um nicht aufzuschreien. Jemand hatte ihr Haus verwüstet. Die Couch war umgestoßen und wie es aussah mit einem sehr scharfen Messer aufgeschlitzt worden. Bücher und Kleidung waren in Fetzen überall auf dem Boden verteilt und alles, was in ihrem Kühlschrank gewesen war, war jetzt auf dem Teppich und an den Wänden verschmiert.

Sie würde nicht hineingehen, um die Reste ihrer Habe zu retten. Für Autumn gab es kein Denver mehr. Sie umklammerte die Spraydose in ihrer Hand. Der Schmerz vom Tippen war vergessen, als der Adrenalinspiegel in ihrem Körper anstieg. Sie blickte über die Schulter, dann lief sie los zu ihrem Wagen.

Früher war sie langsam gegangen und hatte versucht, lässig zu wirken, aber diesmal nicht. Sie hatte nicht mehr die Kraft, zu vermeiden, Aufmerksamkeit auf sich zu ziehen. So wie es aussah, hatten ihre Nachbarn jedoch nicht einmal bemerkt, dass ein fremder Mann ihr Haus auf den Kopf gestellt hatte. Sie wusste sehr wohl, in Anbetracht der Wohngegend hätte es sich auch um einen Einbruch mit Diebstahl handeln können, doch ihre Instinkte schrien auf und verlangten von ihr, zu flüchten und einen sicheren Ort zu finden. Dies war kein Zufall.

Das war *er* gewesen.

Mit zitternden Händen öffnete sie ihren Wagen und stieg ein. In der Eile landete ihre Tasche unter ihr, aber das kümmerte sie nicht. Sie warf die Wagentür zu und verschloss danach alle Türen. Beim nächsten Atemzug hatte sie den Motor gestartet. Sie setzte rückwärts aus der Einfahrt und war zumindest so umsichtig, in den Rückspiegel zu blicken, um kein anderes Fahrzeug zu rammen. Sie musste alles vermeiden, was dazu führen konnte, dass sie in seiner Nähe aufgehalten wurde.

Sie hatte das Pfefferspray auf den Beifahrersitz geworfen, sodass sie das Lenkrad mit beiden Händen festhalten konnte, als sie die Straße hinunterfuhr. Sie zitterte am ganzen Körper und biss sich so fest auf die Lippe, dass sie sich verletzte. Sie schmeckte Blut, ignorierte es jedoch. Der Schmerz hielt sie in der Gegenwart und lenkte sie von der Vergangenheit ab, in der sie nur Angst und Schrecken erlebt hatte. Jetzt war sie stärker als jemals zuvor.

Weitaus stärker.

Ihr Herz raste, schmerzte aber auch. Sie würde Denver verlassen. Sie würde die Montgomerys verlassen.

Griffin verlassen.

Ohne auch nur ein Abschiedswort. Aber sie konnte es sich nicht leisten zu bleiben. Der Mann, der sie in ihren Albträumen nun schon viel zu lange jagte, hatte sie gefunden, und es war nicht sicher zu bleiben. Sie würde in eine wärmere Gegend ziehen, wie sie es sich vorgenommen hatte. In Denver war es für sie ohnehin zu kalt. Es war gut, dass sie neue Orte sehen würde. Sie würde so viel lernen und neue Freunde gewinnen – und natürlich würde sie die neuen nicht so nahe an sich heranlassen. Sie konnte es sich nicht leisten, sich jedes Mal so wie jetzt das Herz brechen zu lassen.

Sie leckte sich über die verletzte Lippe und verzog das Gesicht, als sie das Blut und das Salz von ihren Tränen schmeckte. Ihre falschen Dokumente befanden sich in ihrer Tasche und ihre Notausrüstung im Kofferraum. Damit und mit dem beinahe vollen Tank hatte sie alles, was sie brauchte. Mehr hatte sie noch nie gebraucht.

Sie brauchte niemand anderen.

Autumn fuhr eine Straße entlang, in Gedanken damit beschäftigt, Denver zu verlassen, als ihr plötzlich bewusst wurde, wohin ihr Unterbewusstsein sie geführt hatte. Fünfzehn Minuten, schrie sie innerlich. Eine Fahrt von fünfzehn Minuten und sieh nur, wo sie gelandet war.

Nicht in Sicherheit. Nicht an einem weit entfernten Ort, wo niemand sie kannte.

Aber in einer Auffahrt, die sie besser kannte als ihre eigene. Vor einem Haus, in dem sie mehr Zeit verbracht hatte als in ihrem eigenen. Sie bog in die Einfahrt, aber sie legte den Parkgang nicht ein, sondern ließ den Fuß auf der Bremse. Sie sollte nicht hier sein. Hier war es nicht sicher. Sie zitterte am ganzen Körper und Tränen strömten ihr die Wangen hinunter, während sie versuchte, den Mut zu finden wegzufahren, zu tun, was sie immer tat.

Weglaufen.

Nur dass ihr jetzt die Energie fehlte. Sie war so müde. Sie war es leid, mit der Situation immer allein fertigwerden zu müssen. Aber wenn er ihr nun gefolgt war? Wenn er nun hier wäre und sie beobachtete, wie sie an diesem Haus hielt? Sie schluckte heftig. Die Lippe blutete immer noch ein wenig. Sie nahm an, dass der Mann sie die ganze Zeit beobachtet hatte und Griffins Haus längst kannte. Er hatte genügend Informationen über sie, um zu wissen, wann sie nicht zu Hause war, um ihr Haus verwüsten zu können.

»Oh Gott«, schrie sie auf. Was sollte sie nur tun?

Ein Klopfen am Fenster erschreckte sie fast zu Tode. Ihr Fuß rutschte von der Bremse ab. Der Wagen machte einen Satz nach vorn und wäre beinahe gegen die Garagentür gedonnert. Hastig trat sie erneut auf die Bremse und brachte den Wagen zum Stehen.

»Autumn! Mach die Tür auf. Was zum Teufel ist los? Bist du verletzt?«

Sie schüttelte den Kopf, nahm aber die Hände nicht vom Lenkrad und stellte auch den Motor nicht ab. Sie musste fahren. Hier war es nicht sicher. Das sagte sie sich immer und immer wieder, während Griffin ununterbrochen gegen die Wagentür schlug.

»Ich werde das Fenster einschlagen, Autumn. Öffne die verdammte Tür. Sofort.«

Sie wandte sich ihm zu. Sie öffnete und schloss den Mund, brachte aber kein Wort hervor. Sie konnte nicht sprechen. Sie hatte einen Schock. Sie hatte das schon einmal erlebt, jedoch lag das einige Zeit zurück. So nahe war er ihr noch nie gewesen.

Griffin legte beide Handflächen ans Fenster und presste die Stirn zwischen ihnen gegen die Scheibe. »Autumn, Baby. Öffne die Tür. Bitte. Bitte lass mich dir helfen.«

Sie musterte sein Gesicht. Oh, Griffin. Wie er sich abmühte. Wie er versuchte, ihr zu helfen, und sie weigerte sich. Wenn er ihr doch nur seine Hilfe nicht angeboten hätte! Sie nicht so anflehen würde! Nun fiel es ihr zu schwer.

Bedächtig nahm sie eine Hand vom Lenkrad und legte sie ans Fenster, auf die Stelle, wo er seine von außen dagegen presste. Seine Finger zuckten, als ihre Blicke sich trafen. Seine Augen waren dunkel vor Sorge.

»Bitte, Baby. Bitte, Fall. Öffne mir die Tür. Lass mich rein.«

Ihn hereinlassen? Konnte sie das?

Konnte sie ihn hereinlassen, obwohl er dann alles erfahren würde?

Sie war sich nicht sicher, ob sie das durfte, andererseits konnte sie auch nicht losfahren. Sie könnte sich selbst oder jemand anderen verletzen, wenn sie in diesem Zustand Auto fuhr. Ohne den Blick von ihm abzuwenden, stellte sie den Motor ab und bemerkte, wie er sichtlich die Schultern entspannte. Dann entriegelte sie die Türen. Bevor sie noch den Mund zum Sprechen öffnen konnte, hatte er die Tür aufgerissen und hielt sie im Arm.

»Du hattest nicht einmal den Sicherheitsgurt angelegt, Autumn«, knurrte er ihr ins Ohr. Er fuhr mit den Händen über ihren Körper, um zu überprüfen, ob sie auch nicht verletzt war. So fühlte es sich jedenfalls an.

»Du blutest«, flüsterte er und hob ihr Kinn mit der Hand an.

»Ich … ich kann nicht aussteigen.« Sie presste die Lippen aufeinander, sodass sie die kleine Wunde spürte. Der Schmerz holte sie ein wenig mehr aus dem Nebel. »Ich muss … ich muss …« Sie konnte den Satz nicht beenden. Sie wusste nicht mehr, was sie tun musste.

Griffin nickte, dann langte er um sie herum und schloss die Tür auf ihrer Seite. »Du hast auf jeden Fall deine Tasche dabei, das ist doch schon einmal etwas. Brauchst du sonst noch etwas aus dem Wagen?« Er nahm ihr den Schlüssel ab und dann überrumpelte er sie, indem er einen Arm unter ihre Knie schob und sie an sich zog. Er hob sie aus dem Wagen und trug sie zum Haus. Offensichtlich hatte er die Haustür aufgelassen, als er aus dem Haus gestürmt war. Jetzt gab er der Tür einen Stoß mit dem Fuß, sodass sie hinter ihnen ins Schloss fiel.

Ihr Herz zog sich zusammen und Wärme durchströmte sie, aber sie versuchte, die aufsteigenden Gefühle zu unterdrücken. Es war nicht klug, sich ihnen zu überlassen. Sie sollte nicht in seinen Armen liegen und sich von ihm tragen lassen … aber es war so lange her, dass sie sich von einem anderen Menschen hatte helfen und einen anderen die Bürde hatte tragen lassen.

Es war nicht fair, dass sie sich von Griffin helfen ließ.

Er setzte sie so behutsam auf die Couch, dass sie beinahe wieder geweint hätte.

»Schließ … schließ deine Türen ab.« Sie konnte die Worte kaum herausbringen beim ersten Anlauf. Sie konnte sich kaum noch beherrschen. Die Tränen liefen ihr immer noch über die Wangen, aber sie schluchzte nicht unkontrolliert. Noch nicht.

Das würde noch kommen, wenn sie ihre Gefühle nicht unter Kontrolle bekäme.

Griffin umfasste ihr Gesicht und zwang sie, ihm in die Augen zu blicken. »Das werde ich tun. Soll ich sonst noch etwas tun?«

Sie versuchte, den Mund zu öffnen, um etwas zu sagen, aber sie wusste nicht mehr, was es war. Stattdessen schluckte sie noch einmal und er ließ sie los. Sie würde nicht traurig sein, wenn er sie nicht mehr berührte. Griffin verschloss die Tür, schob den Riegel vor und hakte die Kette ein. Obwohl er in einer sicheren Gegend wohnte, hatte er mehr Sicherheitseinrichtungen als sie.

Als er auf ein paar Knöpfe drückte und die Alarmanlage piepste, von deren Existenz sie nichts gewusst hatte, hätte sie beinahe noch heftiger geweint.

»Du bist sicher hier im Haus, Autumn«, beruhigte Griffin sie, als er zu ihr zurückkehrte. »Gib mir eine Minute. Ich bin gleich wieder da, versprochen.«

Sie nickte, während sie die verschlossene Vordertür nicht aus den Augen ließ. Es gab zwar noch mehr Eingänge zu diesem Haus, aber zumindest für den Augenblick konnte sie sich sicher fühlen, oder nicht? Sie durfte so nicht denken. Sie musste von hier wegfahren, damit Griffin sicher war. Er war wichtiger als sie. Sie konnte nicht zulassen, dass ihretwegen ein anderer Mensch verletzt wurde.

Griffin war zurück, bevor sie sich ihren nächsten Schritt überlegen konnte. Er hielt eine Tasse Kaffee in der einen und einen Schwenker mit einer bernsteinfarbenen Flüssigkeit in der anderen Hand. Unter einen Arm hatte er sich einen Erste-Hilfe-Kasten geklemmt und unter den anderen eine Flasche Wasser.

Wenn sie nicht bereits geweint hätte, so hätte sie jetzt damit begonnen.

Dieser Mann ... dieser Mann.

»Ich hatte gerade frischen Kaffee gemacht«, erklärte er, als er ihr die Tasse reichte. »Aber du siehst so aufgeregt aus, dass Kaffee vielleicht nicht die beste Idee ist. Ich habe auch Whisky.« Sie runzelte die Stirn. »Gut. Whisky. Ich kann auch Whisky in den Kaffee schütten.«

Er setzte sich vor sie auf den Kaffeetisch und seufzte. »Sag mir, was ich tun soll, und ich werde es machen.«

»Ich ... ich könnte einen Schluck Whisky vertragen«, flüsterte sie mit ungewöhnlich heiserer Stimme. »Aber dann kann ich nicht mehr fahren.«

Er sah sie mit flehenden Augen an. »Fahr nicht. Nicht heute Abend.« Er stellte den Whiskyschwenker und alles andere neben sich auf den Tisch. »Bitte.«

Sie leckte sich über die Lippen. Als sie mit der Zunge den Schnitt berührte, zuckte sie zusammen.

»Bitte«, wiederholte er.

»Okay«, flüsterte sie.

Er stieß einen Seufzer aus, dann goss er Whisky in ihren Kaffee, nicht alles, aber genug, um ihre Nerven zu beruhigen. Den Rest kippte er selbst hinunter, bevor er das Glas wieder auf den Tisch stellte.

»Komm, ich sehe mir mal deine Lippe an«, sagte er leise.

»Ich ... da gibt es nichts, was du tun kannst.«

Er schüttelte den Kopf. »Das kannst du nicht wissen.« Sie wusste, sie sprachen eigentlich nicht nur über ihre Lippe.

Sie ließ zu, dass er den Schnitt säuberte und desinfizierte. Er heilte bereits und hatte aufgehört zu bluten, tat jedoch immer noch weh, wenn sie ihn berührte.

»Du hast dir in die Lippe gebissen, Autumn«, stellte er mit sanfter, künstlich beherrschter Stimme fest. »Kannst du mir erzählen warum? Kannst du mir erklären, warum du so weiß bist wie die Wand und am ganzen Körper zitterst?«

»Ich kann nicht.« Ihre Stimme brach und sie trank einen weiteren Schluck von ihrem mit Whisky verfeinerten Kaffee, wobei sie auf ihre Lippe achtete.

»Doch, das kannst du, Autumn«, widersprach er und jetzt brach auch ihm die Stimme. »Du kannst mir alles sagen.«

Er nahm ihr die Tasse aus der Hand und umfasste ihr Gesicht. Sie unterdrückte ein Schluchzen.

»Autumn. Sag es mir. Bitte.«

Ihr Körper bebte und ihr Herz raste. Sie hatte das alles so lange in ihrem Inneren verschlossen, niemals einem anderen Menschen ihre Gedanken und Gefühle verraten. Niemand kannte ihre Vergangenheit. Denn wenn das der Fall wäre, wäre derjenige in Gefahr, verletzt zu werden … Und wenn sie es nun nicht länger für sich behalten konnte?

Und wenn sie es ihm erzählte?

Griffin blickte sie unverwandt flehentlich an.

Sie wusste nicht, was sie sagen und was sie tun würde. Und als sie den Mund öffnete, überraschte sie das Wort, das sie von sich gab. Auch Griffin war überrascht, denn seine Augen weiteten sich.

»Okay.«

»Okay«, wiederholte er atemlos. »Okay. Erzähl es mir.«

Sie schluckte heftig und löste ihr Gesicht aus seinen

Händen. Er runzelte die Stirn, aber sie nahm seine Hände schnell in ihre. Sie konnte nicht sprechen, wenn er ihr Gesicht in Händen hielt.

»Ich heiße nicht Autumn Minor.«

Seine Augen weiteten sich, aber er nickte. »Okay.«

Mein Gott, dieser Mann war so stark, so … bereit zuzuhören. Sie musste bereit sein, alles zu erzählen. Ihm die ganze Wahrheit enthüllen, ihre Vergangenheit.

Sie schaffte das.

»Ich heiße Hannah Daniels.« Er unterbrach sie nicht und sie fasste den Mut, um fortzufahren. »Ich … ich habe meinen Namen nicht auf legalem Weg geändert.« Sie machte eine Pause.

»Das ist nicht so schlimm. Wenn du vor etwas davonläufst, das dich gezwungen hat, deinen Namen zu wechseln, ist das nicht so schlimm.«

»Ich hasse das Wort *davonlaufen*«, sagte sie leise. »Ich habe das Gefühl, mein Leben lang davongelaufen zu sein.«

»Autumn …«

Sie stieß den Atem aus. Er nannte sie immer noch Autumn, nicht Hannah. Das gefiel ihr. Sie war seine Autumn … zumindest für den Augenblick.

»Ich habe einen Bruder und Eltern. Sie liebten mich … und tun das vielleicht immer noch, aber da ich seit zehn Jahren nicht mehr mit ihnen geredet habe, weiß ich das nicht. Ich bin mit achtzehn von zu Hause fortgegangen und niemals zurückgekehrt. Ich konnte nicht.«

Sie schloss die Augen und holte tief Luft. »Ich erzähle durcheinander, ich sollte mit dem Anfang beginnen.«

Griffin löste sich von ihr, um die Wasserflasche zu öffnen und sie ihr an die Lippen zu halten. Sie trank einen großen Schluck und nickte dankbar. Er wusste, was sie wollte, bevor sie …

»An der Highschool hatte ich ziemlich gute Noten. Fast immer nur Einsen und ich wusste, ich würde aufs College gehen. Ich war weder ein Star im Sport noch eins dieser beliebten Mädchen, die am Ende die Abschlussrede hielten. Ich war lediglich eine durchschnittlich gute Schülerin. Ich hatte die richtigen Kurse gewählt und ein paar Freundinnen, mit denen ich meine Zeit verbrachte. Alles war gut. Nicht großartig, aber auch nicht schlecht. Ich hasste die Highschool nicht – bis zu meinem Abschlussjahr.«

Sie trank einen weiteren Schluck Wasser und ließ zu, dass Griffin ihr mit der Hand über den Oberschenkel strich, um sie zu trösten.

»Ich hatte einen Leistungskurs in Geschichte bei einem gewissen Mr. Sanders belegt. Jeff Sanders. Der mit dem berauschenden Lächeln, mit dem die alleinstehenden Mütter – und einige nicht so alleinstehende – immer zu flirten versuchten. Er war derjenige, in den sich die Teenager-Mädchen und auch einige Teenager-Jungen verknallten. Er war der Beliebte. Jeder liebte Mr. Sanders.«

Den letzten Teil hatte sie zwischen zusammengebissenen Zähnen hervorgestoßen und Griffin legte ihr die Hand auf die Wange. »Baby …«

Sie mochte es, wenn er sie Baby nannte. Wenn er sie Fall nannte. Sie mochte ihn.

Aber das war jetzt nicht das Thema.

»Es gab ständig Gerüchte über ihn, weißt du. Dass er mit einigen Müttern geschlafen hätte, aber jeder, der das hörte und ihn mochte, schob die Schuld auf die Schlampe, die Geschichten über ihn in die Welt setzte.

Es war stets die Schuld der Frau, die es wagte, mit ihm schlafen zu wollen. Mr. Sanders konnte keinen Fehler machen.«

Sie schüttelte den Kopf.

»Es gab auch Gerüchte über ihn und die Mädchen aus seiner Klasse, auch über die, die noch keine achtzehn Jahre alt waren. In seinem Unterricht durfte sich jeder selbst seinen Platz aussuchen, aber aus irgendeinem Grund saßen in der ersten Reihe immer Mädchen. Normalerweise Mädchen, die Röcke trugen. Ich kann mir nicht erklären, wie er das hinbekommen hat.« Sie schauderte. »In meinem letzten Jahr setzte er mich in die erste Reihe. Ich trug gern Röcke und es gefiel mir, die Seide an meinen Beinen zu spüren.« Sie seufzte. »Es gefällt mir immer noch. Das habe ich mir nicht von ihm nehmen lassen.«

Griffin drückte ihren Oberschenkel. »Gut.«

Sie lächelte traurig. »Er schenkte mir besondere Aufmerksamkeit. Und ich war so jung, dass ich das darauf zurückführte, dass er eben ein guter Lehrer war. Zuerst. Dann wurde es … mehr. Er bat mich, nach dem Unterricht zu bleiben. Er strich mir zärtlich das Haar aus dem Gesicht und beugte sich näher zu mir. Es ängstigte mich.«

»Dieser Mann sollte erschossen werden.«

Sie rieb seine Hand. »Es wurde schlimmer.«

»Erzähl es mir«, wiederholte er.

»Als ich meinen Eltern davon erzählte, ignorierten sie es.« Tränen stiegen ihr in die Augen und sie blinzelte sie zurück. Wenn sie wieder weinen würde, könnte sie nicht weitererzählen. »Sie ignorierten es einfach. Sie glaubten, ich würde alles erfinden. Immerhin ging es um

Mr. Sanders. Der würde so etwas niemals tun. Ich war so verwirrt.«

»Verdammt.«

Sie schnaufte. »Ja, verdammt. Sie hatten unrecht. Vielleicht würden sie heute anders handeln, aber damals haben sie das Falsche getan.«

»Fall, erzähl mir alles.«

»Er wurde böse, als ich ihm sagte, ich hätte es meinen Eltern erzählt. Eines Tages drängte er mich nach der Schule in eine Ecke und sagte mir, ich wäre ein schlechter Mensch. Dass ich bestraft würde, weil ich es meinen Eltern erzählt hätte, auch wenn diese mir nicht geglaubt hätten. Er hätte die ganze Macht und ich hätte nichts.«

»Hat er dich angefasst, Autumn? Hat er dir wehgetan?«

»Er hat mich nicht vergewaltigt. Mich niemals unanständig berührt. Ich habe ihm nie eine Möglichkeit geboten. Er war besessen von mir. Er hinterließ Nachrichten für mich und tauchte immer dort auf, wo auch ich war, wenn ich ins Kino ging oder abends meinen Job ausübte. Er war immer da. Und niemand glaubte mir. Es wäre alles Zufall, sagten sie. Sie warfen mir vor, den Ruf eines guten Mannes zu schädigen.«

Griffin drückte ihre Hände. »Und was geschah dann? Warum bist du immer auf der Flucht?«

»Am Tag nach dem Abschluss spitzte sich die Lage zu. Weißt du, weil ich während der zweiten Hälfte des Semesters so verängstigt war, verschlechterten sich meine Abschlussnoten. Ich bestand alle Prüfungen, hatte aber Schimpf und Schande über meine Familie gebracht. Ich ging nicht zur Abschlussfeier, zu keiner einzigen Party. Ich blieb einfach zu Hause.«

Sie schauderte.

»Und da hat er mich aufgesucht. Während meine Eltern und mein Bruder zum Essen ausgegangen waren.« Sie bekam einen Schluckauf. »Er kam in unser Haus. Ich weiß nicht, ob er mich töten oder … nun … du weißt schon.«

Griffin stieß ein leises Knurren aus, und obwohl ihr das eigentlich hätte Angst einjagen müssen, beruhigte sie das Geräusch mehr, als es sollte.

»Ich habe ihn mit der Bratpfanne geschlagen. Ich hatte mir Eier machen wollen und die Pfanne war der einzige geeignete Gegenstand in der Nähe. Er griff mich wieder an, schlug mich, bis ich blutete. Ich schrie und schrie. Und niemand kam. Dann schlug ich ihn wieder mit der Pfanne und entkam mit meinem Handy.«

Griffin zog sie auf seinen Schoß. »Baby.«

»Ich rief die Polizei an, aber der Einsatzleiter dort war mit Mr. Sanders befreundet, gut sogar. Es war von vorhandenen Alibis die Rede und dass ich eine Lügnerin sei. Einige behaupteten sogar, ich hätte mich selbst verletzt.« Griffin fluchte. »Andere sagten, es wäre ein Einbrecher oder mein fester Freund gewesen – den ich nicht hatte, obwohl alle mir das unterstellten –, der mich geschlagen hätte. Niemand konnte glauben, dass es Mr. Sanders gewesen war.«

»Ich verstehe nicht, warum niemand dir geglaubt hat. Du hattest doch Prellungen, Baby. Das hätten sie als Tatsache nicht von der Hand weisen sollen.«

»Sie haben es aber getan. Niemand glaubt einem Teenager-Mädchen, dessen Wort gegen das eines Mannes mit gutem Ruf steht. Sein Ruf war unbescholten, während meiner angekratzt war. Ich hatte ein Stipendium für das College, das ich hatte besuchen wollen. Es wurde aufgrund meiner … Zusammenstöße mit der Polizei zurückgezogen, da es nicht nur voll akademisch, sondern auch mit meiner Ehre verbunden war.«

»Was für ein Scheiß!«

»Ja. Ziemliche Scheiße, nicht wahr? Am Ende stand ich mit nichts da, weil ich das College nicht besuchen konnte, meine Familie mir keinen Glauben schenkte, wie sie es eigentlich hätte tun müssen, und ich deshalb vollkommen verängstigt war. Und bei all dem war ich nicht einmal in Sicherheit. Er war immer noch da. Beobachtete mich. Oh, er verhielt sich jetzt anders, weißt du. Viel vorsichtiger. Er rührte mich nie wieder an, aber er war immer da.«

»Daher bist du davongelaufen.«

Sie nickte. »Zuerst lief ich nur vor den Blicken und der Angst davon. Doch als er zum ersten Mal bei meiner Arbeitsstelle auftauchte, vier Staaten entfernt, wusste ich, dass ich mich niemals wieder sicher fühlen konnte, außer wenn ich mich stetig in Bewegung hielt.« Sie wimmerte. »Und jetzt muss ich wieder flüchten, Griffin. Es ist nicht sicher für dich.«

»Warum sagst du das? Für mich? Fall, du bist diejenige, die jedes Mal Verletzungen davonträgt. Du bist auf der Flucht. Warum bin ich nicht sicher? Wie kann ich dir helfen?«

»Mir hat er nicht mehr wehgetan, seitdem ich vor ihm davonlaufe, aber anderen sehr wohl.« Sie presste die Lippen aufeinander. »Jedes Mal wenn ich Menschen zu nahekomme, werden andere verletzt. Mary, eine Kellnerin, mit der ich einst zusammengearbeitet habe, wurde verletzt, weil sie ihm nicht verraten wollte, wo ich war. Und weitere Menschen wurden verletzt. Ich darf nicht riskieren, dass dir etwas zustößt. Ich muss gehen.«

Sie versuchte aufzustehen, doch er hielt sie auf seinem Schoß fest. Er küsste sie auf die Schläfe und sie schloss die Augen. »Du setzt meine Sicherheit nicht aufs Spiel. Das ist mein Risiko, das ich bewusst eingehe.« Er machte eine Pause. »Warum bist du nicht wieder zur Polizei gegangen?«

»Ich muss in Bewegung bleiben. Jeff Sanders hat Geld und kennt genügend Leute, um zu bekommen, was er will. Er wurde noch niemals gefasst, wenn er jemandem etwas getan hat. Er windet sich immer irgendwie heraus.«

»Jetzt bist du mit den Montgomerys zusammen. Jetzt wirst du zur Polizei gehen. Wir werden nicht zulassen, dass dir irgendetwas zustößt.«

»Das würde ich gern glauben. Gott, wie gern! Aber ich kann nicht. Ich muss gehen.« Das wiederholte sie immer wieder, denn sie wusste, es war nicht sicher hier. »Er war heute Abend in meinem Haus, Griffin. Er hat beinahe alles zerstört, was ich besitze.«

Griffins Hand spannte sich an. »Was? Verflucht, Autumn.«

»Er ist hier, Griffin. Er ist hier.«

Griffin küsste sie noch einmal auf die Schläfe und wiegte sie vor und zurück. Sein Körper war gespannt wie ein Bogen. Die Wut, die ihn erfüllte, war so greifbar, dass sie sie beinahe spüren konnte.

»Wir sollten die Polizei anrufen.«

»Nicht jetzt.« Sie presste ihr Gesicht an ihn. Wenn sie die Polizei rufen würde, würde Jeff Sanders nur noch wütender werden. So funktionierte es nun einmal.

»Baby.«

»Ich … ich.«

»Dann zieh hier bei mir ein. Du kannst nicht nach Hause gehen. Bleib bei mir, Autumn. Bleib hier, bis wir eine Lösung gefunden haben. Erlaube mir, für deine Sicherheit zu sorgen.«

Er küsste sie sanft und flehte sie an zu bleiben. Sie war so … müde. Sie war es leid wegzulaufen. Leid, Angst zu haben. Leid, niemanden zu haben, an den sie sich anlehnen konnte. Diese eine Nacht konnte sie bleiben, vielleicht noch den nächsten Tag, doch dann würde sie davonlaufen und ihn in Sicherheit zurücklassen.

»Okay«, flüsterte sie.

Griffin drückte sie fest an sich. »Danke.«

Er küsste sie noch einmal und sie schmiegte sich an ihn. Nur für die eine Nacht, sagte sie sich. Dann würde sie all ihren Mut zusammennehmen und alle, die sie gernhatte, besonders Griffin, aus der Schusslinie halten.

Das war alles, was sie tun konnte.

Kapitel Fünfzehn

GRIFFIN LIESS Autumn nicht aus den Augen, während sie in seinen Armen schlief. Sie hatte sich von ihm zu Bett bringen lassen, hatte jedoch ihre Kleider anbehalten. Sie hatte sich nicht die Möglichkeit nehmen lassen wollen, jeden Augenblick zur Flucht bereit zu sein.

Es brach ihm das Herz, dass sie solche Angst hatte. Dass diese scheinbar so selbstbewusste Frau zitterte und kaum Luft bekam wegen eines besessenen Lehrers, machte ihn rasend, und am liebsten hätte er laut geschrien. Das war entsetzlicher als jeder Roman, den er erfinden konnte, entsetzlicher als jede Geschichte, die er sich ausdenken konnte.

Er hätte gern all ihre Probleme gelöst, so wie er es schon unzählige Male für andere getan hatte. Doch diesmal war es nicht so einfach. Es gab nicht nur einen Mann da draußen, der sie bedrohte, sondern sie besaß auch falsche Dokumente und hatte, soweit er es mitbekommen hatte, mindestens einmal die Polizei angelogen.

Doch irgendwie konnten sie das alles lösen. Er kannte Leute bei der Polizei, mit denen er sich während einer Recherche für ein Buch lange unterhalten hatte. Außerdem wusste er, dass sie nur gelogen hatte, um sich selbst zu schützen, was man nicht als volle Lüge bezeichnen konnte. Da gab es einen Unterschied.

Bevor er sich neben sie ins Bett gelegt hatte, hatte er Decker eine SMS geschickt, in der er ihn bat, der Familie mitzuteilen, alle sollten die Augen offen halten. Er war zwar nicht ins Detail gegangen, aber nach dem Zwischenfall mit Mirandas Ex war die Familie es gewohnt zusammenzuhalten, wenn es nötig war. Er wusste auch, dass er seiner Familie nichts verschweigen konnte, sobald alle Bescheid wussten. Wenn er daran dachte, dass Maya und Meghan den ganzen Morgen lang SMS geschickt hatten, wusste er, er würde nicht lange mit Autumn allein sein.

Sich vorzustellen, dass irgendein Arschloch hinter ihr her war …

Sie stöhnte leise und er lockerte seinen Arm etwas. Er war sich nicht bewusst gewesen, dass er begonnen hatte, sie fester in den Arm zu nehmen, als er an den Lehrer gedacht hatte, der versuchte, ihr etwas anzutun.

Er wusste nicht, ob er die Frau in seinem Bett liebte, wusste nicht, ob sie für immer zusammenbleiben oder ob die Beziehung sich abnutzen würde, sobald sie genug Sex gehabt hätten. Doch er wusste, dass er sie gernhatte.

Autumn war ihm wichtig.

Das musste er ihr zeigen, ohne sie zu verängstigen.

Sie drehte sich zu ihm herum. Dann erstarrte sie und schlug schnell die Augen auf. »Griffin.«

Er beugte sich zu ihr hinunter und küsste sie auf die Schläfe. Dann strich er ihr die Haare aus dem Gesicht. »Fall.«

Sie seufzte und er küsste sie auf die Lippen.

»Ich muss erst Zähne putzen«, murmelte sie.

Er schnaufte und küsste sie noch einmal. Diesmal schlang er träge seine Zunge um ihre. Sie stöhnte und grub ihre Fingernägel in seine Schultern. Er zog sich zurück und legte seine Stirn gegen ihre.

Seine Gedanken rasten in tausend verschiedene Richtungen und er spürte allein an ihrer Körpersprache, dass es ihr genauso erging.

»Im Badezimmer sind Toilettenartikel, die du benutzen kannst.«

Sie blinzelte zu ihm auf. »Im Kofferraum meines Autos habe ich eine Tasche.«

Er nickte, ein wenig erleichtert, aber zugleich traurig, dass sie einen Notfallplan hatte. »Ich werde sie holen.«

Jetzt grub sie ihre Fingernägel in seinen Arm.

»Mir wird nichts geschehen.« Er küsste sie, nahm ihren Schlüssel vom Nachttisch und ließ sie verwirrt und ein wenig zerzaust im Bett zurück. Er wollte sie aufmuntern, aber er wusste nicht wie. Er war nicht so gut darin, wie er gern geglaubt hätte.

Mit all seinen Sinnen im Alarmzustand ging er nach draußen zu ihrem Wagen und schnappte sich ihre Tasche aus dem Kofferraum. Als er ihre Notfallausrüstung sah, presste er die Lippen aufeinander. Trinkwasser und Nahrungsmittel und unzählige andere Dinge befanden sich in ihrem Kofferraum. Kein Wunder, dass es sie so geängstigt hatte, als ihr Fahrzeug kaputt gewesen war. Wenn sie es verlor, verlor sie ihren Fluchtweg. Er wusste, dass die Tasche, die sie ständig am Körper behielt, ebenfalls wichtig war.

Er konnte sich kaum vorstellen, wie es sich anfühlen musste, ständig so in Angst zu leben.

So triviale Dinge wie hinter ihm aufzuräumen oder ihm zu helfen, sein Buch fertig zu schreiben, waren nichts im Vergleich zu der Hölle, in der sie zehn Jahre lang gelebt hatte.

Hastig eilte er mit ihren Sachen ins Haus zurück und achtete darauf, die Alarmanlage wieder einzuschalten. Er fand sie in seinem Schlafzimmer stirnrunzelnd über sein Handy gebeugt.

Sie blickte zu ihm auf, als er ihre Tasche abstellte. »Du hast es ihnen erzählt?« Ihr Tonfall war nicht anklagend, eher neugierig.

Er ging zu ihr hinüber und sie öffnete leicht die Beine, sodass er sich zwischen diese stellen konnte. Er fuhr ihr mit der Hand durchs Haar und sie schmiegte sich an ihn.

»Ich habe ihnen nicht genau erzählt, was los ist. Aber ich habe Decker sehr wohl gesagt, er solle die Familie alarmieren für den Fall, dass dieser Kerl von uns weiß.«

Sie stieß einen Laut hervor wie ein wimmerndes Kätzchen. Er hätte sich in den Hintern treten können.

»Das ist nicht deine Schuld.«

Sie stieß die Luft aus und schien sich zu fassen. »Du bist in Gefahr, weil ich hier bei dir bin. Du musst deine Familie anweisen, gut aufzupassen und ihre Kinder im Auge zu behalten, ohne ihnen mir zuliebe Einzelheiten zu verraten. Und das soll nicht meine Schuld sein?«

Er fluchte und umfasste ihren Hinterkopf, um sie zu zwingen, ihn anzublicken. »Ich habe sie gebeten, vorsichtig zu sein. Und ich denke, wenn es an der Zeit ist, wirst du ihnen alles erzählen. Nicht den Kindern natürlich, aber du weißt, was ich meine. Du bist nicht allein, Autumn.«

»Du nennst mich immer noch Autumn.«

Er runzelte die Stirn. »Als Autumn habe ich dich kennengelernt. Und zu Autumn bist du geworden. Autumn bedeutet Herbst, Veränderung. Den Tod vor der Wiedergeburt. Du bist Autumn, die Frau, die ich kenne und gernhabe. Wenn du willst, dass ich dich Hannah nenne, dann werde ich das tun, aber ich sehe dich als *Autumn*. Ich sehe dich als meine *Fall*.«

In ihren Augen zeigten sich Gefühle, aber er konnte sie nicht deuten. Er hatte seit Lauren noch keiner Frau erklärt, dass er sie gernhatte. Und damals war er zu jung gewesen, um die Tiefe eines solchen Gefühls wahrhaft zu verstehen.

Das hätte ihn eigentlich ängstigen müssen, aber im Moment sorgte er sich eher darum, dass ihr etwas passieren könnte, als darum, was für Folgen es hatte, wenn er sich gehen ließ.

»Ich … ich mag es, wenn du mich Autumn nennst.« Sie zog sich unmerklich von ihm zurück. »Ich hasse es, wenn ich stottere und Schwierigkeiten habe, Worte zu finden. Es gefällt mir nicht, das kleine, ängstliche Mädchen zu sein.«

Er nickte. »Dann sollten wir uns mal für den Tag fertig machen und frühstücken. Den nächsten Schritt werden wir uns mit vollem Magen überlegen.«

Sie hob eine Braue in die Höhe. »Du denkst immer mit deinem Magen.«

»Stimmt. Und nun los.« Er zog sie hoch und küsste sie fest auf den Mund. Dann drehte er sie herum und schob sie mit einem leichten Klaps auf den Hintern in Richtung Badezimmertür.

Autumn starrte ihn an, dann ging sie um ihn herum, um ihre Tasche zu holen, und kehrte dann zum Badezimmer zurück. Sie sah aus, als wollte sie etwas sagen, doch sie schwieg. Stattdessen ging sie weiter, als müsste sie in Bewegung bleiben, damit nicht alles zusammenbrach. Er wusste, wie sie sich fühlte. Oder vielleicht unterstellte er ihr diese Gedanken auch nur.

Er beobachtete sie mit klopfendem Herzen. Mein Gott, er verliebte sich in sie.

Das große L.

Mist.

Er musste dafür sorgen, dass sie in Sicherheit war. Dann konnte er an alles andere denken.

Hastig holte er sich eine saubere Jeans aus dem Schrank und ging ins Gästebadezimmer. Er nahm die schnellste Dusche seines Lebens, denn er wollte sauber und in der Küche sein, sobald sie zurückkäme.

Hoffentlich würde sie sich mit Koffein in den Adern und Frühstück im Bauch wieder wie ein Mensch fühlen. Er hatte nicht gelogen, als er ihr angeboten hatte, bei ihm zu bleiben.

In ihrem Haus war sie nicht sicher und er wollte sie an seiner Seite haben. Er umklammerte den Griff der Pfanne und zwang sich, tief durchzuatmen. Er wusste nicht, ob seine Anspannung von seinen Höhlenmenschen-Instinkten ausgelöst wurde, die sich brüllend erhoben, oder von der Tatsache, dass jemand es gewagt hatte, ihr wehzutun, aber er hätte am liebsten die Pfanne durchs Fenster geschleudert. Dann könnte er allerdings kein Frühstück mehr machen und außerdem hätte er Autumn zu Tode erschreckt.

Er gab Speck in die Pfanne, dann holte er eine zweite Pfanne für die Eier hervor. Er war zwar kein guter Koch, aber auch mit nur einer Hand konnte er Rühreier machen, Speck braten und Brot toasten. Das zusammen mit Kaffee musste reichen. Autumn konnte vermutlich etwas Besseres zaubern, aber er wollte, dass sie sich darauf konzentrierte, ihre Ängste zu heilen, anstatt für ihn zu kochen.

Sie hatte sich in sein Herz geschlichen. Und er wusste nicht, was er dabei empfand.

Sie war nicht Lauren. Sie war nicht krank. Zumindest nicht jetzt. Doch Autumn mochte ihn aus einem anderen Grund verlassen.

Er hatte sich nicht umsonst vor anderen Menschen abgeschirmt und sein Herz beschützt.

»Oh, riecht das gut«, sagte Autumn, als sie die Küche betrat. Sie hielt ihre Stimme vorsichtig neutral. Er drehte sich herum, um sie anzublicken. Er sehnte sich danach, sie zu betrachten.

Sie trug einen langen Rock und ein Baumwolloberteil mit langen Ärmeln. Der Rock spielte um ihre Knöchel, sodass es aussah, als ginge sie auf Wolken. Sie war von Kopf bis Fuß bedeckt und doch konnte er nicht genug von ihr bekommen.

Mit ihm stimmte etwas nicht.

Jetzt war nicht der richtige Zeitpunkt, an seinen Schwanz zu denken und daran, wie gut sie aussah. Er sollte jetzt nicht den Wunsch verspüren, ihr diesen Rock auszuziehen und sie heftig gegen die Arbeitsplatte zu ficken. Stattdessen sollte er sich um ihr Wohlergehen sorgen. Sie hatte nicht die Zeit, gefickt zu werden. Sie sollte an andere Dinge denken.

Oder vielleicht brauchten sie beide genau das, dachte er, als sie den Blick an seinem Körper hinaufwandern ließ. Er wusste, was sie sah: einen Mann ohne Hemd, in Jeans, aber ohne Unterhose, der Speck briet. Er hatte sich nicht die Mühe gemacht, die Knöpfe am

Schritt zu schließen, wenn sie also genauer hinsah, konnte sie den dunklen Fleck Haare an der Wurzel seines Schwanzes erkennen.

Wahrscheinlich nicht gerade die klügste Art, sich zu kleiden, um Speck zu braten.

Er schob die Pfanne von der Flamme, bevor der Speck heftiger zu brutzeln begann und ihm die Brust oder noch wertvollere Teile verbrannte. Er drehte das Gas ab. Es war alles fertig.

»Ich habe Speck und Eier gemacht.« Er fluchte. »Das Toastbrot habe ich vergessen. Aber das können wir jetzt machen.«

Autumn ging langsam auf ihn zu. Er rührte sich nicht, denn er befürchtete, jede plötzliche Bewegung könnte sie erschrecken.

»Ich habe keine Angst vor dir«, flüsterte sie. »Du musst mich nicht mit Samthandschuhen anfassen. Ich mag zwar Angst vor *ihm* haben, aber du bist nicht er. Kein einziges Mal habe ich das geglaubt.« Sie stellte sich auf die Zehenspitzen und küsste ihn. Einmal. Zweimal. »Danke, dass du dich um mich kümmerst.«

Er schlang die Arme um sie. »Nicht der Rede wert.« Er wusste nicht, was er tun sollte. Er fühlte sich hilflos.

»Doch.«

Er schloss fest die Augen, bevor er sie wieder öffnete und sie anblickte. »Ich möchte es meiner Familie erzählen, Autumn. Ich will es den Montgomerys erzählen, damit sie uns helfen können.«

Sie presste die Lippen aufeinander und nickte. »Das kann ich tun. Du weißt es ohnehin bereits, also kann ich es sowieso nicht mehr lange vor ihnen verbergen.«

Er schüttelte den Kopf. »Wenn du von mir

verlangen würdest, es geheim zu halten, würde ich es tun.«

»Sogar vor deiner Familie?«

»Sogar vor ihr.« Das entsprach der Wahrheit, was ihn verblüffte.

»Wir können es den anderen sagen.«

Er seufzte und küsste sie auf den Scheitel, wobei er sich bewusst war, dass sie einander in den letzten paar Stunden länger in den Armen gehalten und öfter geküsst hatten als während ihrer ganzen Beziehung.

»Wir müssen zur Polizei gehen, Autumn.«

Sie schüttelte den Kopf an seiner Brust. »Das will ich nicht. Bitte nicht, Griffin.«

Er drückte sie noch fester an sich. »Baby … Fall … das müssen wir aber. Ich kenne ein paar Leute, mit denen wir reden können. Ich habe sie anlässlich einer Recherche kennengelernt. Wir würden nicht mit vollkommen Fremden reden.«

»Ich weiß nicht, ob ich das kann.«

Er seufzte. »Autumn.«

»Es gefällt mir nicht, dir in allem nachzugeben. Es fühlt sich an, als verlöre ich die Kontrolle.«

Er lehnte sich zurück und hob ihren Kopf. »Du hast schon viel zu lange keine wahre Kontrolle mehr über dein Leben gehabt. Du bist kein junges Mädchen mehr und auf die Jungs, die ich kenne, hat das Arschloch keinen Einfluss. Es ist mir egal, was er sich alles zutraut. Aber er kann nicht hier hereinmarschieren und dir wehtun. Wir werden uns wehren. Ich will, dass du in Sicherheit bist. Ich will, dass du aufhörst …« Er machte eine Pause. »Ich will dich.«

Nach einem langen Augenblick stieß sie die Luft aus. »Okay. Einverstanden. Schließlich kann ich nicht für den Rest meines Lebens ständig auf der Flucht sein. Aber verflucht, das macht mir ziemliche Angst.«

Er küsste sie. Fest. »Du bist so tapfer.«

Sie schnaufte. Er küsste sie noch einmal.

»So.« Kuss. »Verdammt.« Kuss. »Tapfer.«

Sie schlang ihm die Arme um die Schultern, und er umfasste ihren Hintern mit beiden Händen – ohne Rücksicht auf den Gips – und hob sie hoch in seine Arme.

»Wir werden das Frühstück später aufwärmen«, murmelte er, während er an ihren Lippen knabberte. Sie seufzte in seinen Mund. Er drehte sich herum und setzte sie auf die Arbeitsplatte. Sie schlang ein Bein um seinen Rücken und zog ihn näher an sich heran.

Sie küssten sich gierig, saugten einander ein, während sie den Mund des anderen erforschten und sich eng aneinanderdrückten, bis sie beide vor Verlangen keuchten. Griffin beugte sich vor, um leicht in ihre Brustwarzen zu beißen, und war hocherfreut, als er bemerkte, dass sie keinen BH unter dem Baumwolloberteil trug. Und schon mit dem nächsten Atemzug hatte er ihre Brustwarze im Mund. Autumn warf den Kopf zurück und fuhr mit den Fingern in sein Haar.

»Ich brauche dies, Griffin. Ich brauche dich.«

Er knurrte mit dem Mund an ihrer Brust, bevor er mit der Zunge über ihren Oberkörper leckte und seine Aufmerksamkeit der anderen Brust zuwandte. Autumn fuhr mit der Hand von seinen Haaren über seinen Rücken und dann wieder zurück. Beide waren sie erhitzt und schnappten keuchend nach Luft. Als er sich von ihr löste, streichelte er mit den Händen über ihre Beine. Als er herausfand, dass sie zwischen den Schenkeln nackt war, stöhnte er auf.

»Hast du vergessen, Höschen und BHs in deine Tasche zu packen?«

Sie schüttelte den Kopf. »Ich will dich in mir haben.«

Er leckte sich die Lippen und nickte. »Zuerst muss ich dich schmecken.« Er legte sich ihre Beine auf die Schultern, zog sie mit dem Po bis an die Kante der Arbeitsplatte und rollte dann langsam ihren Rock hoch.

»So schön und rosig«, flüsterte er. »Du bist feucht für mich, Fall. Ich kann es kaum erwarten, all diese Sahne aufzulecken und dich auf meiner Zunge zu schmecken.«

»Dann solltest du dich beeilen, bevor ich mit meiner Klitoris spiele und mich selbst befriedige ohne dich.«

Er wäre vor Erleichterung beinahe zusammengebrochen. Dies war seine Autumn. Erotisch, selbstsicher und sein. Er würde alles in seiner Macht Stehende tun, damit sie in dieser Verfassung blieb.

Als er sie zwischen den Schenkeln leckte und dabei mit seinem Bart über ihre weiche Haut bürstete, erschauderte sie. Dann presste sie ihn fester an sich. Er grinste, dann fuhr er mit den Lippen leicht über ihre Klitoris.

»Gierig.«

»Nun leck schon, Schreiberling«, keuchte sie.

»Wie du wünschst, Fall.« Er leckte sie, dann knabberte er an ihren Schamlippen, um dann plötzlich leicht in ihre Klitoris zu beißen. Er leckte sie solange langsam und methodisch, bis sie an seinen Lippen kam, am ganzen Körper zitternd und ihre Stimme heiser vom Schreien seines Namens.

»Griffin.« Er wischte sich den Bart am Handrücken ab. Dann richtete er sich auf, wobei er ihr in die Augen blickte. Sie streckte die Hand aus und fuhr mit dem Finger über seine Brust. Da war ein Moment, eine Verbindung, die er nicht einordnen konnte. Diese Frau ... es ängstigte ihn, wie sehr er sie begehrte. Dieser Klick gerade in seinem Inneren, dafür gab es keine Erklärung. Er verdrängte das Gefühl vorerst, denn er wusste, er musste in ihr sein, und danach musste er sie beschützen, bevor er über andere Dinge nachdachte.

Er wollte nicht noch einmal lieben.

Das konnte er sich nicht leisten.

Er konnte im Hier und Jetzt mit ihr zusammen sein und ignorieren, was die Zukunft brachte, sobald sie sicher wäre.

Das war alles, was er tun konnte.

Sie leckte sich die Lippen, dann half sie ihm, seine Hose auszuziehen.

»Kondom«, murmelte er.

Sie griff in die Tasche ihres Rocks, der bis auf die Hüften hochgerollt war, und reichte ihm eines. Die Frau war organisiert. Dafür bewunderte er sie.

Er rollte das Kondom über seinen Schaft und hielt Augenkontakt mit ihr, als er in sie hineinglitt, eine Hand auf ihrer Hüfte, die andere in ihrem Nacken. Als er zur Gänze in ihr war, stöhnten sie beide auf. Und bald schon war sie mit den Händen auf seinem Rücken und traktierte seinen Körper mit ihren Fingernägeln, während er in sie hineinpumpte.

Reiner Sex.

Keine Verpflichtungen.

Und dies war keine Liebe.

Liebe ließ einen einsam zurück. Liebe tat weh. Liebe hatte seinen Bruder in Schmerzen zurückgelassen, in der Reha. Liebe hatte eine seiner Schwestern gebrochen zurückgelassen. Und Liebe hatte ihn in seinem Elend zurückgelassen, nachdem Lauren gestorben war.

Er würde mit Autumn im Hier und Jetzt zusammen sein und sie gehen lassen, wenn die Zeit gekommen war. Als er gerade daran dachte, was er empfinden würde, wenn sie ginge, kamen sie gemeinsam zum Höhepunkt. Sie blickte ihm in die Augen und er wusste, sie hatte etwas gesehen, das sie nicht hätte sehen sollen.

Ob es der besagte Klick war, den er ignorieren wollte, oder die Tatsache, dass sie gehen würde, wusste er nicht.

Er war nackt und verschwitzt und er war bis zu den Hoden in der Frau vor ihm vergraben. Und doch bemühte er sich, seine Seele intakt zu halten, seine Schutzmauern aufrechtzuerhalten. Denn wenn er sich ganz fallen gelassen hätte, wäre er zerbrochen.

Und Montgomerys zerbrachen nicht.

Er würde ihr Leben schützen und dann musste er sie in Ruhe lassen, damit sie es leben konnte. Ohne ihn.

Das war der einzige Weg.

Kapitel Sechzehn

ETWAS STIMMTE NICHT. Abgesehen von der Tatsache, dass die Polizei ihr vielleicht geglaubt haben mochte, aber im Augenblick nichts tun konnte.

Autumn konnte auf ihrer Haut und in ihrer Seele spüren, dass etwas nicht stimmte.

Aber sie konnte es einfach nicht näher bestimmen.

Seufzend lehnte sie sich gegen die Arbeitsplatte in Griffins Küche und verschränkte die Arme vor der Brust. Griffin hielt sich in seinem Arbeitszimmer auf und überarbeitete sein Buch, damit er danach den allerletzten Teil schreiben konnte. Es gefiel ihr, wie am Ende im Buch die Fäden zusammenliefen, doch hatte sie ihm das nicht gesagt. Es schien, als wollte er das nicht hören, sondern es einfach beenden und dafür sorgen, dass er selbst damit zufrieden war. Vielleicht würde sie ihm dann erklären, dass dies ihrer Meinung nach das beste Buch war, das er je geschrieben hatte.

Die Tatsache, dass sie wusste, dass er das nicht hören wollte, sprach Bände.

Sie bemerkte mehr an ihm und nahm ihn intensiver

wahr, als sie es für möglich gehalten hätte. Sollte dies nicht eine unverbindliche Beziehung ohne Verpflichtungen und ohne Komplikationen sein? Eigentlich sollte sie noch nicht einmal den Ausdruck *Beziehung* benutzen. Stattdessen lebte sie in seinem Haus, schlief in seinem Bett und benahm sich wie eine feste Freundin, wenn nicht sogar wie eine Ehefrau.

Und doch …

Und doch hatte er sie nicht angesehen.

Es lag nun schon eine Woche zurück, dass sie aus ihrem Haus in seine Arme geflüchtet war. Nach dem Zwischenfall auf der Arbeitsplatte in der Küche, nach diesem heißen Sex, hatte sie bemerkt, dass sich etwas verändert hatte. Da war etwas in seinen Augen, das ihr verriet, dass er sich verschloss, dass er sich schützte.

Oder vielleicht versuchte er auch, sie auf eine etwas verdrehte Art zu schützen.

Er half ihr, den Mann zu finden, der sie verfolgte, stand ihr zur Seite, wenn sie mit der Polizei sprach und sich um die Legalisierung ihres Namens und die Folgen ihrer Flucht kümmern musste, aber bei all dem war er nicht wirklich präsent.

Sie zitterte und versuchte, die Arme ein wenig fester um sich zu schlingen.

Sie hatten die Polizei und die Leute, die er kannte, aufgesucht und sie hatte ihnen alles erzählt. Sie hatte sich alles von der Seele geredet, als wäre sie geisteskrank, doch sie hatten sie nicht so behandelt, als würden sie sie dafür halten. Obwohl sie nicht gerade froh darüber waren, dass sie nicht früher zu ihnen gekommen war, hatten sie versprochen, ihr zu helfen.

Und Griffin war die ganze Zeit bei ihr gewesen, hatte ihr die Hand gehalten und Mut gemacht.

Aber er hatte sie nicht angelächelt. Nicht dass dies zu jenem Zeitpunkt angebracht gewesen wäre, aber er hatte nicht einmal gezwinkert oder gegrinst und ihr die ganze Zeit die gleiche, kühle Miene gezeigt, die er aufgesetzt hatte, als sie zum ersten Mal bei ihm zu Hause aufgetaucht war, um bei ihm aufzuräumen.

Und jetzt lebte sie also mit ihm zusammen, ihr Haus war dank der Montgomerys aufgeräumt, nachdem die Polizei dort gewesen war und zugestimmt hatte, dass sie Habseligkeiten mitnehmen durfte, die noch zu retten waren. Maya hatte sie im Arm gehalten und sie dann in die Schulter geboxt, nachdem Autumn ihr von ihrer Vergangenheit erzählt hatte. Die Montgomerys hatten sich um sie geschart, wie Griffin es vorhergesehen hatte.

Und doch, Griffin zog sich von ihr zurück.

Sie schlief in seinem Bett.

Sie arbeitete für ihn.

Sie machte für ihn sauber und kochte für ihn.

Und sie liebte ihn.

Verdammt.

Wann hatte sie sich in ihn verliebt? Wann hatte sie den Sprung gewagt und etwas so Dummes getan, wie sich in einen Montgomery zu verlieben?

Und nicht nur in irgendeinen Montgomery.

Nein, in Griffin Montgomery.

Derjenige, der ihr erzählt hatte, dass er sich nicht wieder verlieben wollte, weil ihm das schon einmal passiert wäre. Er war so jung gewesen, als er Lauren verloren hatte, und das hatte ihm mehr Angst eingejagt, als er zugeben wollte. Und jetzt hatte sie sich bis über beide Ohren in ihn verliebt.

Dumm, dumm, dumm.

Seufzend drehte sie sich herum, um das Abendessen

zuzubereiten, da es ein paar Stunden kochen musste. Sie griff unter die Arbeitsplatte, um einen Topf hervorzuziehen, dann ging sie zur anderen Seite, um eine Bratpfanne zu holen. Sie fluchte. Seit einer Woche lebte sie nun schon in diesem Haus und seit einem Monat arbeitete sie hier und musste sich die ganze Zeit mit seinem unlogischen Organisationssystem in der Küche herumschlagen. Es machte keinen Sinn, dass sich die Gewürze neben dem Kühlschrak und die Tassen neben dem Herd befanden. Es sollte alles auf eine Art angeordnet sein, dass jeder bequem hier kochen konnte, der mehr als Eier und Speck briet.

Als sie sich an das letzte Mal erinnerte, als er dieses Frühstück für sie zubereitet hatte, errötete sie und klatschte die Bratpfanne auf den Herd. Seit jenem Morgen hatte er sie nicht mehr angefasst. Er ließ sie neben sich schlafen, doch es hatte keine heißen Augenblicke mehr gegeben, keine Orgasmen auf seinem Denkersessel und keine gemeinsamen Pausen unter der Dusche.

Sie brummte übellaunig vor sich hin, dann stieß sie den Atem aus. »Scheiß drauf.« Sie ging zum nächstgelegenen Regal und begann, es auszuräumen. Sie würde die ganze verdammte Küche umräumen, damit man sie leichter benutzen konnte. Er kochte ohnehin nicht oft und falls er es einmal täte, würde auch er es bequemer finden. Immerhin war sie diejenige, die kochte. Sie war diejenige, die all den Dreck für ihn wegräumte, während er nichts tat, als sich mal heiß, mal kalt zu verhalten und sie zutiefst zu verwirren.

Und solange sie sich um ihre Beziehung zu Griffin sorgte, musste sie nicht über den Mann nachdenken, der ihr nachstellte und sie seit zehn Jahren jagte. Diese

Angst würde sie nie verlassen, doch manchmal musste sie sich auf etwas anderes konzentrieren.

Etwas, das ebenso beängstigend war, wie es schien.

»Was hat all der Lärm zu bedeuten? Was zum Teufel tust du da?«

Sie drehte sich auf dem Absatz herum und das Paket Mehl, das sie gerade in der Hand hielt, fiel zu Boden. Wolken weißen Mehlstaubs hingen in der Luft und bedeckten sie von Kopf bis Fuß. Sie hustete, dann schaute sie auf und verzog das Gesicht. Griffin nahm den Saum seines Hemdes, schüttelte es einmal und eine neue Wolke Mehl stieg auf.

»Du hast mich erschreckt!« Sie war wütend, sauer, erregt und noch vieles mehr, was alles damit zu tun hatte, dass sie ihre Angst ignorierte und mit dem bärtigen Mann vor ihr klarkommen musste, dessen Bart dank des zerstäubten Mehls zurzeit weiß war.

Wenn der verfluchte Kerl seine Küche besser organisiert hätte, wäre das nicht passiert.

»Was zum Teufel tust du da, Autumn?«

Immer Autumn. Er hatte sie nicht mehr Fall genannt, seitdem sie auf der Arbeitsplatte Sex gehabt hatten und er in ihr gewesen war. Sie wusste nicht, warum das so wehtat. Sie liebte ihn. Verdammt. Warum musste er sich jetzt zurückziehen?

Aber natürlich, dass sie ihn liebte, war vielleicht nicht unschuldig daran.

»Ich räume auf, damit ich kochen kann!« Sie wusste, sie schrie, aber verflucht, sie wusste nicht mehr, was sie tat.

Griffin stemmte die Hände in die Hüften, blickte sich in der nun mit Mehl bedeckten Küche um und zog eine Braue in die Höhe. Eigentlich hätte er nicht so sexy aussehen sollen, so wie er sich verhielt und ganz mit Mehl bedeckt. Offensichtlich hatte sie Probleme.

»Aber warum all dieser Lärm? Und ich dachte, du hättest bereits sauber gemacht. Du hast alles aus den Schränken geholt und auf die Arbeitsplatten gestellt. Was tust du?«

Sie errötete, dann ärgerte sie sich über sich selbst. »Deine Küche ist unlogisch organisiert. Also räume ich sie um.«

Er presste die Zähne aufeinander. »Warum? Dies ist *meine* Küche. Du bringst alles durcheinander. Ich weiß, es gefällt dir, wenn alles organisiert ist, aber trotzdem sind es meine Sachen, die du durcheinanderbringst.«

Meinte er das ernst? Dieser Kerl. Er hatte seit einer Woche nicht wirklich mit ihr geredet und jetzt wurde er wütend?

»Es ist mein Job, dafür zu sorgen, dass alles gut funktioniert. Du lässt mich doch auch andere Zimmer organisieren.« Sie verstand nicht, warum er sich so benahm. Oder er suchte eine Entschuldigung, sich wie ein Arschloch aufführen zu können.

»Ja, du lebst hier, fickst mich und du arbeitest für mich. Ich denke, die Grenzen sind mittlerweile ziemlich verschwommen.«

Tränen traten ihr in die Augen. Sie trat einen Schritt zurück; ihre Brust schmerzte. Wer war das? Das war nicht Griffin. Er sprach niemals auf diese Art mit ihr. Er war immer so behutsam mit ihr umgegangen und jetzt das?

Verdammter. Mist.

Sie begann zu schreien. Sie hatte nicht gewusst, dass sie mit ihrer Beherrschung am Ende gewesen war. »Weißt du was? Fick dich. Es funktioniert nicht. Ich war bei der Polizei und die Beamten haben mir versprochen, auf mich aufzupassen. Ich kann jetzt in mein Haus zurückkehren. Sie sagten, ein Polizeiwagen führe dort Streife. Ich muss nicht mehr hier sein.« Ihre Hände zitterten und sie ballte sie zu Fäusten. Sie zwang sich, die Kontrolle über sich zu behalten.

Griffins Augen weiteten sich. »Du kannst nicht gehen. Es ist nicht sicher. Der Hurensohn ist immer noch irgendwo dort draußen.«

»Nun, in diesem Augenblick steht genauso ein Hurensohn vor mir.«

»Wage es nicht, mich mit ihm zu vergleichen, Autumn. Wage es nicht.«

Sie knirschte mit den Zähnen. »Ich meinte es nicht so. Aber verflucht, Griffin, du behandelst mich wie eine Aussätzige, wie jemanden, mit dem du nichts zu tun haben willst, und das seit dem Morgen, an dem ich dir alles erzählt habe. Ich hasse es, hier zu sein, wenn du dich so benimmst, Griffin. Und wenn ich deine Küche organisieren will, um dir zu helfen, dann solltest du mir nicht ins Gesicht werfen, dass du mich *früher mal* gefickt hast.«

»Die Grenzen verschwimmen, Autumn. Aber du bist dort draußen nicht sicher.«

»Wenn es nicht sicher ist, dann laufe ich eben wieder davon. Ich muss nicht hierbleiben.« Hier, wo sie solche Schmerzen ertrug. Sie liebte ihn. Liebte. Ihn. Und doch konnte sie nichts sagen. Der Mann hatte sie nicht in seinem Leben haben wollen und jetzt benahm er sich, als wäre sie jemand, mit dem er sich gezwungenermaßen abgeben musste.

Sie schob sich an ihm vorbei, denn sie wollte nicht, dass er sie weinen sah.

»Autumn. Verdammt. Ich habe es nicht so gemeint. Ich bin einfach nur gestresst wegen des Buches und so. Ich meinte es nicht so, wie es sich anhörte.« Er folgte ihr in sein Schlafzimmer.

Sein Schlafzimmer.

Nicht ihres.

Nichts hatte ihr je gehört. Und sie hatte das Gefühl, sie würde nie wieder etwas haben, was nur ihr gehörte. Sie begann zu packen und warf wahllos ihre Habseligkeiten in die Notfalltasche. Sie brauchte nicht lange, da sie sich nicht wohl genug gefühlt hatte, um sich wirklich häuslich einzurichten. Dafür hatten Griffin und ihre Vergangenheit gesorgt.

»Autumn ... ich habe überreagiert.« Er fuhr sich mit der Hand durchs Haar. Letzte Woche wäre sie noch dahingeschmolzen beim Anblick seiner anschwellenden Oberarmmuskeln, doch jetzt hasste sie es. Es erinnerte sie nur an alles, was sie nicht haben konnte.

»Du musst nicht gehen. Wir können alles wieder so machen wie vorher.«

Sie bemerkte, dass er nicht gesagt hatte, er wolle sie gern bei sich haben.

Sodass sie nicht hätte gehen müssen.

»Es funktioniert nicht mehr für mich«, sagte sie hölzern. »Ich muss nach Hause zurückkehren. Ich muss unabhängig sein. Du wolltest, dass ich zur Polizei gehe, und ich habe es getan. Die Beamten werden auf mich aufpassen.« Das glaubte sie zwar nicht, aber sie konnte auch nicht bei Griffin bleiben. Ihr Herz war nahe daran zu zerbrechen, sie musste das nicht auch noch selbst tun.

Sie würde es wie immer machen und weglaufen, wenn es sein musste. Sie durfte das Wohlergehen der

Montgomerys nicht noch mehr gefährden, als sie es bereits getan hatte.

Als Griffin die Hand nach ihr ausstreckte, wich sie ihm aus. »Danke, dass ich hierbleiben durfte, um zu Atem zu kommen. Du hast das Buch jetzt beinahe beendet und kommst gut allein zurecht. Außer der Küche ist dein Haus sauber, aber ich bin mir sicher, die Küche kannst du selbst putzen. Du solltest gut klarkommen.«

Er packte sie am Arm, aber sie entzog sich ihm. »Autumn. Bleib.«

»Ich kann nicht.« Ihre Stimme brach und sie lief mit zusammengepressten Lippen zu ihrem Wagen. Sie schaltete ihre Sinne auf Alarmzustand für den Fall, dass Mr. Sanders irgendwo herumschlich, doch weder spürte sie ihn noch sah sie ihn.

Sie warf ihre Tasche ins Auto und fuhr, so schnell sie konnte, die Auffahrt hinunter.

Griffin stand von Mehl bedeckt und mit zusammengebissenen Zähnen im Türrahmen.

Er lief ihr nicht hinterher. Weder hob er eine Hand, noch rief er ihren Namen. Er stand einfach da und sah zu, wie sie wegfuhr.

Sie weinte nicht, obwohl es ihr schwerfiel. Sie musste all ihre Sinne wachhalten. Nur weil die Beamten ihr gesagt hatten, dass niemand an ihrem Haus gewesen wäre und sie sicher sein müsste, musste ihr Haus nicht auch tatsächlich sicher sein. Es war dumm von ihr, dorthin zurückzukehren, aber verdammt, sie hatte keine Ahnung, was sie tat.

Sie hatte in der Hitze des Gefechts reagiert, hatte Angst um ihr Herz gehabt und war zu aufgeregt gewesen, um sich zu fragen, was für Komplikationen durch ihre hastige Flucht entstehen konnten.

Eigentlich hätte sie auf eine Schnellstraße fahren und die Gegend verlassen sollen, doch sie hatte den Beamten versprochen, zumindest für den Augenblick hierzubleiben, gleichgültig, was sie zu Griffin gesagt hatte, als sie ihn angeschrien hatte.

Sie bog in ihre Einfahrt ein und stieg mit der Tasche in der Hand aus dem Wagen. Sie konnte niemand anderen als ihre Nachbarn spüren und sehen, die sie nicht einmal zu bemerken schienen. Es war nicht gerade die beste Wohngegend.

Sie hatte zwar das Haus *ihr Haus* genannt, aber sie betrachtete es nicht als solches.

Sie öffnete die Tür mit dem neuen Schlüssel. Wes und Storm hatten alle ihre Schlösser ausgewechselt und die anderen hatten ihr geholfen, das Haus innen neu zu streichen, sodass sie es dem Vermieter übergeben konnte, wenn und falls sie auszöge. Der Geruch frischer Farbe stieg ihr in die Nase und sie runzelte die Stirn.

Eigentlich hätten die Wände inzwischen trocken sein müssen.

Dann sah sie es und erstarrte. Ein Wort in Blutrot an der Wand:

MEIN.

Sie umklammerte das Pfefferspray in ihrer Hand.

Sie drehte sich zur Tür herum, bereit wegzulaufen, aber es war zu spät.

»Hannah.«

Sie öffnete den Mund, um zu schreien, um um Hilfe zu rufen, um nach Griffin zu rufen, nach irgendjemandem, aber sie war nicht schnell genug. Er umklammerte ihre Kehle und schlug ihr etwas an den Kopf.

Dunkelheit umgab sie und sie wusste, dies war das Ende.

All das Weglaufen, all die Angst … und immer noch war es nicht genug.

Sie war dumm gewesen, hatte sich in einen Mann verliebt und sich davon das Gehirn vernebeln lassen.

Dies war das Ende.

GRIFFIN HÄTTE sich am liebsten selbst in den Hintern getreten. Er hatte sich über seine eigenen Gefühle und Gedanken geärgert und es dann an Autumn ausgelassen. Nach all dem Mist, den sie im Leben durchgemacht hatte, sollte sie sich nicht auch noch mit seinem Benehmen auseinandersetzen müssen. Weil er Angst bekommen hatte, weil er wütend geworden war, hatte er sie verloren.

Er hatte sie in seiner Küche gesehen, als gehörte sie dorthin. Aber er war noch nicht bereit dazu, sie ganz in sein Leben aufzunehmen, und da hatte er Angst bekommen. Sie war nur ihrer Arbeit nachgegangen und ihre Anwesenheit in der Küche war für ihn alles andere als überraschend gewesen. Anstatt mit der Situation wie ein erwachsener Mann umzugehen, hatte er geschrien.

Sie mussten wie zwei Dummköpfe ausgesehen haben, wie sie sich da in der Küche gegenüberstanden und sich anschrien, beide mit weißem Mehl bestäubt.

Es war nicht ihre Schuld, dass er ausgeflippt war.

Und es war nicht ihre Schuld, dass sie vor ihm geflüchtet war, weil er sich so benommen hatte, als wollte er sie nicht. Zur Hölle, er hatte sich die ganze Woche so verhalten. Er hatte solche Angst gehabt, sie in seinem Leben zu akzeptieren, weil er sie ohnehin verlieren würde.

Liebte er sie? Gott, er wusste es nicht. Er dachte, so könnte es sein. Er erinnerte sich an den Klick in der Küche. Er war einfach zu feige, hinter seine Ängste zu blicken oder was auch immer ihm die Wahrheit versperrte.

Aber im Eifer des Gefechts und wieder in dieser verdammten Küche hatte er Arbeit und Beziehung vermischt. Es mochte ihm zwar nicht gefallen haben, dass sie an der Arbeit an dem Buch beteiligt gewesen war, aber er wusste, sie hatte ihm dabei geholfen, das verdammte Ding beinahe zu beenden. Dann hatte er auch noch erwähnt, dass sie für ihn arbeitete und ihn gleichzeitig fickte. Er konnte genauso gut den Kopf gegen die Wand schlagen. Er war ein Arschloch. Er war eine Dumpfbacke und seine schlechte Laune war keine Entschuldigung für das, was er getan hatte.

Und jetzt schwebte sie möglicherweise in Gefahr, nur weil er keinen klaren Kopf behalten hatte.

Er hatte sie verletzt. Er hatte sie zum Weinen gebracht, weil er ein solches Arschloch war.

Er verdiente sie nicht.

Hatte sie noch nie verdient.

Aber trotzdem musste er hinter ihr herfahren.

Er parkte hinter ihrem Wagen und stellte den Motor ab. Griffin umklammerte das Lenkrad und versuchte, seinen Ärger unter Kontrolle zu bekommen. Er war nicht wütend auf Autumn. Im Gegenteil, weit davon entfernt. Er musste seine Emotionen in den Griff bekommen und überlegen, was er sagen würde. Zuerst würde er sich entschuldigen, vielleicht sogar auf den Knien rutschen, wenn es sein musste. Dann würde er sie bitten – nicht anordnen –, mit ihm nach Hause zurückzukehren. Er hatte von seinen Brüdern und Schwagern gelernt und wusste selbst auch nur zu gut, dass er jetzt nicht alles vermasseln durfte, indem er Befehle erteilte.

Er hatte schon genug verdorben, er musste nicht auch noch diesen Fehler begehen.

Nachdem er sie angefleht und sich vergewissert hätte, dass sie wirklich sicher war ... nun, vielleicht würde er ihr seine Gedanken mitteilen. Oder vielleicht würde er auch versuchen, Zeit zu schinden. Er wusste es nicht, aber hier draußen in seinem Wagen zu sitzen wie ein Idiot half auch nicht gerade weiter.

Griffin stieß den Atem aus, dann machte er sich auf den Weg zu ihrer kleinen Veranda. Das Blut gefror ihm in den Adern, als er sah, dass ihre Eingangstür einen Spalt offen stand.

Verdammt.

Sein Instinkt drängte ihn, ins Haus zu stürmen, doch er wusste, damit hätte er ihr noch mehr schaden können. Schnell schlich er sich an die Seite des Hauses und wählte den Notruf.

Nachdem er die Situation geschildert hatte, wies die Frau am anderen Ende der Leitung ihn an, zu bleiben, wo er war. Die Streifenwagen wären in Kürze vor Ort. Aber solange konnte er nicht warten. Immerhin hatte er sie in diese Lage gebracht. Er würde nicht ins Haus eindringen, wenn er sie nicht sehen konnte. Aber er wusste, auch das war eine Lüge.

Autumn war in Gefahr und er glaubte nicht, dass sie überhaupt nicht hier war. Obwohl die meisten Leute beim Anblick einer offenen Tür glaubten, der Bewohner hätte vergessen, sie zu schließen, kannte er sie besser.

Trotz ihrer Wut und der Tränen würde sie einen solchen Fehler nicht begehen.

Er schlich sich an die Tür und spähte durch den Spalt, doch er sah nichts. Er stieß langsam den Atem aus und drückte die Tür weiter auf, während er betete, niemand würde ihn sehen oder hören.

Verdammt.

Sie lag an der Wand unter dem Wort MEIN, das in Blutrot dorthin gekritzelt worden war. Der Hurensohn hatte ihr die Hände hinter dem Rücken zusammengebunden und ihr auch die Knöchel gefesselt. Sie war immer noch mit Mehl bedeckt und schien außer einer Beule an der Schläfe nicht verletzt zu sein.

Nur für diese Schramme würde Jeff Sanders sterben.

Obwohl er wusste, dass es idiotisch war, ohne Waffe dort hineinzugehen, öffnete er die Tür ein wenig mehr und sah einen älteren Mann, der über Autumn stand. Er kehrte Griffin den Rücken zu und hatte den Kopf schräg gelegt, als musterte er Autumn.

Autumns Augen waren geschlossen, doch er konnte sehen, wie ihre Brust sich hob und senkte. Sie atmete. Gott sei Dank.

Der Mann beugte sich vornüber und machte eine Handbewegung, als wollte er Autumn die Haare aus dem Gesicht streichen. Griffin verlor die Beherrschung. Er stürmte mit geballten Fäusten ins Haus. Sanders drehte sich nicht sofort herum, sondern bewegte sich nur langsam, als wüsste er nicht genau, was los war.

Gut.

Griffin würde das zu seinem Vorteil nutzen.

Er schlug dem Mann die Faust ins Gesicht. Natürlich benutzte er die Hand mit dem Gips, da er ja

Rechtshänder war. Der Schmerz schoss in seinem Arm hoch, er war so stark, dass sogar die Füllungen in seinen Zähnen erbebten.

Er glaubte nicht, dass er sich das verdammte Ding noch einmal gebrochen hatte, aber er hatte das Gefühl, sich leicht verletzt zu haben. Was auch immer. Es spielte keine Rolle.

Der Mann blickte benebelt vom Boden zu ihm auf und versuchte aufzustehen. Er versuchte, nach Griffin zu treten, doch der stellte sich einfach mit gegrätschten Beinen über ihn.

»Wenn du sie noch einmal anfasst, bringe ich dich um.« Dann stieß er ihm die linke Faust in den Kiefer.

Sanders schlug nach ihm, aber Griffin kümmerte sich nicht darum. Dieser Mann hatte es gewagt, Autumn wehzutun. Er hatte ihr die Beule an der Schläfe zugefügt.

Zur Hölle.

Griffin schlug ihn noch einmal, obwohl Sanders einen Schlag in die Nieren eingesteckt hatte. Griffin verzog das Gesicht, versuchte jedoch, sein Mitleid zu unterdrücken.

»Griffin«, flüsterte Autumn hinter ihm. »Stopp.«

Er schlug Sanders noch ein einziges Mal und der Hurensohn verabschiedete sich von dieser Welt. Oder war bewusstlos geworden. Er wusste es nicht, doch es kümmerte ihn auch nicht. Griffin stieg von Sanders hinunter und kroch zu Autumn.

»Baby«, flüsterte er. Er umfasste ihr Gesicht und nahm ihr das Tuch vom Mund. »Fall.«

Ihre Augen füllten sich mit Tränen und sie schmiegte ihr Gesicht in seine Handfläche. »Du bist gekommen.«

»Ich werde immer für dich kommen.«

Sie schnaufte und er musste leise lachen. »Entschuldige.«

»Ich habe versucht, nett und heroisch zu sein, und du machst einen schmutzigen Witz daraus.«

»Darin sind wir eben gut«, erwiderte sie, während er ihr half, sich der Fesseln zu entledigen. »Ist er bewusstlos?«

Er blickte über die Schulter und nickte. Plötzlich durchdrangen Sirenen die Stille, doch er erlaubte sich nicht zu entspannen, bis Autumn in seinen Armen läge und der Hurensohn hinter Gittern wäre.

Sobald die Fesseln vollkommen gelöst waren, zog er sie sich auf den Schoß und presste seinen Mund auf ihren. »Mein Gott, Autumn, beinahe hätte ich dich verloren.« Die Worte kamen zwischen abgehackten Atemzügen und er schloss fest die Augen. Er zwang sich, nicht zu weinen, da er doch für sie stark sein musste.

Sie grub ihre Finger in seinen Rücken und er seufzte. Es ging ihr gut.

Es war ihr nichts geschehen.

Und verdammt, er hätte sie nicht gehen lassen sollen.

Er sollte verflucht sein, wenn er sie noch einmal gehen lassen würde.

Kapitel Siebzehn

»NUN, ZUMINDEST HEILT DIE BEULE«, bemerkte Maya. Sie saß mit gekreuzten Beinen auf der Couch und wenn sie ihre Lippen nicht aufeinanderpresste, so biss sie hinein, als versuchte sie, nicht auszusprechen, was sie dachte.

Wenn man berücksichtigte, dass Maya immer sagte, was sie dachte – zumindest schien es Autumn so –, so musste das, was sie für sich behielt, eine große Sache sein.

Oder zumindest kompliziert.

Und mit komplizierten Angelegenheiten kannte Autumn sich aus.

Autumn blickte in den Spiegel und betastete die Schwellung. Maya hatte recht. Die Prellung auf ihrer Schläfe, die Sanders verursacht hatte, als er ihr nahegekommen war – zu nahe für ihren Geschmack –, verheilte. In Anbetracht dessen, dass seit dem Angriff erst ein paar Tage vergangen waren, konnte sie wirklich nicht mehr erwarten.

Okay, sie erwartete viel mehr, doch das hatte noch

Zeit.

Sie wusste nicht, ob ihre Erwartungen gerechtfertigt waren.

Sie schämte sich zu sehr, um etwas anderes zu tun, als sich zu verstecken.

Autumn schloss die Augen und holte zitternd Luft. »Habe ich mich schon bei dir bedankt, dass du mich bei dir aufgenommen hast?«

»Nicht in der vergangenen Stunde, es war also überfällig«, erwiderte Maya trocken.

Als die Polizei eingetroffen war, um Sanders in Gewahrsam zu nehmen, war sie beinahe zusammengebrochen. Tatsächlich war sie sich nicht sicher, ob es ihr nicht doch passiert war. Griffin hatte sie auf seinem Schoß gewiegt und tröstende Worte gemurmelt, süße Worte, die sie sich vielleicht nur eingebildet hatte. In ihrem Körper tobte eine Mischung aus Adrenalin, Angst und einer so starken Erleichterung, deren sie sich nicht für fähig gehalten hatte.

Sanders würde für lange Zeit ins Gefängnis wandern.

Er würde sich nicht hinter Freunden verstecken und sein Geld zur Bestechung nutzen können. Die Polizei hier hatte tatsächlich ihren Job getan und die Beweise gesammelt, die sie brauchte, um ihm eine ganze Palette an Vergehen nachzuweisen. Versuchter Mord, versuchte Vergewaltigung, Entführung, Körperverletzung ... und das waren nur die wirklich großen Verbrechen. Der Mann hatte außerdem Stalking und andere Vergehen auf dem Kerbholz, die mit Bedrohung zu tun hatten.

Diesmal käme er nicht davon.

Und bei diesem seinem letzten Versuch hatte sie noch nicht einmal mit ihm geredet.

Sie war nicht fähig dazu gewesen.

Als sie aus ihrer Bewusstlosigkeit aufgewacht war, war Griffin da gewesen und hatte ihren alten Lehrer zusammengeschlagen. Und so sehr sie sich auch gewünscht hatte, Sanders für immer aus ihrem Leben zu tilgen und für immer diese widerliche, erstickende Furcht aus ihrem Leben zu verbannen, so wollte sie doch nicht, dass Griffin den Makel eines Mordes auf seiner Seele trug.

Dieser Montgomery hatte Besseres verdient. Alle, nicht nur dieser.

Nachdem die Sanitäter sie untersucht hatten, waren die Montgomerys geschlossen aufgetaucht. Noch nie hatte sie diese Art von Liebe zu spüren bekommen, diese Art von Fürsorge. Ihre Eltern waren zwar weder hasserfüllt noch grausam gewesen, aber ihre Zuneigung ließ sich mit der der Montgomerys nicht vergleichen.

Marie und Harry Montgomery hatten sofort angeboten, sie mit zu sich nach Hause zu nehmen, um sie zu bemuttern. Und auch die anderen Montgomerys hatten ihr das Angebot gemacht.

Alle außer Griffin.

Er hatte sie auf die Brauen geküsst, sie fest im Arm gehalten und sich geweigert, sie loszulassen. Sie wusste ehrlich nicht, ob das bedeutete, dass er sie mit nach Hause nehmen wollte und er das als selbstverständlich voraussetzte, oder ob er fertig mit ihr war. Und da der Mann kein Wort herausgebracht hatte, hatte sie sich von ihm gelöst und war mit der Lautesten der Meute gegangen.

Maya.

Sie hätte alles allein machen sollen, ihr Auto packen und Denver und das Leben der Montgomerys verlassen sollen, doch dafür war sie nicht stark genug gewesen. Sie hatte schon so lange vorgeben müssen, stark zu sein, und jetzt hatte sie keine Energie mehr, das aufrechtzuerhalten.

Obwohl sie gern bei Griffin geblieben wäre, wusste sie, dass das unmöglich war. Nicht solange sie nicht wusste, wie es mit ihnen und ihrem Leben im Allgemeinen weiterging.

Dank der Umstände, die sie gezwungen hatten, ihren Namen zu ändern, war sie betreffs ihrer Vergehen mit einem blauen Auge davongekommen. Sie wusste nicht, ob sie einfach Glück hatte oder ob der Anwalt der Montgomerys ihr dazu verholfen hatte. Obwohl die Montgomerys Geschäfte besaßen, waren sie immer noch eher Arbeiter, daher überraschte es sie, dass sie so viel Einfluss besaßen. Allerdings hätte sie angesichts der Art, wie sie Freunde und Familie adoptierten und wie sie sich insgesamt benahmen, eigentlich nicht im Geringsten überrascht sein dürfen.

»Du runzelst die Stirn«, stellte Maya fest, womit sie Autumn aus ihren Gedanken riss. »Ich hatte nicht vor, dir ein schlechtes Gefühl zu geben, was deinen Dank anbelangt. Du musst dich überhaupt nicht bedanken. Ich weiß, dass du dankbar bist. Aber ehrlich, deine Anwesenheit hilft mir, nicht an andere Dinge zu denken, also haben wir beide etwas davon.«

Autumn drehte sich langsam herum und legte den Kopf schräg. »Was für Dinge?«

Maya presste die Lippen aufeinander und schüttelte den Kopf. »Es ist nichts.«

»Maya.«

»Nichts, über das ich reden möchte, okay? Also lass uns über dich reden. Was hast du jetzt vor?«

Autumn seufzte, ging zum Zweiersofa hinüber und ließ sich in die Kissen sinken, während sie versuchte zu formulieren, was sie sagen wollte. Sie kannte nicht einmal ihre eigenen Gedanken, wie sollte sie Maya da etwas Vernünftiges erzählen können?

»Ich habe keine Pläne«, gab sie schließlich ehrlich zu. »Ich bin so lange von Ort zu Ort und von Job zu Job gereist, dass ich mich nicht einmal erinnere, was ich vorhatte, bevor all dies begann.«

»Du bist geflüchtet, als du noch ein Teenager warst, Autumn. Die meisten wissen in dem Alter überhaupt nicht, was sie für ihre Zukunft wollen.« Maya runzelte die Stirn. »Ich nenne dich immer noch Autumn. Sollte ich dich jetzt Hannah nennen? Ich meine, Sanders ist für immer weg und jetzt kannst du wieder zu der werden, die du warst, oder nicht?«

Autumn schüttelte den Kopf. Dies wusste sie sicher – niemals würde sie wieder zu der werden, die sie einmal war.

»Ich bin jetzt Autumn. Hannah existiert nicht mehr. Ich werde meinen Namen legal ändern lassen, nicht illegal, wie ich es zuvor getan habe.«

Maya stieß den Atem aus, dann klickte sie ihr Zungenpiercing gegen ihre Lippe. »Gut, denn mit diesem Haar und deinem Benehmen bist du für mich eher eine Autumn.«

Sie lächelte. »Ich fühle mich wie Autumn. Und was meine Pläne anbelangt? Ich dachte, ich kehre nach Hause zurück.« Sie runzelte die Stirn. »Nein, es ist nicht mein Zuhause. Ich sollte sagen, ich kehre dorthin zurück, wo meine Eltern leben. Ich habe seit zehn Jahren nicht mehr mit ihnen geredet, aber ich habe mich bemüht, mich über sie auf dem Laufenden zu halten. Ich weiß, dass sie immer noch dort leben. Ich weiß, dass mein Bruder verheiratet ist und ein Kind hat.«

Und sie hatte das alles verpasst.

Doch sie hatten ihr damals nicht geglaubt.

Sie hatten sie nicht beschützt.

»Verdammt. Das ist bitter.« Maya stieß den Atem aus. »Das ist wirklich bitter. Ich hasse es, dass sie nicht für dich da waren. Ich weiß, in meiner Familie spielen sich Dramen ab, bei Gott, aber wir lassen einander nie im Stich, wie es deine Eltern mit dir getan haben. Sogar für Alex sind wir immer noch da. Er mag uns zwar nicht an sich heranlassen, aber wir sind wie Piranhas, wir werden ihn umzingeln, wenn es nötig ist.«

»Was für ein Vergleich«, meinte Autumn lächelnd.

Maya grinste. »Ja, ein schönes Bild. Und was dich anbelangt: Du musst doch nicht dorthin zurückkehren, wo du aufgewachsen bist. Gibt es keinen anderen Ort, der dich lockt?«

Autumn musterte ihre Freundin. In ihrer Stimme hatte etwas angeklungen, das Autumn verriet, dass Maya nicht gerade wild darauf war, dass Autumn die Stadt verließ. Doch daran konnte sie nicht viel ändern. Nicht, solange sie ihren nächsten Schritt nicht kannte.

Sie konnte Maya ebenso gut alles erzählen. Nun gut, nicht alles. Maya hatte gut daran getan, sie nicht nach Griffin zu fragen. Tatsächlich war der Name des Mannes nicht einmal erwähnt worden, seit sie bei Maya war. Seltsamerweise war auch der Name von Jake nicht gefallen.

Die beiden waren schon so ein Pärchen.

»Ich habe heute Morgen meine Taschen gepackt«, erklärte Autumn schließlich.

»Ich weiß. Ich habe dich gehört. Ich würde aber gern wissen, warum du das Gefühl hast, gehen zu müssen. Wirst du in dein Haus zurückkehren? Denn ich muss dir sagen, die Straße hat es in sich. Erstens lebte Meghan dort nach ihrer Scheidung, und sie und Luc wären beinahe dort getötet worden. Und zweitens würdest du an all das erinnert, was dort geschehen ist. Nein danke.«

»Sei mal fair, Maya. In beiden Fällen war es die Vergangenheit, die uns eingeholt hat, um uns in den Hintern zu beißen. Es lag nicht an der Wohngegend.«

»Das ist Kleinkrämerei. Aber warum willst du weg, Autumn? Warum kannst du nicht bleiben? Du weißt, bei Montgomery Ink hast du immer einen Job. Ich meine, wir brauchen dich im Moment mehr als du uns.«

Und wieder übergingen sie die Tatsache, dass Autumn während der letzten Wochen zumeist für Griffin gearbeitet hatte. Aber Griffin brauchte sie nicht mehr. Sie hatte ihn wieder auf die Reihe gebracht und dann hatte er ihr erzählt, die Grenzen wären verwischt.

»Ich war zehn Jahre lang auf der Flucht.«

»Und jetzt musst du nicht mehr davonlaufen.«

»Aber ich bleibe schon seit so langer Zeit nie lange an einem Ort. Ich habe mich daran gewöhnt, neue Orte und neue Menschen kennenzulernen. Ich bin niemand, der sich irgendwo niederlässt, richtig?«

»Fragst du mich das? Denn aus meiner Sicht sieht es so aus, als würdest du wieder davonlaufen.«

»Maya.«

»Autumn.«

Plötzlich klingelte es an der Haustür und Maya erhob sich, ließ jedoch Autumn nicht aus den Augen. »Das Thema ist noch nicht abgeschlossen. Ich weiß, du bist erwachsen und kannst tun, was du willst, aber wir werden noch einmal darüber reden, bevor du gehst. Du gehörst jetzt zu uns, auch wenn es dir nicht bewusst ist.«

Mit diesen Worten ging Maya zur Eingangstür und Autumn stützte den Kopf in beide Hände. Sie war so verwirrt. Sie hatte so lange versucht, jemand anderes zu sein und zu verstecken, wer sie war, dass sie vergessen hatte, wer sie hätte sein können. Und spielte das überhaupt eine Rolle?

Der Gedanke, mit Griffin zusammen zu sein, beängstigte sie mehr, als sie zugeben konnte. Konnte sie sich auf jemand anderen verlassen, konnte sie mit ihm zusammen sein? Sie war sich nicht sicher und deshalb musste sie ihn abweisen. Es war ihm und seiner Familie gegenüber nicht fair zu versuchen, mit ihm zusammen zu sein, während sie nicht wusste, wer sie ohne ihn war, geschweige denn mit ihm.

»Autumn.«

Sie hob den Kopf und erstarrte.

»Griffin.«

Er stand vor ihrem Sofa. Sein Bart war vollkommen außer Kontrolle geraten und seine Haare sahen aus, als hätte er sie sich so oft gerauft, dass sie alle zu Berge standen. Er trug eine alte Jeans und Stiefel und ein Henley Hemd, das sich um seine Muskeln schmiegte. Der verfluchte Kerl sollte nicht so gut aussehen, während sie wirkte, als hätte sie nächtelang nicht geschlafen.

Was der Wahrheit entsprach. Wenn man sich hin und her warf und an Männer dachte, die in den Schatten lauerten, und was man betreffs eines gewissen Montgomerys unternehmen sollte, verhalf einem das nicht gerade zu einem ruhigen Schlaf.

Maya war nirgends zu sehen. Verräterin.

»Ich weiß, ich hätte anrufen sollen, bevor ich hier auftauche, aber jedes Mal, wenn ich das tun wollte, bekam ich Angst, du würdest das Gespräch direkt beenden.«

Sie runzelte die Stirn. »Was meinst du damit?«

Er setzte sich auf den Kaffeetisch vor ihr. »Fall, Baby, ich habe dich an jenem Tag gehen lassen. Ich war ein verdammter Idiot und habe dir wehgetan, weil ich solche Angst hatte, meinen Gefühlen nachzugeben. Wenn ich dir gestanden hätte, dass ich mich in dich verliebt habe, aber dass mir gleichzeitig der Gedanke, dich in meinem Haus und in meinem Bett zu haben, wahnsinnige Angst einjagt, wärst du wahrscheinlich davongelaufen. Und weil ich ein Arschloch war und dich quasi rausgeschmissen habe, bist du in dein Haus geflüchtet, wo du verletzt wurdest. Wenn ich das nicht getan hätte, wärst du nicht allein in deinem Haus gewesen. Du wärst nicht verletzt worden. Der Mann hat dich in seine Gewalt bekommen, weil ich dich habe gehen lassen. Weil ich dir erst gefolgt bin, als es beinahe zu spät war. Das werde ich mir nie verzeihen. Niemals.«

Sie streckte den Arm aus und legte ihm die Hand auf die Wange. Sein Bart bürstete über ihre Handfläche. Sie hätte die Hand am liebsten sofort wieder weggezogen. Es war ein Fehler, ihn zu berühren. Es würde ihr nur umso schwerer fallen zu gehen.

»Es tut mir so leid, Autumn. Verzeih mir. Ich liebe dich«, flüsterte er. »Ich liebe dich so sehr. Du hast mich gerettet, Fall. Du hast mich vor mir selbst gerettet, vor meinen Zweifeln und meinem Schmerz. Und ich weiß, das ist kein Fundament für Liebe. Verdammt. So ist es auch nicht. Ich liebe dich für so viel mehr als das. Ich liebe die Art, wie du lächelst, wie du im Haus herumtanzt, wenn niemand dich sieht. Ich liebe dich einfach, verdammt. Sei mit mir zusammen, Autumn. Komm nach Hause zurück.«

Sie saß still da, ihr Gehirn arbeitete fieberhaft. Sie senkte die zitternde Hand. Er konnte sie nicht lieben. Das konnte nicht sein. Sie wusste nicht einmal, wer sie war, wo sie stand. Wie konnte er jemanden lieben, den er nicht kannte?

»Ich … ich weiß kaum, wer ich bin, Griffin. Wie kannst du jemanden lieben, der noch nicht einmal einen richtigen Namen hat?«

Er schüttelte den Kopf, dann umfasste er ihr Gesicht. »Du bist meine Fall. Du bist mein Herz. Ich liebe dich, Autumn. Du magst vielleicht einen neuen Namen haben, magst vielleicht viel zu lange geflüchtet sein, aber ich kenne dich. Ich weiß, dass du gern anderen Menschen hilfst, dass deine Leidenschaft den anderen Menschen gilt, nicht nur dir selbst. Du bist in mancher Hinsicht so selbstbewusst. Ich wünschte, du wärst es auch in dieser Hinsicht. Ich wünschte, du sähest dich so, wie ich dich sehe.«

»Meine Taschen sind gepackt, Griffin. Ich bin es gewohnt, von Ort zu Ort zu reisen, ich werde einen Platz finden, an dem ich mich niederlassen kann, falls ich mich dazu entscheide.« Keine Lüge, aber auch nicht die Wahrheit. Sie lief wieder davon, diesmal jedoch nicht vor einem Mann, der ihren Körper verletzen konnte, sondern einem, der die Macht hatte, ihrer Seele zu schaden.

Ihr Widerstand schwand, sie verliebte sich in einen Mann, den sie bereits liebte. Gott, was für ein Feigling sie war! Aber was, wenn er aufwachte und herausfand, dass er sie nur liebte, weil sie gerade zur Verfügung stand? In seinem Herz lebte immer noch Lauren, nicht sie. Ihre Selbstzweifel nagten an ihr; sie hielt sich für nicht gut genug. Sie glaubte, dass sie stets lügen und weglaufen würde.

»Es ist mir nicht bestimmt zu bleiben«, flüsterte sie.

Griffins Augen verdunkelten sich und er wurde leichenblass. »Ich werde dich niemals zwingen zu bleiben«, sagte er langsam mit heiserer Stimme. »Ich werde dir niemals die Flügel stutzen.«

Sie erbebte und klammerte sich an seine Oberschenkel. Wie waren ihre Hände dorthin gelangt? Warum berührte sie ihn immer noch? Sie musste flüchten, bevor es noch mehr wehtat.

Sie musste davonlaufen.

»Ich muss gehen.«

»Bevor du gehst, solltest du wissen, dass du mein Happy End bist. Ich brauche dich für mein Happy End. Du bist meine Zukunft. Das weiß ich. Auch wenn ich mit dir davonlaufen muss.« Er lehnte sich zurück, hob sein Hemd und entblößte ein frisches Tattoo auf seiner Haut.

»Was? Was ist das?«

»Das ist das Ende meines Buches. Unseres Buches. Ich habe meine Zukunft gefunden, meine Worte. Deinetwegen.« Die elegante Schrift war noch frisch, so frisch, dass er noch Salbe darauf geschmiert hatte.

»Du bist mein Schicksal. Mein Weg, den ich beinahe verpasst hätte. Meine Zukunft. Mein Zuhause. Du bist mein Leben.«

»Alles, was ich zu sagen habe, steht auf meiner Haut, mein Herz. Mit Tinte in meine Haut gegraben, auf ewig. Liebe mich und lass mich dich lieben. Bleib bei mir, bis wir die letzte Seite unseres Buches umblättern.«

Natürlich, nur ein Schriftsteller konnte ihren Widerstand mit Worten der Liebe und der Hoffnung in tausend Stücke brechen.

Tränen liefen ihr die Wangen hinunter und sie schmiegte sich an ihn. »Griffin.«

»Meine Fall. Ich bin dir verfallen, Autumn. Ich liebe dich. Ich bin der Liebe zum Opfer gefallen und werde jeden weiteren Tag fallen, bis ich sterbe. Sei mit mir zusammen, Autumn. Ergreife die Chance. Hör auf davonzulaufen und bleib bei mir.«

»Ich liebe dich«, flüsterte sie. Ohne dass sie es gewollt hatte, waren die Worte aus ihrem Mund gekommen, doch sobald sie gesagt waren, wusste sie, sie entsprachen der Wahrheit. Es waren die Worte, die sie an jenem Tag in der Küche hätte aussprechen müssen: »Ich werde bleiben.«

Auch das war die Wahrheit. Sie würde bleiben. Nicht weil er es so wollte, sondern weil sie es wollte. Sie war zu verängstigt gewesen, um das zuzugeben. So verängstigt, dass sie beinahe alles verloren hätte, was sie sich nie zu erhoffen gewagt hatte.

»Oh, Gott sei Dank«, stieß Griffin heiser hervor und zog sie an sich. »Ich bin so glücklich, dass du mich auch liebst. Ich würde überall mit dir hingehen und kann das immer noch tun. Möchtest du gern eine Reise unternehmen? Das können wir machen. Ich kann in einem Wagen schreiben, in einem Hotel oder auf einem Felsen mitten im Nirgendwo. Solange ich mit dir zusammen bin, kann ich schreiben, das verspreche ich dir. Aber ich weiß nicht, ob ich es ohne dich könnte.« Er verzog das Gesicht. »Ich will damit nicht sagen, dass ich dich nur fürs Schreiben brauche ...«

Sie legte ihm die Hand auf den Mund. »Du hast

wunderbare Worte gefunden. Lass uns jetzt damit aufhören.«

Er knabberte an ihren Fingernägeln. »Ich liebe dich, Fall.«

»Ich liebe dich, Schreiberling. Und ich werde bleiben, Griffin. Für dich. Für mich. Für uns. Schluss mit dem Davonlaufen.«

Da lächelte Griffin und sie verliebte sich noch einmal in ihn. Er zog sie in seine Arme und sie setzte sich mit gespreizten Beinen auf seinen Schoß. Er küsste sie und erkundete ihren Mund, als täte er es zum ersten Mal, doch gleichzeitig kannte er jeden Zentimeter von ihr, als wäre sie Teil seiner Seele. Er schlang seine Zunge um ihre und sie seufzte in seinen Mund.

»Dein Geschmack hat mir gefehlt«, knurrte er.

»Du hast mir gefehlt.«

»Ich werde dir deine Flügel nicht stutzen«, wiederholte er. »Ich werde dich niemals zwingen zu bleiben.«

»Ich bleibe meinetwegen. Deinetwegen. Für das, was aus uns werden kann. Was wir sind. Ich bleibe, weil ich deine Familie liebe und diese Stadt. Ich habe ein Zuhause gefunden, Griffin. Ein echtes Zuhause.«

»Lebe mit mir. Sei die Meine. Lass uns die nächste Seite zusammen schreiben.«

Dieser Mann. Ihr Mann. Er hatte eine Art, mit Worten umzugehen, die in ihr den Wunsch erweckte, zu bleiben und niemals mehr fortzugehen.

»Ja.«

Er küsste sie und sie stöhnte. Dies war ihre Zukunft. Ihr Happy End.

Sie konnte es kaum erwarten, die Seite umzublättern.

Epilog

GRIFFIN UMFASSTE IHRE BRÜSTE, presste sie zusammen und grinste wie ein Narr.

»Willst du meine Titten nur anstarren oder wirst du etwas mit ihnen machen?«, fragte Autumn. Sie lag unter ihm, nackt und rosig, denn er hatte sie ein paar Minuten zuvor mit dem Mund zum Kommen gebracht.

Er saß mit gespreizten Beinen über ihr; sein Schwanz war hart und bereit. Aber zuerst wollte er mit ihren Brüsten spielen. Er liebte ihre Brüste. Als er sich hinunterbeugte und über eine Brustwarze leckte, gab sie einen kleinen, zittrigen Seufzer von sich, der ihm sagte, dass sie es genoss, wenn er ihre Titten liebte. Also hatte jeder etwas davon.

Er saugte, knabberte und leckte an ihr mit Zunge und Zähnen. Sie fuhr mit den Händen über seinen Rücken, auf und ab, zuerst träge und langsam, dann setzte sie ihre Fingernägel ein, als das Verlangen wuchs.

»Griffin, ich schwöre bei Gott, wenn du nicht sofort in mich eindringst, werde ich meine Finger auf meine Klitoris legen und mich selbst befriedigen. Ohne dich.«

»Wie gierig du bist.« Doch er brachte seinen Schwanz in Position, sodass er sich gegen ihre Muschi presste. Heute verzichteten sie auf ein Kondom. Zum ersten Mal. Er konnte es kaum erwarten, sie nackt um sich herum zu spüren. »Fertig?« Er bewegte seine Hüften langsam, sodass sein Schaft über ihre feuchten Lippen und die Klitoris glitt.

»Griffin!« Sie langte zwischen sich und ihn, doch er hielt ihr Handgelenk fest.

»Lass mich«, sagte er mit tiefer Stimme. Dann zog er sich ein kleines bisschen zurück, um dann langsam in sie einzudringen. Sie stöhnten beide, als er vollkommen in sie hineinglitt. »Mein Gott. Wir werden nie wieder ein Kondom benutzen. Ich möchte jeden Tag nackt in dir sein. Jeden Tag, verstanden?«

»Ich werde vielleicht ein wenig wund werden, aber zur Hölle, ja. Aber jetzt beweg dich, okay? Fick mich hart, sanft, es ist mir egal. Aber fick mich.«

»Meine Fall. Ein solch unanständiges Mädchen. Ich liebe es.«

»Ich liebe dich«, sagte sie lächelnd.

Er sah, wie sie die Augen verdrehte, als er sich bewegte. Er begann langsam, dann wurde er schneller und schneller, bis sie beide keuchten. Sie drückten die Lippen aufeinander, pressten ihre schweißnassen Körper aneinander und verschlangen ihre Gliedmaßen miteinander. Er hielt Blickkontakt, während sie sich liebten. Sie öffnete den Mund und ihre Augen verdunkelten sich.

»Griffin.«

»Ich weiß, ich weiß.« Er küsste sie heftig. »Ich liebe dich.« Noch ein letztes Mal stieß er in sie hinein und kam mit einem Brüllen. Ihre Muschi zog sich um ihn herum zusammen und sie schrie seinen Namen. Er hielt sie fest im Arm und rollte sich auf die Seite, während er Küsse auf ihren Lippen, ihrem Hals und hinter ihrem Ohr verteilte.

»Meine Fall.«

»Du hast dazugelernt, Schreiberling.« Sie grinste schläfrig. »Eine gute Art aufzuwachen.«

»Wir müssen jeden Tag so aufwachen.«

Sie kicherte. »Hört sich gut an. Obwohl ich heute vielleicht zu spät zur Arbeit komme.«

Er knabberte an ihrem Hals. »Ich kenne den Boss, das ist schon in Ordnung.«

Sie schob ihn weg, doch ihre Augen lachten. »Heute arbeite ich nicht für dich, erinnerst du dich? Ich bin die neue Empfangsdame bei Montgomery Ink.«

Er verzog das Gesicht, küsste sie jedoch. »Ach richtig. Ich hatte es vergessen, sobald ich in dir war. Gott sei Dank hilfst du ihnen. Sie sind gut organisiert, doch dieser verdammte Computer ist eine Katastrophe.«

Sie lachte und er fuhr ihr mit den Händen durchs Haar, unfähig, sie nicht zu berühren. Er konnte kaum glauben, dass er diese Frau, seine Zukunft, in seinem Bett hatte. Und sie würde ihn nicht verlassen. Dies war ihre Realität und noch niemals war er so glücklich gewesen.

Er mochte zwar Romane schreiben, aber seine Realität, sein Leben war besser als alles, was er zu Papier bringen konnte.

Sie lebten zusammen und gingen einen Tag nach dem anderen an. Er hatte ihr bis jetzt noch keinen Heiratsantrag gemacht. Das würde er noch tun, aber jetzt noch nicht. Obwohl es sich anfühlte, als wären sie seit Jahren zusammen, war es in Wirklichkeit noch nicht so lange. Sie würden sich Zeit nehmen, sich noch besser kennenzulernen, und dann würden sie den nächsten Schritt tun. Doch sie würde sein Tattoo tragen, das Markenzeichen von Montgomery Ink, auch wenn sie noch nicht seinen Namen trug.

Darauf hatte Maya bestanden und er war verdammt froh darüber.

Alles würde gut werden. Das Leben war nicht leicht in der wirklichen Welt, ebenso wenig wie in der erfundenen Welt seiner Bücher. Die Menschen blieben nicht automatisch in diesem Zustand, wenn sie sich verliebt hatten. Sie würden hart arbeiten und offen und ehrlich zueinander sein müssen. Sowohl sie als auch er würden immer gewisse Ängste haben, doch sie konnten daran arbeiten, anstatt sie zu verdrängen.

Sie hatten noch nicht genauer überlegt, ihre Familie zu kontaktieren, doch das würde noch geschehen. Sie brauchte Zeit, sich in ihre neue Realität einzuleben, bevor sie ihrer alten gegenübertreten konnte. Er verstand das und er hatte es ehrlich gemeint, als er gesagt hatte, er würde ihr niemals die Flügel stutzen. Wenn sie glaubte, sie müsste in der Nähe ihrer Familie sein, die sie all die Jahre gemieden hatte, so würde er ihr folgen. Er würde Denver und alles, was er sich hier aufgebaut hatte, verlassen. Es würde schmerzen, aber er würde es tun.

Autumn war sein Ein und Alles.

Sie hatte ihm geholfen, seine Stimme, seine Welten und sein Selbstbewusstsein wiederzufinden.

Nur mit ihrer Hilfe hatte er sein verdammtes Buch beenden können. Sie würde sich hier mit ihm niederlassen, aber niemals einrosten. Sie waren eins, sie waren aber gleichzeitig auch einzelne Individuen, sie waren Fall und Schreiberling.

Sie waren sie selbst.

Griffin zog Autumn näher zu sich heran und küsste sie auf die Braue. »Du raubst mir den Atem.«

Sie klimperte mit den Wimpern, dann küsste sie seine bärtigen Wangen. »Du bist der Grund, warum ich mich hier sicher fühle, warum ich mich sicher fühle, ich selbst zu sein. Du bist mein Griffin und ich bin deine Fall. Ich würde dies am liebsten jeden Morgen, jeden Tag tun.«

Er küsste sie und legte alles, was er nicht sagen, nicht in Worte fassen konnte, in diesen einen Kuss. Es spielte keine Rolle, dass er für seinen Lebensunterhalt Wörter zu Papier brachte und damit Welten erschuf, in denen sein Geist lebte. Die Frau in seinen Armen hatte dafür gesorgt, dass er wieder schreiben konnte, dass er überhaupt wieder Worte finden konnte. Mit der Zeit würde er es auch wieder allein schaffen, und deshalb war seine Fall perfekt für ihn. Sie half ihm, bei der Wahrheit zu bleiben, und er wusste, er tat das Gleiche für sie.

Was auch immer als Nächstes auf die Montgomerys zukäme, er wusste, er hatte seine Fall, seine Autumn an seiner Seite. Er würde ihre Reise, den Weg ihrer Schicksale aufschreiben. Und die Frau, deren Name in seinem Leben *Veränderung* bedeutete, würde ihm dabei helfen.

Griffin Montgomery hatte nicht nach der Liebe gesucht, doch sie hatte ihn gefunden.

Am Ende war es nicht so schrecklich, jemanden zu lieben.

Es war genau das Richtige.

Biografie

Carrie Ann Ryan ist eine *New York Times* und USA Today Bestsellerautorin moderner und übersinnlicher Liebesromane. Außerdem schreibt sie Literatur für junge Erwachsene. Ihre Arbeit umfasst die »Montgomery Ink Reihe«, »Redwood Pack«, »Fractured Connections« und die »Elements of Five«-Reihe. Weltweit hat sie über vier Millionen Bücher verkauft.

Sie hat bereits während ihres Chemiestudiums mit dem Schreiben begonnen und hat seitdem nicht mehr aufgehört. Inzwischen hat Carrie Ann mehr als fünfundsiebzig Romane und Novellen fertiggestellt – und ein Ende ist nicht in Sicht. Carrie Ann wurde in Deutschland geboren und hat schon überall auf der Welt gelebt. Wenn sie sich nicht gerade in ihrer emotionalen und aktionsgeladenen Welt verliert, liest sie gern, während sie sich um ihr Katzenrudel kümmert, das mehr Anhänger hat als sie selbst.

Besuchen Sie Carrie Ann im Netz!
carrieannryan.com/country/germany/
www.facebook.com/CarrieAnnRyandeutsch/
twitter.com/CarrieAnnRyan
www.instagram.com/carrieannryanauthor/

Bücher von Carrie Ann Ryan

Und auch die folgenden Bücher von Carrie Ann Ryan werden in Kürze auf Deutsch erhältlich sein:

Inked Persuasion (Buch 16)